徐州工程学院资助项目

中国新科幻文学十五讲

任一江　蒋洪利　王云杉 / 著

北京时代华文书局

图书在版编目（CIP）数据

中国新科幻文学十五讲 / 任一江，蒋洪利，王云杉著 . — 北京：北京时代华文书局，2022.12

ISBN 978-7-5699-4649-9

Ⅰ.①中…　Ⅱ.①任…②蒋…③王…　Ⅲ.①科学幻想小说—小说史—中国—教材　Ⅳ.① I207.409

中国国家版本馆 CIP 数据核字 (2022) 第 211338 号

ZHONGGUO XIN KEHUAN WENXUE SHIWU JIANG

| 出 版 人：陈　涛
| 责任编辑：石冠哲
| 执行编辑：崔志鹏
| 责任校对：初海龙
| 装帧设计：孙丽莉　赵芝英
| 责任印制：訾　敬

出版发行：北京时代华文书局 http://www.bjsdsj.com.cn
　　　　　北京市东城区安定门外大街 138 号皇城国际大厦 A 座 8 层
　　　　　邮编：100011　电话：010-64263661　64261528

印　　刷：三河市兴博印务有限公司
开　　本：710 mm×1000 mm　1/16　　成品尺寸：165 mm×240 mm
印　　张：17　　　　　　　　　　　　字　　数：230 千字
版　　次：2023 年 11 月第 1 版　　　　印　　次：2023 年 11 月第 1 次印刷
定　　价：88.00 元

版权所有，侵权必究
本书如有印刷、装订等质量问题，本社负责调换，电话：010-64267955。

前　言

中国当代科幻文学近年来得到长足的发展。《三体》《北京折叠》等本土科幻小说先后获得世界科幻文学领域最高奖"雨果奖"；王德威主编的《哈佛新编中国现代文学史》以科幻作家韩松的创作为"压卷"之作。这些都表明科幻文学已逐步摆脱其边缘处境，并逐渐发展成为一种"新显学"。这自然是人们审美逻辑发展的结果，但更为重要的是，由于当下社会已在某种程度上融进了一种"后人类"语境中，呈现出"科技时代"与以往截然不同的种种现象，而文学作为一面能动的反映之镜，理应对这种由科技不断塑造的"新现实"进行书写。这既是时代和社会的需要，也是文学拓展其自身想象的路径。

如今，科幻小说作为一种重要的文学类型日益凸显了其在"科技时代"的人文价值，更在青年学生的想象力培育上起到了相当程度的加强作用。因此，在一个更加广泛的维度上介绍科幻文学、传播科幻文学、理解科幻文学和创作科幻文学，是致力于进行科幻教育的工作者的理想和追求，也是我的一个小小心愿。

在世界范围内，科幻文学的繁荣与发展自不必说。在实际生活中，读者往往也对外国科幻文学有着更多的了解，却对中国本土科幻这一自晚清由西方舶来的文学类型知之甚少。尽管《流浪地球》的上映使国人在一定程度上燃起了对本土科幻文学的热情，但更多优秀的中国科幻作品却限于各种原因而被"遮蔽"了。这不能不说是一个巨大的遗憾。在新时代文化强国战略的背景下，本土科幻理应成为一份重要的精神资源。

所幸中国科幻正在摆脱"寂寞的伏兵"状态。自 20 世纪 90 年代以来，一批以《科幻世界》为主要发表阵地的"新科幻"小说的出场，逐渐改变了中国科幻的面貌，形成了其独特的审美谱系，并使中国科幻以一种极具民族特色的话语模式开始登上世界舞台。这一转向意义深远，它使得"新科幻"开辟了一个扎根本土同时面向"人类命运共同体"的叙事空间，对此展开的研究也成为一种"新显学"。当然，由于本书作者水平有限，这本小书并无试图为中国科幻写史立传的目的，而是选择从比较科幻的话题入手展开讨论，将"新科幻"的一些优秀作品介绍给广大读者，以期引发读者对中国科幻的兴趣。书中论及的作品，多发表于新世纪前后的十年间，对于新近发表的优秀作品，我们也将在修订之时更新完善。

本书由徐州工程学院人文学院任一江、南京晓庄学院文学院蒋洪利、云南大学文学院王云杉合作撰写，部分章节（第一、二、三、四、九、十一、十四讲）曾在《中国现代文学论丛》《北京社会科学》《太原学院学报》《文艺论坛》上发表。其中，任一江撰写了第一、二、四、五、八、九、十二、十五讲，蒋洪利撰写了第十、十一、十三、十四讲，王云杉撰写了第三、六、七讲。

《中国新科幻文学十五讲》的出版，得到了徐州工程学院人文学院、徐州工程学院科幻文学与数智人文研究中心、江苏省科普科幻教育基地的大力支持和帮助，并受到 2021 年徐州工程学院重点教材立项建设以及人文学院的资助，特在此表示衷心感谢！由于新科幻文学的研究尚待发展，作者的科研能力和视域有限，在撰写过程中难免出现一些疏漏，我们殷切希望广大读者和专家能够给予批评指正，以便在今后的修订中不断改进和完善！

任一江

2022 年 9 月 5 日于徐州云龙湖

目录

第一讲 从"科学小说"到"科普小说":
中国科幻文学的缘起与流变

第一节 "科学小说":社会改造中的"科学万能主义" /4
第二节 "现实的引力"与"幻想性"的压抑 /9
第三节 新中国成立与"科普型科幻"的发展 /13

第二讲 认识"新科幻":中国新科幻的
叙事起点与审美面孔

第一节 人类文学:叙述视角及文本形象的面孔 /20
第二节 科技文学:创作主体及叙述内容的面孔 /25
第三节 观念文学:叙述动机和情节构造的面孔 /29
第四节 推演文学:内在思维和文本逻辑的面孔 /33

第三讲 刘慈欣的"黑暗森林"与"科技主义"

第一节 "丛林法则"与宇宙社会形态 /39
第二节 星球文明之间的"战争与和平" /43
第三节 现代科技文化的审视与科技伦理的建构 /48

| 第四讲 | 王晋康的"生命想象"与"后人类"视角 |

　　第一节　"后人类"诞生:《生命之歌》《亚当回归》中的"人"与"非人"/58

　　第二节　生命意义的探寻:《类人》与《百年守望》中的"克隆人"/64

　　第三节　迈向外星家园:《水星播种》中的"硅基生命"/70

| 第五讲 | 何夕笔下的"独行者"与"理想主义" |

　　第一节　科幻写作的"人学"视角：何夕创作概况 /77

　　第二节　《伤心者》中的"理想主义" /79

　　第三节　《六道众生》中的科学权力与人性抉择 /87

| 第六讲 | 韩松的"幽暗意识"与变形世界 |

　　第一节　鬼魅空间与现代性反思 /99

　　第二节　现代个体的生存境况与世界本源的探索 /103

　　第三节　"文明的冲突"与未来世界的想象 /108

| 第七讲 | 陈楸帆的生态灾难与未来想象 |

　　第一节　生态"整体主义"伦理观念的建构 /115

　　第二节　科技异化的表现及其根源 /120

　　第三节　动物叙事与人性批判 /125

第八讲 虚拟世界与"真实"迷思：星河、杨贵福、拉拉等

第一节 进入"赛博世界"：星河的《决斗在网络》/131

第二节 "世界"的虚幻与"意识"的真实：杨贵福《真实的虚幻》/135

第三节 "完美在线"与"真实"迷思：拉拉的《掉线》/140

第九讲 人机图景与赛博格书写：迟卉、凌晨、江波等

第一节 "病人""非人"与"超人"："赛博格"的身体形态/147

第二节 "赛博格"身体的"自由"状态/152

第三节 "赛博格"理想的启蒙内涵/157

第十讲 科幻中的疫病书写：燕垒生、吴楚等

第一节 疾病与隐喻的"疾病"/163

第二节 疾病阴影下的爱的美学/168

第三节 生命价值的确认方式/173

第十一讲 柳文扬、程婧波的时间循环叙事与科幻哲思

第一节 时间循环结构与时间循环想象/179

第二节 时间循环叙事下的主体性探求/183

第三节 时间循环叙事下的文明想象/187

第十二讲　历史科幻的诸种可能：钱莉芳、长铗、飞氘、姜云生等

第一节　《天意》《昆仑》中的科技"秘史" /195

第二节　《一览众山小》中的"错史"书写 /202

第三节　《长平血》中的"启蒙话语" /208

第十三讲　夏笳、郝景芳的"软科幻"写作

第一节　科幻写作与现实观照 /216

第二节　"日常生活化"写作下的人性关怀 /220

第三节　本土化与中国经验 /225

第十四讲　雅与俗的互动：李宏伟、王十月的跨界实验

第一节　"未来现实主义"下的科技隐忧 /233

第二节　哲学命题的科幻式思考 /238

第三节　跨界写作的可能性 /242

第十五讲　中国新科幻文学的批评版图

第一节　中国科幻"启蒙—科普型"批评范式与"科文之争"的独立性探索 /248

第二节　中国科幻"新生代"的创作观 /251

第三节　新世纪中国科幻研究著作 /256

第一讲

从"科学小说"到"科普小说":
中国科幻文学的缘起与流变

自晚清由西方舶来的科幻文学在中国已历经百年。这一文学类型的发展过程与20世纪上半叶中国社会"启蒙"与"救亡"的主潮流紧密相连。在文化领域，尽管陈独秀倡导的"新文化运动"早已树起"民主"与"科学"两面旗帜，但作为文化"先锋"的中国"新文学"却似乎更加注目于文学"启蒙"的层面。"主流文学"的相关类别，如乡土、都市、青春、革命等题材都探索了各自的空间。尽管在李泽厚提出的"救亡压倒启蒙"的文化逻辑下，它们有过停滞或倒退，但在文学现代化的进程上都表现出由浅入深的发展趋向。然而唯有科幻小说的发展，似乎处于某种"被遮蔽"的状态。究其原因，李氏所言之思想启蒙，聚焦于文化道德层面，即反对封建的意识形态、改造愚昧的国民性、引进西方的民主思想以及批判传统的文化风俗等，它已成为较独立的社会思潮，对"救亡"的主题起到补充检验作用，这正是前者得以发展的基础。然而，"新文化运动"之滥觞，在于"民主"与"科学"的提出。启蒙除了要揭开"世道人心"蒙蔽在人们心中的阴影，亦当通过科幻文学这一文学品类形塑某种具有现代性的"科学精神"，使之构成启蒙的另一翼。

如果说"救亡压倒启蒙"的逻辑对当时的主要小说类型来说是部分成立的，那么对科幻小说来说则起到了更大的影响。因为"近代中国面临的生存压力及其引发的文化革新诉求,是中国科幻出现的根本动力"①,受此驱动,一方面"救亡图存的人们如饥似渴地汲取西学,改变了对时空的认知,产生了对未来的想象,为科幻小说的萌发提供了适宜的文化氛围"②;另一方面,在民族危亡的呼声中,科学精神迅速转变成某种社会工具,在"科学"的"探照灯"下,"人们发挥想象,尝试去解决数千年来从未面临过的困境"③。当这种"救亡"的想象与"功利化"的小说观结合起来时,以"科学小说"④为载体的文学创作自然就"担负起了以其趣味性情节吸引民众以普及科学知识的重任"⑤。于是,在"中国科幻的首轮浪潮"⑥中诞生的"科学小说"的作者对"科学"本身的看法,却往往并不十分"科学"。"科学小说"中的"科学"往往在"器物"层面被看作救国的"工具",而文学叙事则借助于此种"工具",将诸多现实政治上的失利转化成了某种"想象性解决"的办法。例如,这一时期普遍的科幻叙事动因和归宿是借助于科学的力量(更多是科学发明的新器物),"中国重振声威、世界走向大同"⑦,并且"流露出在想象中复仇的快意"⑧。其或借科学完成中华复兴的使命,打造出一个由"科技奇观与儒家道德伦理"⑨结合的大同世界。人们从中可以发现在晚清"科学小说"中内含着的一种"科学万能主义"。这种"科学万能主义"使得本应对"科学本身"进行严肃思考的"科学启

---

① 吴岩主编:《20世纪中国科幻小说史》,北京大学出版社2022年版,第2页。
② 吴岩主编:《20世纪中国科幻小说史》,北京大学出版社2022年版,第3页。
③ 吴岩主编:《20世纪中国科幻小说史》,北京大学出版社2022年版,第5页。
④ 根据贾立元的考证,"科幻小说"在中国以较为独立的文学品种出现是很晚的事。参见贾立元:《"现代"与"未知":晚清科幻小说研究》,北京大学出版社2021年版,第6—7页。
⑤ 吴岩主编:《20世纪中国科幻小说史》,北京大学出版社2022年版,第7页。
⑥ 吴岩主编:《20世纪中国科幻小说史》,北京大学出版社2022年版,第21页。
⑦ 吴岩主编:《20世纪中国科幻小说史》,北京大学出版社2022年版,第15页。
⑧ 吴岩主编:《20世纪中国科幻小说史》,北京大学出版社2022年版,第16页。
⑨ 吴岩主编:《20世纪中国科幻小说史》,北京大学出版社2022年版,第17页。

蒙"在它刚萌芽的阶段,就被"救亡"的现实要求与文学想象沉重地压倒了,因此科幻小说也成了一种"被遮蔽的现代性"。在中国百年科幻小说的发展历程中,借由"科学观"的流变,科幻小说也经历了从"科学小说"到"科普小说"并最终转变为"科幻小说"的发展过程。

第一节 "科学小说":社会改造中的"科学万能主义"

"科学万能"的科学观和"工具论"式的创作观在一定程度上限制了中国科幻小说的发展。科学作为一种认识世界的现代性方案,本身有着复杂的内涵。但在晚清至"五四"初期,对西方科学的引进过程中,对此并未做出明确的辨析,甚至为了救亡的需要,在某种程度上把科学精神变成"科学主义"。这种"科学主义(有时可以称之为科学迷信),本身并不是科学的,它只是从表层上理解科学,把科学等同于知识、技术、生产力,等等"[1]。还有论者指出"中国是从20世纪开始把科学作为一种教条来接受的"[2],因此科学的现代性特征被不断窄化,它多被作为一种微观上改造中国人思想或宏观上建立人生信仰的先进工具加以使用。对科学的片面理解为中国科幻小说的发展埋下隐患,它使得一些作品与"科学"的严肃性已经相去甚远,文学形象也成为科学观念的演绎,从而进一步掩盖了科幻小说本应具有的现代性启蒙效果。

"科学万能主义"片面夸大了科学的功能。它威力无穷,永远乐观,不仅能解决自然的问题,亦能解决人生的问题,是一种比较盲目的"万

---

[1] 金观涛:《新启蒙和"五四"》,《新启蒙》1989年第4期。
[2] [美]郭颖颐:《中国现代思想中的唯科学主义(1900—1950)》,雷颐译,江苏人民出版社2010年版,第5页。

能主义"①。当时不少启蒙者甚至将其价值上升到要求全社会都建立起一套"科学的人生观"的地步。通过"科学小说",人们相信,科学的方法、技术、精神能够解决一切社会人生问题。这便把万能的"科学"造为新"神",实际上是对科学精神的遮蔽。由于晚清普遍重视小说的社会效用,为了完成救亡图存、文化更新的任务,科幻小说必须将自身安置到这一任务形成的总体框架中。这也在一定程度上降低了晚清科幻小说的独立性,从"哲理科学小说"(梁启超)这种命名和意涵也可以看出晚清科幻"独立性"的部分丧失。此类小说并非着意于科学本身,而是要"沿着科学上行,到达全新的哲理境界,进而破坏中国旧文化的思想根基"②,从而达到变革社会、人心乃至救亡图存的目的。因此,需要在小说中将科学的能量不断放大,成为变革的利器。例如"荒江钓叟"的《月球殖民地小说》中就有"让日本科学家发明冠绝全球的先进飞艇,并与中国志士结为同盟,暗示未来将要反转欧强亚弱的格局"③;吴趼人的《新石头记》中描绘了科技发达的"文明境界","其中的地火能源、仿生时钟、气候控制、彩色照相、飞车、潜艇、无线电话、助明镜、无声电炮等发明令人眼花缭乱,军力冠绝全球"④;陆士谔的《新中国》也展现了一个"科学昌明、人才极盛"、已经实现了现代化的"新上海",而"万能"的科技发明竟是能够改变人心、改造"国民性"的"医心药","自从医心药发行以后,国势民风,顷刻都

---

① 这种"万能主义"实际上是一种"技术主义",即把科学片面理解为技术,通过对技术的想象来解决一切现实中的问题。然而,每个时代都存在新的技术和对技术的想象,如《墨子·鲁问》中鲁班所造的飞鸟:"公输子(鲁班)削竹木以为鹊""三日不下"。又如《三国志》中记载的蜀诸葛亮的"木牛流马"和"诸葛连弩",都是基于对当时技术的想象。若仅把科学视为技术,就不能构成现代科学的精神,无疑也取消了它自身的现代性品质。

② 吴岩:《科幻文学论纲》,重庆大学出版社2021年版,第6页。

③ 吴岩主编:《20世纪中国科幻小说史》,北京大学出版社2022年版,第16—17页。

④ 吴岩主编:《20世纪中国科幻小说史》,北京大学出版社2022年版,第17页。

转变过来"①；碧荷馆主人的《新纪元》描写战争中"海陆空大斗法"的内容几乎全是拥有先进科学"法宝"的中国战胜了西方诸国；包天笑的《空中战争未来记》中被夸大的诸种科学"法宝"极大地增强了国家的实力，从而在某种审美镜像中完成了文明革新的任务。1915年创刊的《科学》杂志在其创刊词中写道："为芸芸众生所托命者，其唯科学乎，其唯科学乎！"②这也表现出这种"科学万能"的时代精神。然而，建立在对科学片面看法之上的科学小说，本身并不稳固，当人们认识到它所预言的美好世界不会来临时，便将迅速衰落。当辛亥革命后，人们"送走了光绪，迎来了共和，国人发现，想象中的和平、民主、自由、繁荣等并没有自然而然地到来，失望之余连幻想也不要了。于是科幻小说迅速没落了"③。

对科学现代性的另一种"误解"是沿着社会效用的路径不断下行，使科学小说成为传播科学、启迪思想，最后改造普罗大众的万能工具，因此，它似乎"不必特别关心自身的创造"④。这种"误解"虽然没有刻意夸大科学的能力，却隐含了十足的功利性和目的性。"列强入侵之下的亡国危机所带来的是近代国人科技意识的觉醒……其行动的直接动机和目标即在于强国救国；尤为重要的是这里的科技意识还不是科学意识。"⑤其内涵本身也并未超越传统启蒙主题下的诸如呼唤科技救国、批判封建迷信、唤醒大众思想等道德范畴。因此，形成于这种科学观念下的科幻小说更加类似科普读物。

由此形成了"科学话语引导出的另一种写作方向，是以传播具体知识

---

① （清）陆士谔：《新中国》，上海古籍出版社2010年版，第50页。
② 《科学》杂志创刊词，《科学》1915年第1卷第1期。
③ 萧星寒：《星空的旋律——世界科幻小说简史》，古吴轩出版社2011年版，第106页。
④ 吴岩：《科幻文学论纲》，重庆大学出版社2021年版，第6页。
⑤ 张光芒：《启蒙论》，上海三联书店2002年版，第30页。

为主要目的、情节相对薄弱的小说"①，例如《医界现形记》《医界镜》《破伤风》等一批"介绍医界情况""说明具体疾病的病因"②的"卫生小说""医学小说"，又如《上下古今谈》（吴稚晖）这种介绍"天文、地理、物理、化学、生物等多种知识"的"科普型小说"③，再如《生生袋》（支明）这样借用"解谜"模式进行生理学科普以破除迷信的"科学小说"。

这样的创作往往是把"五四"启蒙文学对大众启蒙的功能搬上了另一个舞台。如鲁迅在《〈月界旅行〉辨言》中写道："盖胪陈科学，常人厌之，阅不终篇，辄欲睡去，强人所难，势必然矣。惟假小说之能力，被优孟之衣冠……获一斑之智识，破遗传之迷信，改良思想，补助文明。"④这里所说的"被优孟之衣冠"即指借小说的体裁来传播科学知识。人们轻易就能看出其中的功利性，科学只是一种手段，用来破除迷信、增益文明、改造人生，而科学小说，更是实现这一目的的手段，它必须服从于有益社会文明的宏大目标。吴岩曾指出："他（鲁迅）只不过期望从自己的理解入手，将这种原本丰富的、包含着全方位现代性方案的文类进行缩编和简化，变成了一个小工具罢了。"⑤受此观念影响，在《晨报副刊》创刊之初开设的诸如"科学谈""科学浅说"等栏目中，发表了大量科学宣传或科普文艺的作品，它们的目的也都是为了传播科学、破除迷信、改造社会，并带有"科学万能"和"小工具"的烙印。例如夏敬农发表的《雷祖爷欢天喜地》一文，描述了人们利用科学，可以将自然界的各种事物都"捉来当听差当

---

① 吴岩主编：《20世纪中国科幻小说史》，北京大学出版社2022年版，第18页。
② 吴岩主编：《20世纪中国科幻小说史》，北京大学出版社2022年版，第19页。
③ 吴岩主编：《20世纪中国科幻小说史》，北京大学出版社2022年版，第19页。
④ 鲁迅：《鲁迅全集》第10卷，人民文学出版社2005年版，第164页。
⑤ 张治、胡俊、冯臻：《现代性与中国科幻文学·序言》，福建少年儿童出版社2006年版，第1—2页。

老妈","只高高地在房屋上插着长针,雷氏一家无不望而生畏"①。又如孙伏园写了一篇《科学与吃饭》的文章,其中认为"科学的所以可贵,就在它能帮助这种特殊能力,使它得到一种正当的手段、方法或工具……利用了科学做工具,使生活能够增进"②。到了1921年底,《晨报副刊》在总结经验时也不得不承认"灌输知识的材料太多",但同时仍不放弃科学下行的目标,要将科学小说"做得人人能懂得"③。

由此可见,科学下行的功利性和目的性在20世纪20年代似乎被广泛接受,从周作人1924年的《科学小说》一文中,亦能看出这种影响。他指出:"即使让步说儿童要听故事,也只许读'科学小说'。这条符命,在中国正在'急急如律令'的奉行。"④周作人意识到了这种"误解"给科学现代性所带来的危害,他甚至认识到把传统启蒙主题装进科学瓶子里的做法已不能算作科学小说的范畴了:"有些人借了小说写他的'乌托邦'的理想,那是别一类,不算在科学小说之内。"⑤可惜的是,周作人提出的看法并没有获得广泛响应和认真思索,救亡的严峻形势让人们无暇做出细致的学理探讨,他的声音被迅速淹没在改造社会的呐喊中了。

故而,在20世纪初直到抗战之前的时间里,对科学现代性启蒙作用的"误解"主要沿着两极发展:一是在形而上层面建立起一套人人遵守的"科学的人生观",乐观地坚信科学能够解决一切社会人生问题,使之成为新的信仰;二是作为目的明确的工具进入普通民众的日常生活,用来普及知识、指导实践、改造文明。然而无论在哪一极,作为文学种类的科幻小

---

① 夏敬农:《雷祖爷欢天喜地》,《晨报副刊》1921年11月20日。
② 孙伏园:《科学与吃饭》,《晨报副刊》1921年11月20日。
③ 《晨报副刊》1921年12月31日。
④ 周作人:《雨天的书》,河北教育出版社2002年版,第174页。
⑤ 周作人:《雨天的书》,河北教育出版社2002年版,第177页。

说都没有获得独立的地位，及至"'新文化运动'的勃兴及民国中后期连绵不绝的战争则压缩了本土科幻小说的生存空间"①，使之越走越窄，几近丧失。

第二节 "现实的引力"与"幻想性"的压抑

如果说晚清至民初的科学和科学小说作为一种改造社会人生的工具在文学层面进行了诸多实验，到了民国中后期，"连绵不断的战争更是使人们在生存的压力下，无暇幻想而更关注现实的生死"②，因此更需要关注当下以及能够直接回答现实问题的写实的文学。在此要求下，文学创作趋向于相对统一的价值标准，并在相当程度上服务于意识形态，提供对"救亡"有益的认识，从而直接参与到这场民族危亡的战争实践中。这种"科学"的认识论是救亡逻辑发展的一种结果。它将"幻想"的要素从"启蒙话语"的体系中排除，进一步使"幻想小说处于边缘地位"③。

正如C.Geertz指出的："当社会和政治危机伴随着原有文化根基失落时，便迫切需要意识形态。"④虽然意识形态并不是科学，但人们却认为科学的意识形态（如共产主义）和社会制度可以成为解决中国危机的关键，它能够对救亡的急迫课题做出具有历史规律性的"科学"解释和指导。因此，一向需要科学的古老中国，迅速把科学与意识形态及社会制度联系起来。而这些又直接服务于当时的"战争文化心理"，在"战争文化心理"的影响下，所有的思想都统一为战争胜利服务，几乎所有的文学都被纳入

---

① 吴岩主编：《20世纪中国科幻小说史》，北京大学出版社2022年版，第45页。
② 吴岩主编：《20世纪中国科幻小说史》，北京大学出版社2022年版，第51页。
③ 吴岩主编：《20世纪中国科幻小说史》，北京大学出版社2022年版，第51页。
④ 李泽厚：《中国现代思想史论》，生活·读书·新知三联书店2008年版，第56页。

建立新的民族国家的宏大叙事中。虽然抗战时期的中国被划分为几个不同的政治区域，但各自的文艺主题却又不约而同地服务于救亡的意识形态，偌大的中国，很难找到一处科幻文学独立发展的土壤。在前期的国统区，"文学的基调表现为昂扬激奋的英雄主义。'救亡'压倒了一切，文学活动也就转向以'救亡'的宣传动员为轴心"①，后期又转向对战争形势下黑暗面的揭露与讽刺。

在解放区，由于文学的受众是广大农民群体，其知识结构在一定程度上影响了对科幻的接受程度，而后期又受到毛泽东《在延安文艺座谈会上的讲话》影响，除了把先进的制度作为科学事实宣传给农民之外，作家们几乎很少再表现科学的其他门类或与之相关的科学家。

在沦陷区，由于处于日伪统治下的不自由状态，在夹缝中生存的作家无暇顾及科学、幻想这些远离意识形态的东西，其创作没有脱离五四运动以来的现实主义传统，主要揭示了"沦陷区人民真实的生存困境与不屈不挠的民族生存意志"②。在俗文学方面则是注重对"人的日常平凡生活的重新发现与肯定"③。

由此可见，在民国后期，由于救亡逻辑的进一步发展，无论是读者抑或作者都更加关注现实。因此，科学更多成为一种服务于现实的认识论，参与着救亡的实践，这导致了"以科普为目的的科幻创作备受推崇，幻想性受到了压抑"④，远离当下现实问题的科幻小说不得不暂时隐退，离开人

---

① 钱理群、温儒敏、吴福辉：《中国现代文学三十年》（修订本），北京大学出版社1998年版，第382页。

② 钱理群、温儒敏、吴福辉：《中国现代文学三十年》（修订本），北京大学出版社1998年版，第391页。

③ 钱理群、温儒敏、吴福辉：《中国现代文学三十年》（修订本），北京大学出版社1998年版，第391页。

④ 吴岩主编：《20世纪中国科幻小说史》，北京大学出版社2022年版，第49页。

们的视野。

但仍有一些科幻/科普小说，或带有科幻元素的小说，在这一时期出现。这些小说有以下几个特点：

一是表现为科普话语的呈现。如高行健创作的《冰尸冷梦记》等，其故事建立在一个较强科学知识——生物冷冻技术——的基础上，因此具有坚实的科学内核与可读性。总体来看，高行健的科幻创作"带着极强的科普目的，主要是以小说的形式来传播某种科学知识"[1]。

二是科幻创作呈现出"启蒙话语"，尤其是社会启蒙的若干主题，是对现实种种"怪现状"进行的讽刺与文化批判，如徐卓呆的《万能术》《明日之上海》等，但是在这样的创作中，"科幻小说创作是隶属于他的滑稽（讽刺）小说创作的"，以便"更好地批评社会，揭露社会的丑恶"[2]。周楞伽的《月球旅行记》也是一部借发生在月球的战争批判现实"黑暗社会"的创作。还有老舍在日军大举进攻、民族危机空前严重的情况下创作的《猫城记》，这是一部带有科幻元素的文化批判小说，具有"恶托邦"色彩。此外，顾均正的《无空气国》则结合现实，针砭时弊，体现了"对于现实社会的强烈关注与反思精神，表达了顾均正作为一个知识分子的社会责任感与忧患意识"[3]。这些创作都体现了"启蒙话语"在科幻小说中的发展与应用。

三是书写科学家形象并对科学进行反思。这一类作品比较接近于当代科幻的概念，它跳出了简单的"救亡"逻辑，成为展现科学复杂现代性的试验场，提醒人们重新认识自己的生存处境。但由于受"战争文化"状态

---

[1] 吴岩主编：《20世纪中国科幻小说史》，北京大学出版社2022年版，第64页。
[2] 吴岩主编：《20世纪中国科幻小说史》，北京大学出版社2022年版，第68页。
[3] 吴岩主编：《20世纪中国科幻小说史》，北京大学出版社2022年版，第62页。

和主流意识形态的影响，这类创作也很难真正突破时代的写作模式。例如许地山带有科幻色彩的小说《铁鱼底鳃》，除了含有大量的科技想象和科幻因素外，更描写了一个制度改革家之外的自然科学家，这就将自然科学家作为独立的形象分离出来。它没有展示革命的乐观前景，科技的发明最终也没有用于军事，雷先生梦想的破灭反而显示了超前技术那种不合时宜的疏离感。"想着那铁鱼的鳃，也许是不应当发明得太早，所以要潜在水底。"[1]小说一反依靠科技解决中国问题的普遍模式，对科学家和科技本身进行了刻画和反思，也正是在这一层面上，它突破了意识形态的笼罩。然而主流的阐释依然没有脱离"救亡"的逻辑，"以报国无门的科学家雷教授的不幸遭遇、不幸结局为基本线索……全篇袒露着雷教授深沉执着的爱国情怀"[2]。"'太早'这一反讽话语犀利地批判了国民党统治的腐败，'把矛头指向国民党当局的卖国政策'。"[3]而这种对当时主导话语的"越轨"式突围并没有持续下去，它难逃被遮蔽的命运。

概而言之，在科学更多成为一种服务于现实的认识论参与救亡实践的民国中后期，科幻小说在相当程度上被写实类的主流文学所"征用"，它被保留了其中"科学"的认识功能，而被压抑了更具文学审美价值的"幻想性"。这种情况甚至形塑了某种中国科幻"科普型"的创作传统，深刻影响着新中国成立之后的科幻小说。

---

[1] 许地山：《神秘奇特，异域情韵：许地山小说全集》，中国文联出版公司1996年版，第384页。

[2] 朱栋霖、朱晓进、龙泉明主编：《中国现代文学史1917—2000》（上），北京大学出版社2007年版，第50页。

[3] 朱栋霖、丁帆、朱晓进主编：《中国现代文学史1917—1997》（上册），高等教育出版社1999年版，第65页。

第三节　新中国成立与"科普型科幻"的发展

1949年后，随着新中国的成立，尽管满带硝烟的人们开始了社会建设，但"救亡"的逻辑和"战争文化心理"并未根本改变。西方世界依旧虎视眈眈，国内敌人尚未肃清，社会各项事业百废待兴，所有的一切，都刺激着人们传统的实用理性，并激发大家的革命情怀继续高涨。因此，科幻正如所有的文学类型一样，仍须服务于现实和政治，即作为科普工具教导人们现实而非想象的知识，提供光明的前景，破除迷信以及塑造社会主义新人。这一科普工具论式的科学观在其后很长时间成为科幻小说"不能承受的生命之重"。此时的科普，尤其作为儿童文学的存在形式，其特色主要是"聚焦少年读者，聚焦单一科技所能带来的生活状态改变"[1]，其内容则主要是"对封建迷信的揭露和对社会主义先进科技和美好社会前景的追求"[2]。这一时期形成了一种唯科普型的创作方向，巩固并发展了"科普型科幻"的创作传统。

"科普型科幻"隐含着二重"霸权"，即体现为一种国家层面的科学观。首先，它在事实判断上确立了科学的正确性，即通过科普形式传播的科学必须是已知的、实用的、确定的客观真理，任何"非分"的幻想都被视为伪科学加以排除。其次，它在价值判断上又树立了政治标准，即作品的价值取向必须符合思想性要求，并将其作为评定作品价值的重要标准。

于是，在文艺作品中出现的科学只能是经过验证的、符合马克思主义唯物史观的科学，其他的"科学幻想都是胡说八道！是对科学的污染"[3]，甚至发表科幻小说都要冒很大风险，"那时候，他们还不敢提'科学幻想

---

[1] 吴岩主编：《20世纪中国科幻小说史》，北京大学出版社2022年版，第77页。
[2] 吴岩主编：《20世纪中国科幻小说史》，北京大学出版社2022年版，第78页。
[3] 黄伊主编：《论科学幻想小说》，科学普及出版社1981年版，第21页。

小说'这几个字，最初发表的时候，提的是'科学小说'"[1]。根据吴岩的统计，从"20世纪40年代中后期来看，强调科学应该在文本中占据主导地位的文章已经占据了多数，且少有看到反驳的观点"[2]。而对小说中科学本身正误的讨论，更是不允许出现，"一篇蹩脚的科幻小说只要介绍了正确的科学知识，顶多是篇次品；一篇文艺性很强的科幻小说，若介绍了错误的知识，那只能是一篇废品"[3]。这种强调科幻小说中科学正确性的看法无意中也把内涵丰富的科幻文学窄化为科普读物，从而确立符合主导意识形态认可的话语模式。例如迟叔昌创作的小说《割掉鼻子的大象》，在让"我"见识了一番科技的"奇迹"之后，需要专门留出一个章节"奇迹离不了科学"，对这种幻想加以科学解释。郑文光在《黑宝石》中也特意安排了"黑宝石是从哪里来的"一章专门解释陨石形成的科学原理。又如叶至善的《到人造月亮去》，只不过是把物理、化学的相关原理用文学的语言，以李建志和老师一问一答的方式重新阐释了一遍。可见这种科学确定性的解释，以及对幻想成分的稀释，在当时已成为科幻小说创作的普遍模式。

20世纪50至60年代，科幻小说承担的责任基本是为社会主义生产服务，既然要落实到生产上去，自然得少有幻想，多讲现实，因此"它被天经地义地当作图解知识、宣传科学的手段；谁要是离开了这一目的，就有被目（视）为'滑入为艺术而艺术的泥坑'的危险"[4]。考察这一时期的科幻小说叙事模式，由于"科普"的单一目标使之在文本结构和叙事方面均存在着雷同化倾向，这也使得"科幻小说中的发现与发明创造模式明

---

[1] 黄伊主编：《论科学幻想小说》，科学普及出版社1981年版，第20页。
[2] 吴岩：《科幻文学论纲》，重庆大学出版社2021年版，第11页。
[3] 蔡景峰：《科幻小说必须讲科学性》，《科普创作》1981年第5期。
[4] 黄伊主编：《论科学幻想小说》，科学普及出版社1981年版，第62页。

显"①，如"矛盾—冒险—解决"模式或"奇观—答疑—应用"模式②。正如当时有论者提出的"科学幻想故事是一种特别生动的对少年儿童灌输科学知识的形式"③。这样的作品除了传导经过认可的"科学知识"，以便更好地展现实现社会主义现代化的方案之外，几乎起不到更深层次的反思效果，同时也"造成作品的文学性淡薄，难以深刻地反映社会现实"④。不过，要求科幻小说必须完全符合现实科学的前提本身并不太科学，它不是纯理论的技术推导，不可能加以直接验证，也并非所有的幻想都能在短期内变成科学事实。因此，在小说中建立的科学标准并不是要启发人们对科学本身的可能性和局限性进行严肃思考，亦不是提供某些改革中的现代性方案试验场，更不是使人们"了解自己与世界的相互关系"⑤。它所要达到的，是一条明确方案的实现路径，并为这一方案提供确定无疑的解释与合法性地位。

对科幻小说建立起的另一种标准是政治标准。它作为一种价值判断，尤其将思想性要求奉为圭臬。"不是经济、更不是科技决定思想和政治，而必须是思想、政治'挂帅'去决定、主宰、领导经济、科技以及其他一切。"⑥中国现代文学历来存在强调思想性的传统。《在延安文艺座谈会上的讲话》确立了中国文学新规范之后，其思想性主要是指作家依据科学的世界观（马克思主义），对社会主义新时代的肯定，包括它的政权、成就和新人，以及对西方帝国主义的批判，在此基础上，激起人们巨大的热情去建设社会主义新生活。于是特别注重思想教育，对科学的阐释亦需配合

---

① 吴岩主编：《20世纪中国科幻小说史》，北京大学出版社2022年版，第82页。
② 吴岩主编：《20世纪中国科幻小说史》，北京大学出版社2022年版，第86页。
③ 黄伊主编：《论科学幻想小说》，科学普及出版社1981年版，第85页。
④ 汤哲声：《20世纪中国科幻小说创作发展史论》，《文艺争鸣》2003年第6期。
⑤ 王泉根主编：《现代中国科幻文学主潮》，重庆出版社2011年版，第62页。
⑥ 李泽厚：《中国现代思想史论》，生活·读书·新知三联书店2008年版，第198页。

思想教育，尤其对青少年进行艰苦奋斗、不畏困难的思想教育成了科幻小说的主要功能，这也使"共和国早期科幻发展极大程度地停留在儿童文学和科普读物的状态"①。从当时主要论者对其社会价值的定性即可见一斑。"科学幻想故事应当与思想教育紧密结合……注意用'劳动创造世界'这一真理来教育小读者。"②"我国目前正在进行社会主义四个现代化建设，需要有千千万万个不怕困难、勇攀高峰的科学事业接班人，科学幻想小说应当为招募科学事业接班人做出贡献。"③科学幻想小说"燃起小读者们变幻想为现实的强烈愿望，教育少年儿童努力学习，勇攀高峰，向着四个现代化进军"④。

不符合主流思想观念的科幻小说，则被冠以"封资修黑货"大加鞭笞。例如描写了未来机器自动化给人们带来便利的故事便被斥之以"脱离艰苦劳动，未能通过自己辛勤劳动和努力获得"，是小资产阶级腐朽生活的写照。又如对《苏埃玛——一个机器人的故事》发起的批判，就认为把机器人描写得胜过人类的思想是反动的，"完全违反了毛主席关于人与物关系的科学论断"⑤，并进一步批评了选编这篇文章的编者在思想上亦未能采用马克思主义的观点。甚至在童恩正《珊瑚岛上的死光》这类已经较为远离中心话语的科幻小说中，作者也不自觉地加入了"革命教育"的内容："有正义的战争，有非正义的战争。而且要最终消灭一切战争，也只有通过革命战争的手段，首先改造不合理的社会。"⑥这段对话正是文中"我"对科

---

① 吴岩主编：《20世纪中国科幻小说史》，北京大学出版社2022年版，第83页。
② 黄伊主编：《论科学幻想小说》，科学普及出版社1981年版，第90页。
③ 黄伊主编：《论科学幻想小说》，科学普及出版社1981年版，第99页。
④ 黄伊主编：《论科学幻想小说》，科学普及出版社1981年版，第50页。
⑤ 吴岩：《科幻文学论纲》，重庆大学出版社2021年版，第38页。
⑥ 董仁威、姚海军主编：《童恩正卷：古峡迷雾》，人民邮电出版社2012年版，第132页。

学家"马太博士"进行的一番思想教育，让人耳熟能详。同样，中国长篇科幻小说的里程碑《飞向人马座》中也回响着艰苦奋斗、集体主义和阶级斗争的声音。可见在当时，无论作家自觉与否，时代语境都在此类文本中留下了深刻的烙印。其后直到20世纪90年代前，中国科幻只要逾越了思想教育这一雷池半步，便招致批判。在1983年的政治讨论中，由于科幻出现了"资产阶级自由化倾向"，它直接被定性为"精神污染"，从而受到禁止。

由此可见，"科普型科幻"的叙事传统在新中国成立后隐含了科学和政治上的双重标准，中国现代科幻小说中凡是能被用于社会建设的功能都必须经由科普的手段，通过权力机构的阐释才能获得合法地位。二重标准形塑了很长时间内中国科幻的创作样态，其科学的内容服务于工农兵的生产实践，其思想的内涵服务于社会主义的建设使命。这既是"救亡"逻辑的当代演进，亦是缺乏"幻想"的文学之痛。因此，只要这一路径不能转向，中国现代的科幻文学就无法突破旧有框架，只能在暗淡中发出微弱的火光。这种状况一直延续到20世纪80年代初，由童恩正、郑文光和叶永烈等人引发了一场"科文之争"。这场关于中国科幻"姓科还是姓文"的论争"可以看成是中国科幻为迎接文学性科幻传统复兴而遭受的一场试炼"[1]。郑文光等人试图使创作越发"狭窄"的"科普型科幻"获得文学上的"可读性"与"反思性"，并打破长期以来形成的"唯科学"创作观，以便使中国科幻文学在新的起点上再出发。这样的主张打破了以往对于科幻创作的"教条"，深刻影响了20世纪90年代以来的中国当代新科幻或中国科幻"新浪潮"的发生与发展。

---

[1] 苏湛：《科普传统与中国科幻共同体的演变》，《中国现代文学研究丛刊》2021年第8期。

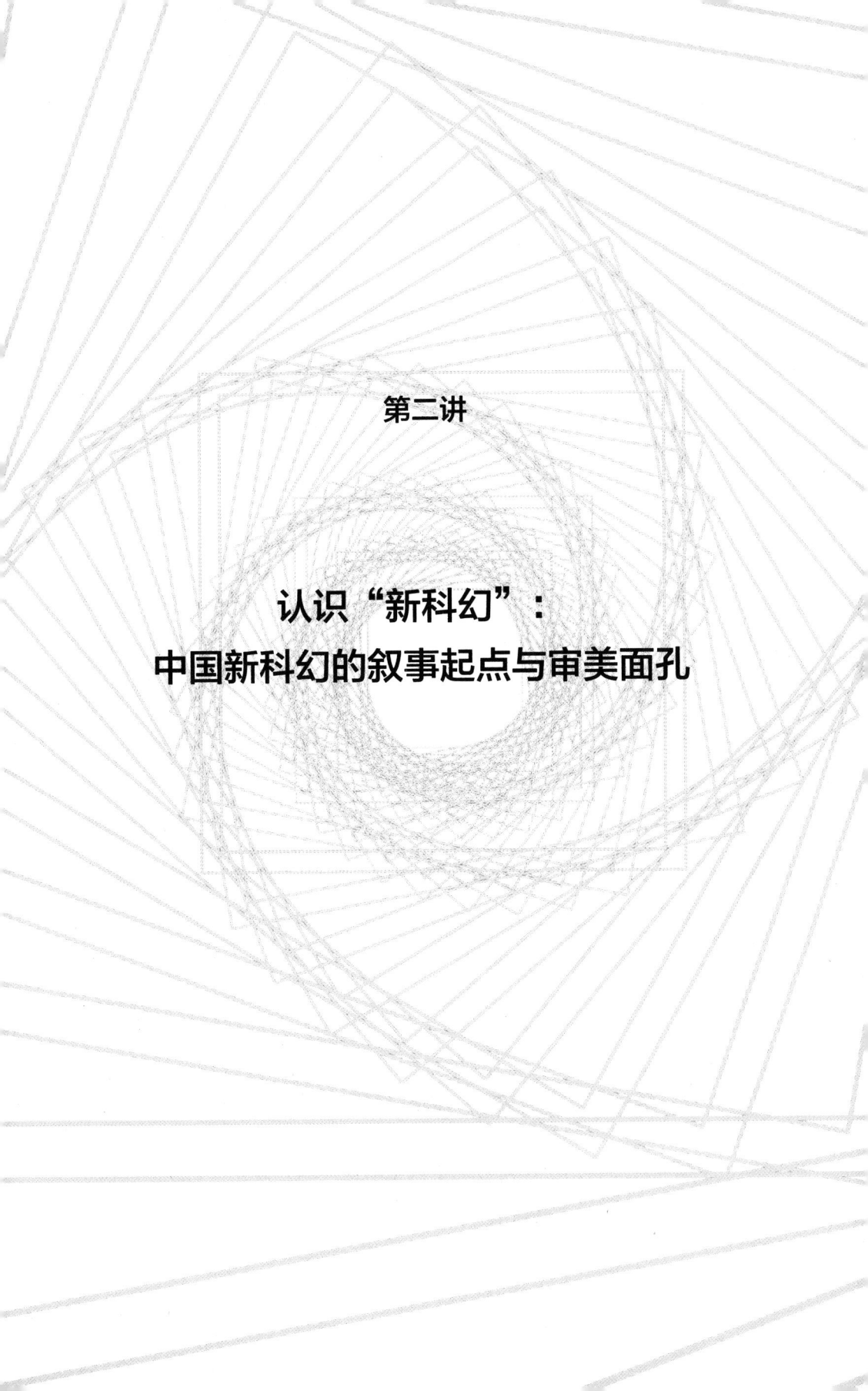

第二讲

认识"新科幻":
中国新科幻的叙事起点与审美面孔

20世纪90年代以来，随着《科幻世界》杂志的正式定名，一批被科幻评论界称为"新生代"及其之后的科幻小说作者以此为阵地，井喷式地发表了大量的优秀作品。这些作品不但以其截然不同的形态告别了从晚清到20世纪90年代的中国"旧"科幻小说样式——与"科学小说""科普小说"的叙事模式有着相当大的差异，也以其迥然相异的叙述在传统文学主流之旁另立门户。虽然科幻文学的边缘身份让它一直处于中国现代文学的边缘地带，然而该杂志惊人的销量却证明了新科幻小说在读者之中产生的广泛影响。新科幻文学之"新"，既在于它异于以往任何时期的同类作品，又在于它异于同时期的其他文学类型。换言之，中国当代新科幻小说在与世界、科学、认知、思维逻辑的关系中可以被表述为"人类文学""科技文学""观念文学""推演文学"。这既是它的叙事起点，亦是它的审美面孔。

第一节　人类文学：叙述视角及文本形象的面孔

中国当代新科幻小说与传统主流文学最大的差异在于它逐渐取消了"个体的人"的概念，转而从"类"的范围对人进行刻画，思考人与世界的关系。因此，传统人物的典型性、丰富性、阶级性或"大写的人"等批评范畴并不能完全描述科幻文学。"文学是人学"的命题在科幻小说中恰恰从个体之人扩展到对人类整体命运关注与表达的层面。科幻"设计的通常是比个人或者小团体更为重要的主题：文明或种族所面临的危险"①。它追求人类叙述的目标，也体现出对新时期以来愈演愈烈的个人叙述的反拨。在新科幻小说中，人类的形象逐渐取代了个体的形象。这主要表现在小说以"人类"的视角进行叙述、描写人类整体的行为、宏细节展示三个方面。

首先，当科幻小说以"人类"的视角进行叙述时，它就超越了个体视域的局限，急剧扩大了文学的表现范围。在此视角下，文学有了描写宇宙空间、跨越个体时间、体现人的异化，并预演异己文明冲突的可能。这也意味着一种外在于人类种群的因素介入了文本，将传统文学中"我"与"他人"的关系转换成"人类"与"他者"②的关系。比如在《三体》中，作者将人类整体置于外星文明的威胁下，而人类幼稚的自我暴露行为或将导致整个种族的灭亡。刘慈欣放弃了人类中心主义的立场，从宇宙的尺度来看，人类仅是生存丛林中的一员，并且远未成熟。从"人类"的视角去看，作品中展现的"文革"叙述也呈现出不同的色彩。正如杨宸指出的：《三体》"在'文革'引发的叶文洁的思考中，最突出的词是'人类'。这一表达意味着，'文革'不是某类人的错，也不是某个团体的错，而是整个人类的错。……而'人类'正是科幻文学中十分常见的表述"③。又如《永不消失的电波》中叙述了一个关于流浪和寻找家园的怀旧主题，然而作者将

---

① 吴定伯：《美国科幻定义的演变及其他》，吴岩编：《科幻小说教学研究资料》，北京师范大学教育管理学院，1991年，第154页。
② 这里的"他者"通常指不同于人类文明的地外文明或不同于人的"非人"，总之必须存在一种外在于人类种族的因素介入文本世界，并造成二者之间的矛盾。
③ 杨宸：《"历史"与"末日"——论刘慈欣〈三体〉的叙述模式》，《文艺研究》2017年第2期。

其置于宇宙的大范围中便呈现出崭新的意义，"和宇宙无限的生命比起来，任何有机物都渺小得可笑"①。这或许是对郭小川的长诗《望星空》中对宇宙无限喟叹的一个不算遥远的回应。不同的是，郭小川的生命意识是返回有限个体之后才察觉到宇宙的无限，而《永不消失的电波》的生命则超越了个体，它投入星空将宇宙作为无限的家园。再如刘慈欣的作品《乡村教师》，那个对人类在宇宙中命运的隐喻让人印象深刻，"下面那群娃们的面容时隐时现，像一群用自己的全部生命拼命挣脱黑暗的小虫虫"②。尽管作为个体的乡村孩子很难靠教育改变命运，几乎像虫子一样无希望可言，但在人类视角下，却表现出"仅仅存在于另一个维度中的微弱希望与现实世界的沉重引力之间的对抗"③。在关于人的异化试验中，科幻文学走得更远，它有了极端异化的能力，甚至使人变成脱离人类的"非人"，这类"非人"构造了隐忧的符号，指向了人类发展走向的分歧，并将人的属性在诸如文化、生理、伦理等方面彻底割裂。而在传统文学的"人"间社会中，此种"非人"是较少存在的。此类文本有王晋康的《转生的巨人》《终极爆炸》，以及刘慈欣《三体》中的"自然选择"号、何夕的《十亿年后的来客》、韩松的《地铁惊变》《老年时代》《看的恐惧》等。由此可以看出，从"人类"的视角下，科幻文学描写了种族、文明、宇宙等一系列宏大命题，同时也使某些传统文学主题在此视角之下突破极限，焕发出新的含义。

其次，中国当代新科幻小说描写了人类整体的行为。这并不是对集体主义或理想主义的简单归附，而是将小说作为"体制的变革基地，也是人类学

---

① 陈思和主编：《新世纪小说大系（2001—2010）·科幻卷》，上海文艺出版社2014年版，第343页。
② 刘慈欣：《乡村教师》，《科幻世界》2001年第1期。
③ 王瑶：《铁笼、破壁与希望的维度——试论刘慈欣科幻创作中的"惊奇感美学"》，《现代中文学刊》2016年第5期。

的试验场"①。它提供的是人类对他者、外来文化反应和接受程度的一种模拟。因此，在种族命运取代了个体命运、人类生存取代了个体生存后，独立的行为不再具有观照价值。新科幻小说中可以看到人类作为整体在行动着。例如《三体》中描写的星际战争，是"他者"与人类的冲突取代了传统文学里人与人之间的冲突。在此前提下，人类的行为脱离了国别界限，形成了一种现实历史中从未有过的社会形态——"舰队国际"。这正是以人类整体面临危机为假设而建立的特殊行动模式和社会试验。《流浪地球》中的人类将地球本身改造成了巨大的"诺亚方舟"，从而逃离毁灭的命运，驶向宇宙深处，寻找新的家园，而这"整个移民过程将延续2500年时间，一百代人"②，这一显然超越了个体承受范围的行动必将由人类整体来承担。又如小说《湿婆之舞》中，个体的"我"代表着人类全体在行动，与作为"他者"的"埃博细菌"对抗，"在那么一刹那，全世界的目光都集中在我身上，而我就是人类的代表"，埃博细菌"把人类像囚徒一样困在南极洲"③。可见个体行动中蕴含了全人类的共同利益和价值。同时，在面临种族整体命运危机的情况下，人类整体的行动也意味着存在某种普适价值，而人性的普遍性正是在这一点上得以彰显。例如在《欢乐颂》中，代表了人类全体的各国元首本该解散世界的理想主义联盟 GA，然而当他们共同面对着一个叫作"镜子"的超级文明时，一种宇宙尺度的价值观出现了，人类在此基础上取得和解并重新开始一致行动。这种对理想主义的解构与重建，也暗示了人类整体由幼稚走向成熟的过程。

最后，以"人类"为出发点的叙述必将导致细节描写的宏观化，即小

---

① 吴岩：《科幻文学论纲》，重庆大学出版社2021年版，第224页。
② 刘慈欣：《流浪地球》，《科幻世界》2000年第7期。
③ 陈思和主编：《新世纪小说大系（2001—2010）·科幻卷》，上海文艺出版社2014年版，第351页。

说走向宏细节的展示。这一概念最初由刘慈欣提出①，本文借此描述科幻小说中表现手法的特殊性。所谓宏细节，就是指不同于传统文学把对象的形象细致入微地描写出来，而是以宇宙为参照系统、以人类为基本单元所进行的超越了个体活动时空的大尺度描写，在美学上带来一种传统文学所没有的"惊奇感"。例如，"加速产生的百米巨浪轰鸣着滚上每个大陆，灼热的飓风夹着滚烫的水沫，在林立的顶天立地的等离子光柱间疯狂呼啸，拔起了陆地上所有的大树……这时从宇宙空间看，我们的星球也成了一颗巨大的彗星，蓝色的彗尾刺破了黑暗的太空。地球上路了，人类上路了"②。这段叙述典型地体现出了中国新科幻小说中的宏细节，所有与个体相关的细节不再具有展示价值，小说在一个更加宏观的尺度上展现人类的处境，并将人们瞬间带出了传统文学世界。这种宏细节描写的审美效果正如王瑶指出的："读者被粗暴地拉出'普通人'的现实世界，进入一个宏大而超越的科幻世界，而惊奇感正是来自这样一种跨越视差鸿沟的'飞跃'。"③宏细节展示不仅在空间维度上显现出"惊奇"的审美效果，在时间维度上亦提供了令人震惊的阅读体验。在短暂与近乎永恒的辩证转换下，任何个体存在都显得微不足道，集体虚幻的理想主义更见轻浮。例如《无中生有的三个故事》就是在时间上展示了描写的宏大。"两千万年的时间过去，数亿兆吨的物质被转化成能量，变成空间中永远无法再被利用的热。最终，他们交换了这样两句简单的问候。……恒星不断出生、成熟、爆发，八亿

---

① "宏细节"这一概念由科幻作家刘慈欣在《从大海见一滴水——对科幻小说中某些传统文学要素的反思》中提出。
② 刘慈欣:《流浪地球》,《科幻世界》2000年第7期。
③ 王瑶:《铁笼、破壁与希望的维度——试论刘慈欣科幻创作中的"惊奇感美学"》,《现代中文学刊》2016年第5期。

年后,第二句话成形了。"①极长的时光和极简的行为,对个体而言,时间与价值的关系已经不再匹配,任何终极意义都显得苍白。因此,宏细节展示也顺理成章地解构了科幻文学描述中的个体。

总而言之,中国当代新科幻小说作为一种"人类文学",反映了其叙述视角及文本形象的新变。它的世界在空间上扩张到整个宇宙,在时间上扩展到近乎无限。个体性被人类整体性取代,人与人之间的内部矛盾被转换成种族与"他者"、人与"非人"之间的外部矛盾。为了表现其中的人类行为,文学叙述走向了宏细节展示,使文本具有惊奇的审美效果,并给读者造成"惊颤"的阅读体验,这构成了新科幻小说的重要面孔。

第二节 科技文学:创作主体及叙述内容的面孔

毫无疑问,科幻小说是与现代科学距离最接近的文学类型。尤为重要的是,它将自然科学的种种知识、观念、成就、想象纳入了文学叙述的范围。这既是读者的直观感受,也是最先引起评论界关注的内容。1980年,郑文光在香港《开卷》月刊的访谈中指出了中国当代科幻小说"涉及当代科学发展的趋向,它也具有一定的科学启发性"②。王晋康也指出"核心科幻"应具备的特征为:"宏大、深邃的科学体系本身就是科幻的美学因素……这些作品应充分表达科学所具有的震撼力,让科学或大自然扮演隐形作者的角色","作品浸泡在科学精神与科学理性之中","充分运用科幻

---

① 陈思和主编:《新世纪小说大系(2001—2010)·科幻卷》,上海文艺出版社2014年版,第213页。

② 郑文光:《答香港〈开卷〉月刊记者吕辰先生问》,黄伊主编:《论科学幻想小说》,科学普及出版社1981年版,第139页。原载香港《开卷》月刊1980年5月号,原题为《访中国SF作家郑文光》。

独有的手法，如独特的科幻构思、自由的时空背景设置、以人类整体为主角等"[①]。而20世纪90年代之后，中国新科幻小说与科学的关系表现出与以往截然不同的性质，即创作者和科学自身都回归了独立的主体地位，重新开启了严肃思考科学精神的启蒙话语。其具体表现在科学家写作与形象的双重崛起、科技成为创作的主导性焦虑、科技灾难的书写倾向三个方面。

首先，与传统文人主导的文学不同，一方面科幻小说的创作群体很大程度上由自然科学领域的工作者或具有深厚理工科背景的作家构成。这种与科学处于同一场域的天然关系，使得中国新科幻小说在主题、内容及思想上的开掘都达到了前所未有的高度。"实际上，不少科学小说的作者本身就是科学家或科学工作者，他们的作品常常是科学研究和实验的真实记录。"[②]也正是因为这种无限接近的位置，使其创作的文本摆脱了政治图解下的肤浅，书写了作者本身对于科学的预示和思考。如刘慈欣、王晋康、郝景芳等人均有理工科背景，创作主体的"科学"身份已然成为中国新科幻发展的重要趋势和特征。另一方面，与之相关的科学家形象也逐渐内化到作品当中，获得了合法的话语权，成为文本世界的发言人或被叙述的中心对象。他们的科学研究形成了推动情节发展的动因，或是将其置身于一个前所未有的情境中来洞察人类自身的复杂性，这在传统文学中是较少见的。此类"科学家"情结不禁让人想到了新时期以来知识分子的话语旁落，以及他们对恢复精神导师身份的期望。科幻小说因之也成为其释放精神焦虑、建构身份认同的重要渠道。比如《昆仑》中的偃师、《地火》中的煤炭工程师刘欣、《临界》中的地震专家文少博，甚至在该文的题记中，作者就申明

---

① 王晋康：《漫谈核心科幻》，《科普研究》2011年第3期。
② 王逢振：《西方科学小说浅谈》，《光明日报》1979年7月25日、8月8日、8月22日。

了他的写作目的是"谨以此文献给我仰慕的一位科学家"①。《宇宙塌缩》中的物理学家丁仪更在一出场就映射出作者对知识分子权威的想象:当丁仪教授走进天文台时,"科学家们都提前变活了,他们一起站了起来。除了半径二百亿光年的宇宙,能让他们感到敬畏的就是这个人了"②。因此,在中国当代新科幻小说中,无论是创作者还是主人公,都与科学建立了密不可分的联系,同时也再现出知识分子反抗精神的失落,并要求重建其"启蒙"话语的想象。

其次,科技焦虑而非其他焦虑(诸如政治、道德、文化等方面)成为科幻小说创作的主导性冲动。"作家常常是以对科学进步产生的某种焦虑作为写作的动因,这与科普读物预先设置的普及科学的目标完全不同。"③科幻是一种现代性文学样式,而科技又是现代化进程中的关键一翼。因此,具有现代性品质的科幻小说必然关注科技,并思考科技引起的种种变革及其局限。当这些焦虑投射到文本当中,就形成了以科幻参与科技活动的特殊方式。换言之,其以文学的方式虚拟了一场"科技革命"。譬如《球状闪电》通过量子效应的"科技革命"对现实战争产生颠覆性的影响。《天生我材》通过脑科学及计算机科学领域的"革命",反思了个人价值与人类价值之间既消弭又依存的关系。《微纪元》展现了基因工程的"革命",使人缩小到纳米尺度,探讨了资源与社会、生存的可能性以及人类集体情绪异变等问题。《迅行十载》叙述了生化药品的"革命"将人变成了"非人",同时也提出了时间相对性与公平性的问题。当然,对"科技革命"的文学表述必然伴随着大量的技术细节,此类描写为其思想试验提供了一处"仿真空间",使读者把自身暂时镶嵌在具有社会性、技术性、空间性

---

① 王晋康:《临界》,《科幻世界》2002年第10期。
② 刘慈欣、王晋康、何夕:《星际远征》,万卷出版公司2016年版,第95页。
③ 王泉根主编:《现代中国科幻文学主潮》,重庆出版社2011年版,第65页。

的中介化场域中，不再是"游离于社会情境的原子"，感受并认同了科幻文学的科技属性。正如吴岩指出的："无论是理想的乌托邦还是恐怖的恶托邦，作家都会详尽地通过细节展现种种侧面，应该说细节恰恰是乌托邦建构的一个重要方法。"① 因此，中国当代新科幻小说通过文学叙述构建的"科技革命"是作家主观的科技焦虑在文本世界中的对象化。

最后，中国当代新科幻小说整体上还表征了一种科技灾难的反面乌托邦倾向。它一反以往存在的"科学万能主义"，进而表达了对科学效应、后果及局限性的反思。刘慈欣在《对科幻小说中某些传统文学要素的反思》一文中不无讽刺地提出："在一件事上，科幻对主流文学却是青出于蓝而胜于蓝，那就是对科学的丑化和妖魔化。"② 这虽然似乎是一句激愤之言，但也道出了科幻小说作为"科技文学"的另一副面孔。刘慈欣自己的作品《地火》不正是因人类在科学面前的过度自信而引发的煤层灾难吗？尽管作者最后加上了一条"光明的尾巴"。这一现象值得大家的注意。在 20 世纪90 年代以前，中国科幻小说在"进化论"的框架下认为人类社会的一切问题都可以靠科技进步解决，因此历史也是直线发展的，"进步原则发展成为一种乐观的观点，即认为人类的所有成就沿着直线方式前进，科学本身在未来将自我完善"③。而 20 世纪 90 年代之后的新生代科幻作家却普遍打破了这种窠臼，在他们的作品中，科学走下了供奉它的神龛，不但不能解决一切问题，甚至将人异化为"非人"。在《三体》的最后，人类最终逃脱不了二维化的命运，甚至宇宙也走向毁灭。《湿婆之舞》的灾难在于人们轻易打开了生化科技的魔盒，却无法控制它的蔓延，"埃博拯救了他的孩子，牺牲

---

① 吴岩：《科幻文学论纲》，重庆大学出版社2021年版，第244页。
② 王泉根主编：《现代中国科幻文学主潮》，重庆出版社2011年版，第105页。
③ [美]郭颖颐：《中国现代思想中的唯科学主义(1900—1950)》，雷颐译，江苏人民出版社2010年版，第16页。

了全世界"[①]。在《天生我材》中，人类由于某次科技失误制造出比自身更先进的"弗兰肯斯坦"，它不是希望与幸福，而是毁灭与灾难，人类最终为修正这个错误付出了沉重代价。在《外面的宇宙》中，人类集体进入网络世界，为自己降下了安逸的"铁幕"，这一行为导致现实世界的灾难性崩溃。

由此可见，"科技文学"是中国当代新科幻小说的又一重要面孔。自然科学领域的工作者或具有理工科背景的作家组成其主要创作群体，同时将"科学家"形象内化到文本当中，建构了他们作为精神导师的身份认同。科技焦虑是其创作的直接冲动，反映了科幻参与科技活动的特殊方式，并以严谨的技术细节形塑了一处进行思想试验的"仿真空间"，将读者嵌于其中。它一反20世纪90年代之前的"科学万能主义"，转而以对科技灾难的叙述表现了此类文学的反面乌托邦倾向。

第三节　观念文学：叙述动机和情节构造的面孔

"观念"对于科幻小说来说亦是一项不可或缺的因素。这里所言的"观念"是指人们主观见之于客观形成的概念，更强调主观思维的能动性。因此，将科幻小说称为"观念文学"就是指该类作品通常在遵从客观规律约束的情境中，主观地设计出一系列新的知识、新的价值、新的空间、新的生命等，从而在观念上建构起一个新的世界，这种观念的核心是新的认知。新的观念是科幻小说叙述的起点和手段，亦是推动情节发展的动力，并且以新的展示形态促进人们的思考。

中国当代新科幻小说作为一种"观念文学"，首先表现在它的新奇认知上，这种认知在当下社会并不存在，仅仅表现为一种合规律的可能性。

[①] 江波：《湿婆之舞》，《科幻世界》2008年第1期。

它为新科幻小说提供了叙述的契机，也是建构文本中"异世界"的一块基石，科幻小说"离开现实世界寻找一个建构的世界的尝试，使它不得不生成一系列新的知识"①。如刘慈欣在《朝闻道》中叙述的新知识"真空衰变"，本来是一项理论假设，是"物理学界早在上世纪八十年代初就想到了，只是当时大多数人都认为那不过是一个新奇的假设，与现实毫无关系，以至现在几乎被遗忘了"②。然而文本一开始便设置了该知识的现实状态，接着推动情节发展的正是对这一新知识的实践。又如何夕的《伤心者》，整个叙述都建立在主人公"何夕"对一种新知识"微连续理论"孜孜不倦地追求上，尽管这种新知识于当下或许毫无用处。然而文本追求的不是对该理论的解读，而是由其开始，反思了知识分子的追求与其现实效用之间难以跨越的沟壑，以及由此造成的生存困境。在《三体》中，作者提出的"宇宙社会学"观念，也正是以此为前提，探讨种族、世界、宇宙在一个全新"社会"关系中的生存模式和伦理异变。再如王晋康在《水星播种》中提出的以"硅、锡、钠、铁、铝、汞等金属原子，依照生命体的建造原理，'自下而上'地建造出高强度的纳米机器，或纳米生命"③。这种观念，只是为了给作者提供对生命与价值的断裂、迷信与科学的转换、历史与未来的循环等一系列命题进行思考的叙事前提。在《一日囚》中，新的观念在于为空间赋予无限循环的时间，一日即永恒。小说主人公被囚禁在无限重复的相同一天里，看似给予空间上的自由，实则是永远无法进入未来的悲哀，正是在这样的观念世界中，通过展示"B"的心理变化，叙述最终指向了一个生命囚禁的主题，而非阐释观念本身。凡此种种，在主流文学的认知领域内是较少出现的。因此，新

---

① 吴岩：《科幻文学论纲》，重庆大学出版社2021年版，第255页。
② 刘慈欣：《朝闻道》，《科幻世界》2002年第1期。
③ 王晋康：《水星播种》，《科幻世界》2002年第5期。

的观念是中国当代新科幻小说拓宽主流文学的认知领域,以及打开崭新的叙述空间的重要途径,同时也是建构科幻文本的重要方法。

除此之外,一系列新奇观念的出现,构成了部分中国当代新科幻小说情节展开的动力。由于作者设置的超越当下认知范围的观念,使文中人物的一切行动、情感、伦理都发生了改变,因此整个叙述随着新奇观念的不断引入而流动。譬如谢云宁的《外面的宇宙》就是一篇典型使用观念结构文本的作品。小说中提到了一种深空超级探测器,它的观测范围和强度大大超越了人类以往的各种天文探测器。在这一新的发明之下,人类展开了前所未有的探索宇宙深空的行动,它推动了情节的第一次变化。接着,作者又把在文本开篇提及的"观察者与宇宙量子系统状态互相影响"的观念重提,展现了一幅令人担忧的宇宙图景,"我们的观察行为本质上是将宇宙渺远的不定态转化为了有序态……每次对不定态的确定过程似乎都伴随着一次不可逆转的能量消耗"[①]。在人类强干扰的观察下,不断导致遥远天体的量子态坍塌,人类追寻的远方却让世界危机四伏,"整个宇宙又将脆若蛛丝,将会在人类的注视下纷纷扬扬地破碎掉"[②]。因此,为了应对这一观念的影响,小说情节再次推进。为了保护宇宙不再坍塌,为了维持当下心安理得的生活,人类选择了退缩,不再将目光投向宇宙,而是缩进网络世界寻求心理的安慰。此时,作者再次提出新的观念,即"意识的整体上传网络"。由于该技术成为现实,人类纷纷将自己的意识上传网络,同时,这一新的观念也导致了"人类旧有的道德认知体系雪崩般瓦解,各种新奇的思潮在迅猛涌动"[③]。最终人们逃避于梦幻般的网络世界,与外面的宇宙

[①] 谢云宁:《外面的宇宙》,北京理工大学出版社2017年版,第45页。
[②] 谢云宁:《外面的宇宙》,北京理工大学出版社2017年版,第53页。
[③] 谢云宁:《外面的宇宙》,北京理工大学出版社2017年版,第57页。

再无关系。由此可以看出，整篇小说情节的发展建立在新的观念不断成为文本现实的基础上，换言之，观念推动了情节。同样，在刘慈欣的《三体》系列中，亦有观念推动情节的鲜明表现。简要来说，正是"红岸基地"恒星级广播的成立，使得叶文洁做出了向三体世界发射广播的行动。而后由于三体世界向人类发出了"质子"这一锁死人类基础物理试验的崭新武器，使得人类社会诞生了"面壁者"计划，再之后由于"引力波天线"的发明，导致章北海展开了逃亡行动，并构成了对三体世界的威慑，最后由于"曲率驱动引擎"的提出，迫使人类必须做出生存或是毁灭的选择。可以看出，每一次情节的发展，都伴随着新的观念或认知的提出。因此人们可以说，中国当代新科幻小说的一项重要特征是由新的观念构成情节发展的动力。

最后，观念作为构成中国当代新科幻小说的重要因素，在文本中的存在形态是一种"展示"。这一点与传统文学中的观念要素尤为不同，后者在更多时候视其为叙述的终点和目的，它所要达到的最终结果是明确的。而新科幻小说中的观念，有相当部分是作为展示而存在，其最终指向在于没有结论的思考，因此它的终极意义是未完成的，它的叙述结果也是不确定的。新的观念以一种"陌生化"的效果使读者的期待视野受阻，从而展开思考。正如加拿大学者达科·苏恩文指出的："科幻小说是一种认知间离（cognitive estrangement）的虚构性文学……它是一种想象的框架或一个在作者的现实经验环境之外同时并存的拟换性可能世界。"[①] 正因如此，人们总是能在中国当代新科幻小说的结尾发现那种并不明晰的态度和疑虑，以及不知答案的彷徨。譬如《待我迟暮之年》的结尾思考着永生的困境，"待我迟暮之年，不

[①] ［加］达科·苏恩文：《科幻小说面面观》，郝琳、李庆涛、程佳等译，安徽文艺出版社2011年版，第34—40页。

知那是何年"①;《一日囚》的结尾写道:"我对这些道理一点都不懂,也想不明白。我怀着莫大的期望和恐惧,坐在大楼门口的管理员室内,望着窗外的夜世界。"②《鼠年》的结尾对于生命的伦理选择依然迷惑:"如果可以的话,我会选择前者,那会让我好过一些。但我持保留意见。"③《祸害万年在》的结尾同样对未来表示了怀疑:"当然,也有可能什么事情都不会发生……明天,假如有明天。"④故而,观念的展示指向了思考本身,而非阐释某种唯一的最高理想。

概而言之,作为观念文学的中国当代新科幻小说体现了其叙述动机和情节构造的新变。它提供了一种与日常唯一现实相关又相异的可能性,而这种观念,在建构文本世界、推动情节发展、展示思考过程三个方面,建立了新科幻小说多元开放的思考空间。它借由观念层面向尚未发生的未来渗透,且不再以阐述某种最高理想为唯一宗旨,而是成为提醒人们思考未来的敲门砖。因此,"观念文学"应当成为中国当代新科幻小说的一种面孔。

第四节 推演文学:内在思维和文本逻辑的面孔

就文学的内在思维和逻辑而言,中国当代新科幻小说是一种"推演文学"。它以科学为根据,用思维演绎的方式,建构了一个暂时不存在于现实的"替代世界"。传统文学描绘了"上帝"已经创造的唯一世界,而科幻小说本身就是在创造那些可能性的世界。因此,它所蕴含的世界观是多元的、基础科学逻辑是自洽的、政治想象是尚未实现的、叙述结果是假定真实的。换言之,它的意识形态是乌托邦式的。这打破了直线进化和机械

---

① 凌晨:《待我迟暮之年》,《科幻世界》2014年第10期。
② 柳文扬:《一日囚》,《科幻世界》2002年第11期。
③ 陈楸帆:《鼠年》,《科幻世界》2009年第5期。
④ 何夕:《祸害万年在》,《科幻世界》1999年第12期。

发展的历史观,为现实世界的现代化进程提供了诸多思想试验。正如曼海姆所言,它具有"既超越现实、又打破现行秩序束缚的取向"①。这一切在科幻小说中必须通过推演来实现,在此过程中也促进了人们对世界和自身发展的理解。它将科学、艺术、哲学结合起来,"不仅能使人控制自然力量,而且要能帮助人们更加理解世界和自身"②。"推演文学"的构成,具体表现在文学思维范式的转变、"演绎"下的真实两个方面。

众所周知,文学创作与文学思维方式密不可分,古今中外五种主要的文学观念都有与之相关的思想范式。它们皆起源于对"真实"的看法。其在思维层面,可以说是"向后看"的文学,是基于种种已知现象的思想"归纳"。将主要的文学观念视为"归纳法"思维范式下的创作理念,③就能更加清晰地发现科幻文学与传统文学在思维方式上的巨大差异,即科幻小说是基于"演绎法"思维范式之下的文学创作形态,是"向前看"的文学。作为传统文学支撑的经验主义或实用理性传统倚重于"归纳法"思维,而现代科学理性不但强调"归纳法"的思考,亦看重"演绎法"的作用。因此,人们很容易发现为何世界上第一篇科幻小说——玛丽·雪莱的《弗兰肯斯坦》诞生于1818年的伦敦。那正是科学崛起,将要在思维和现实层面改变整个世界的时代。"演绎法"在自然科学领域成为普遍的方法论之后,又通过科幻小说创作影响着文学思维方式。中国自晚清兴起的科学小说,同样发生在"演绎"观念渗透科学、哲学领域的条件之下。早期的陈独秀指出了演绎的作用,"我们所以相信科学(无论自然科学或社会科学),

---

① [德]卡尔·曼海姆:《意识形态与乌托邦》,黎鸣、李书崇译,商务印书馆2002年版,第234页。
② 张光芒:《混沌的现代性》,人民文学出版社2007年版,第34页。
③ 关于这一点,可参见任一江:《论中国新文学研究的思维范式及转向可能——从"典型论"与"新科幻"的"断裂"说开去》,《山西大学学报(哲学社会科学版)》2021年第6期。

也就是因为'科学家之最大目的，曰摈除人意之作用，而一切现象化之为客观的，因为可以推算，可以穷其因果之相生'"①。从中可见他对演绎的重视。胡适的看法使演绎思维向文史哲领域渗透，"近年来的科学家和哲学家……渐渐的明白科学方法不单是归纳法，是演绎和归纳互相为用的，忽而归纳，忽而演绎，忽而又归纳"②。这种思维范式的转移并非一蹴而就，而是一个长期渐进的过程。20世纪90年代后出现的中国当代新科幻小说正较为集中地体现了"推演文学"的思想所在。

从另一方面来看，科幻小说的"演绎"思维带来了极大的真实感，其原因在于叙述逻辑上受到"大前提"和"小前提"的制约。其文本中的"大前提"标志了作为基础的科学概念的确定性；"小前提"则暗示了人类获得这种科技手段的必然性，由此在叙事结果上便产生了一个确定无疑的乌托邦式的"仿真世界"。这也是其思想实验价值可靠性的前提、依据及限度。正如布洛赫所言："可能性是部分地被制约的东西，因此，只有作为被制约的东西它才是可能的。"③如果一篇科幻小说不能满足这两个前提，其价值就会大打折扣。刘慈欣的《三体》三部曲比较典型地反映出"推演文学"的真实性。例如，文中出现的"空间曲率驱动引擎"，一方面其基本科学概念在1994年就由墨西哥物理学家明戈·阿尔库贝利（Miguel Alcubierre）首次提出，但在现实中尚未突破技术壁垒，因此具备理论上的某种确定性。另一方面，在地外文明毁灭性打击的潜在威胁下，该技术是"地球文明真正的活路"④。因此，人类就有了研究并获得这一新科技的必要性和必然性。由此创造出来的文本世界就建立在推演真实的基础上，

---

① 张君劢等：《科学与人生观》，黄山书社2008年版，第2页。
② 胡适：《胡适文存》第2卷，上海亚东图书馆1923年版，第206页。
③ [德]恩斯特·布洛赫：《希望的原理》第1卷，梦海译，上海译文出版社2012年版，第270页。
④ 刘慈欣：《三体Ⅲ·死神永生》，重庆出版社2010年版，第451页。

促进了人们对自身、文明、宇宙的理解。又如在凌晨的《待我迟暮之年》中,"置换"身体这一观念,在现实世界已有部分的应用,在此基础上,文本中只是将其作用范围和能力大大延展,从而保证了大前提的合理性。而其必要性在于"医学的一切手段只是延长生命,但改变不了你的生命本身。于是,有了'置换'这个概念"[①]。作品由此推演出了一道当人类有能力获得生命自由时的选择难题。故而,中国当代新科幻小说是在推演的真实下,"对科学发展的未来所造成的正面或负面社会冲击,预先以小说做了模拟,也探索人类未来或未知的处境"[②]。

由此观之,中国当代新科幻小说是一种建立在逻辑大前提和小前提可靠基础上的具有乌托邦性质的"推演文学",从而折射出其内在思维和文本逻辑的新变。它有别于传统文学所描绘的"上帝"已经创造的唯一世界,其本身就是在虚构那些具有可能性的世界。正因如此,也使它的创作思维发生了转型,即由"归纳法"的思维范式转向了"演绎法"的思维范式,成为"向前看"的文学。其思想渊源不但具有五四"新文化"的精神传统,亦能汇入世界科学与哲学发展的潮流当中。

综上所述,中国当代新科幻小说在与世界、科学、认知、思维逻辑的关系中被描绘为"人类文学""科技文学""观念文学""推演文学"。定位于这四个维度中的当代中国新科幻小说因此不再是飘浮于现实世界之上的空洞所指,亦不再是传统主流文学的一个注脚。对自身传统和主流文学各具差异的中国当代新科幻小说来说,正是这些重要特征构成了它所表征的文学新境与审美标志,也为其独特的形式特征、思维范式及审美内涵确立了牢固的合法性地位。

---

① 凌晨:《待我迟暮之年》,《科幻世界》2014年第10期。
② 黄海:《科幻小说往何处去?——科学肩膀上的科幻眺望,地平线上犹有惊奇绚丽景观》,王泉根主编:《现代中国科幻文学主潮》,重庆出版社2011年版,第114页。

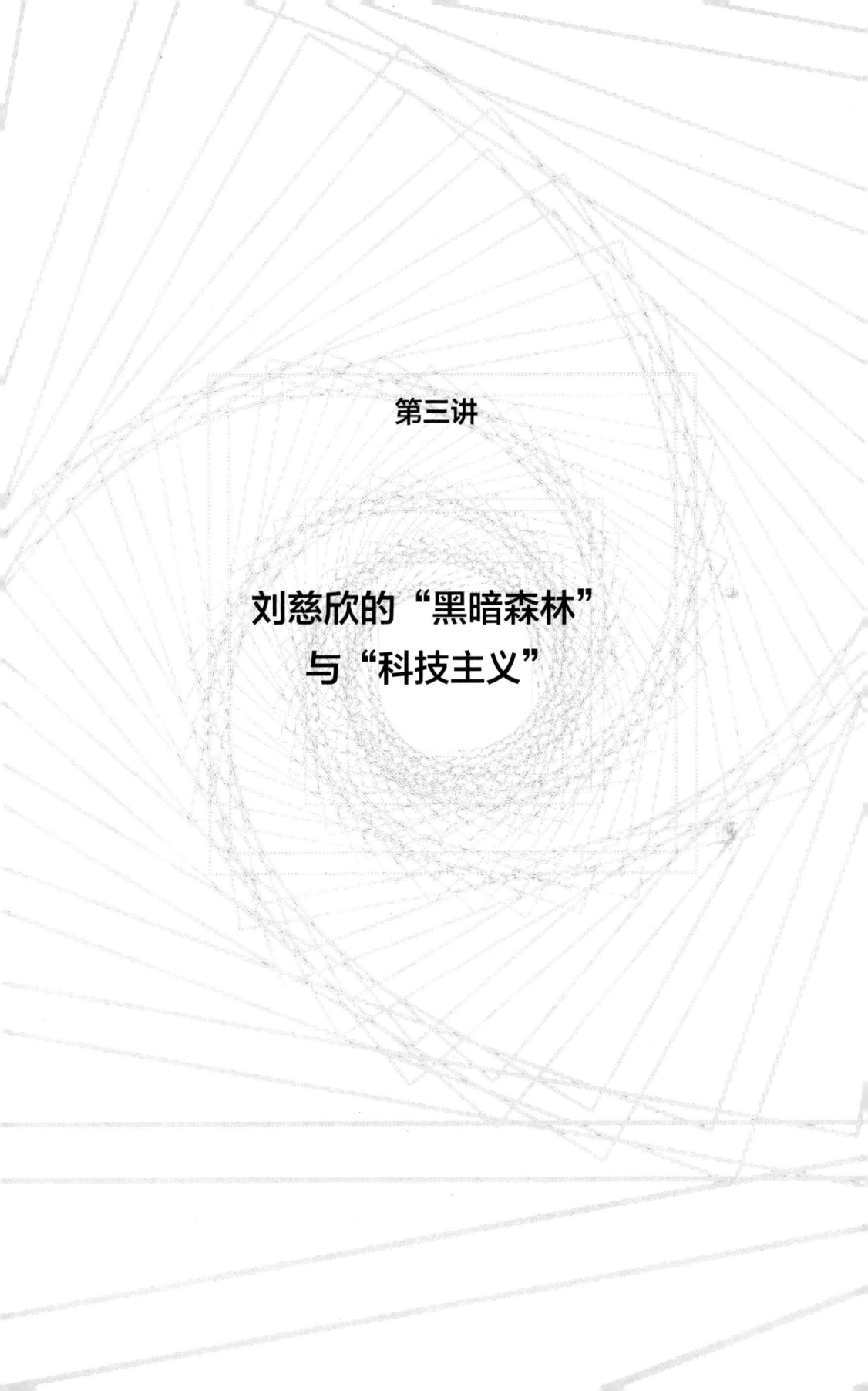

第三讲

刘慈欣的"黑暗森林"与"科技主义"

随着长篇小说《三体》获得第73届"雨果奖"最佳长篇小说奖（2015年）和中篇小说《流浪地球》的电影改编（2019年），刘慈欣的创作与中国科幻小说获得了越来越多的关注，成为当下学界的热点话题之一。刘慈欣的小说具有丰富的审美价值和思想指向。围绕刘慈欣小说的科技伦理问题，不少学者之间留有一定的争议。诸多论者以刘慈欣本人的"我是一个疯狂的技术主义者，我个人坚信技术能解决一切问题"[①]的论调，将刘慈欣小说的美学特质概括为"科技造物的美学诠释"[②]。这种观点在一定程度上限制了对刘慈欣作品美学价值的进一步认识。事实上，刘慈欣的科技观具有复杂的构成部分。随着研究的推进，论者更加深刻地认识到科技与人文的张力在刘慈欣创作中的体现。具体而言，在《三体》等作品中，作家"一边凸显科学技术成为决定文明生死存亡的力量，一边也始终让人文的力量在场生效"[③]。沿着这种阐释思路，刘慈欣的中、长篇小说还有可以挖

---

① 王艳：《为什么人类还值得拯救？——刘慈欣VS江晓原》，《新发现》2007年第11期。
② 刘健：《〈流浪地球〉：从小说到电影》，《天津师范大学学报（社会科学版）》2019年第4期。
③ 计文君：《科学与人文张力之下的叙事——以刘慈欣〈三体〉系列为中心》，《当代作家评论》2021年第1期。

掘的思想空间。

从总体上看，"刘慈欣既肯定科技对人类社会生活的推动力量，又对其潜在的负面效应保持审视的态度，并认为科技事业的发展离不开人文艺术的精神熏陶，从而为人工智能时代的'科技异化'问题提出解决方案"[①]。进一步说，在科技飞速发展的时代，如何思考科幻文学的文体功能和文学意义，成为一个重要的问题。不难发现，科技发展在改变人的日常生活和情感思想的同时，对人文学科和人文精神都形成了较人的冲击。在这样的语境下，重新审视文学存在的意义和叙事功能显得尤为关键。对于文学在未来社会的意义，有学者指出，文学"为面对人类困境和危机树立人文屏障"[②]。警示科技发展有可能给人类带来的危机和困境，属于文学不可或缺的价值。由此，科幻文学对人类未来社会形态的想象，以及对科技伦理的独特认识，成为阅读刘慈欣等作家作品的"期待视野"。

第一节 "丛林法则"与宇宙社会形态

刘慈欣在"地球往事"的三部曲（《三体Ⅰ》《三体Ⅱ·黑暗森林》《三体Ⅲ·死神永生》）中提出了宇宙社会的运作机制，即"黑暗森林"，这与人类习以为常的"弱肉强食""适者生存"的丛林原则颇为相似，引发了对社会道德伦理问题的思考。总体上看，"三体"系列作品容易给人产生突破"霍布斯极限"的阅读印象。所谓"霍布斯极限"，即"在没有国家制度时，每个人都是其他个人的敌人，他想尽办法偷抢人家的财产，也想尽办法不被别人偷抢，在这种没有国家制度的条件下，大量资源被用于从

---

① 王云杉、周子榆：《刘慈欣小说的科技伦理——从〈流浪地球〉的电影改编说开去》，《太原学院学报（社会科学版）》2021年第2期。

② 贺仲明：《论高科技时代的文学意义》，《文艺争鸣》2021年第3期。

事偷抢和防止被偷抢的活动,因此生产活动不可能发达起来,而偷抢在结成人群的团体之间发生时,就是战争"①。刘慈欣对宇宙社会形态的思考,显然超越了现有的知识范畴。对于刘慈欣长篇小说所描绘出的奇妙、瑰丽的未来世界想象所涉及的道德问题,学界出现了几种不同的看法。一种观点认为,从表面上看,刘慈欣的小说似乎违背了人类社会的基本道德观念,但其中一些深层次的哲理性思考,与现代社会的道德秩序并不冲突。"总体来看,他希望并鼓励人类社会,包括人个体能够拥有强健的、积极向上的、有助于人类和谐进取的道德形态。"②另一种观点认为,刘慈欣对宇宙社会形态的想象具有一定的局限性,"隐藏着高科技水平和低社会形态的逻辑错位"③。还有一种观点对刘慈欣的未来社会想象进行了辩证地看待。对于《三体》涉及的道德问题,有学者更多地表达了质疑:"虽然它用星空的想象来质疑道德律在理论上是有意义的,人可以将各种条件在想象中推到极致来检验各种理论,但我认为这种检验并没有否定道德律的理论。"④面对学界遗留的争论,读者需要细读刘慈欣的作品,分析小说的情节逻辑,才能对"黑暗森林"法则的文学意义做出相对准确的判断。

(一)"黑暗森林":地球在宇宙世界中的生存环境

作为一种科幻创意想象,"黑暗森林"虽然仅仅属于《三体Ⅱ》的"副标题",但融合在整个"三体"系列的创作之中。可以说,三部"地球往事"的小说具有一以贯之的创作思想,因此,考察"黑暗森林"的具体含

---

① 赵汀阳:《〈三体〉突破了"霍布斯极限"》,《北京日报》2020年2月17日第12版。
② 杜学文:《道生之,德畜之——关于刘慈欣小说中的道德观》,《粤港澳大湾区文学评论》2021年第2期。
③ 陈舒劼:《"长老的二向箔"与马克思的"幽灵"——新世纪以来中国科幻小说的社会形态想象》,《文艺研究》2019年第10期。
④ 何怀宏:《星空与道德律——思考〈三体〉提出的道德问题》,《清华大学学报(哲学社会科学版)》2020年第6期。

义，不能脱离其他两部小说。在"三部曲"的结构上，地球文明与外星文明之间不可调和的矛盾冲突，成为小说故事情节的发展动力。因此，"黑暗森林"成为地球文明生存处境的隐喻和象征。叶文洁在红岸基地工作期间，面对发射器功率不足的困境，偶然发现太阳可以作为地球向宇宙发射电波的"超级天线"，于是自作主张，从基地发射出地球的信号。若干年后，叶文洁受到了外星三体文明"不要回答"的回复。三体监听员告诉叶文洁，一旦地球的发射源遭到定位，人类即将面临外星文明入侵的"宿命"。叶文洁却告知三体文明："到这里来吧，我将帮助你们获得这个世界，我的文明已无力解决自己的问题，需要你们的力量来介入。"[①]叶文洁私下联系外星人的"非法"举动，与她在特定时期的人生遭遇有关。在20世纪60年代的政治事件中，叶文洁目睹了父母被人陷害的悲惨过程，并且被逼迫在一份疑似揭发父亲的材料上签字。祸不单行，叶文洁后来又因为誊抄信件而被人举报。与此同时，叶文洁还受到《寂静的春天》的启示，将人类破坏生态环境的疯狂行为与文明的弊病联系起来，产生强烈的"末世感"。正是因为对生活现实怀有根深蒂固的厌恶情绪，叶文洁才将拯救人类命运的希望寄托于未知的外星文明。应该说，叶文洁对人类文明的价值判断较为偏颇。在特殊的历史时期，叶文洁尽管遭受诸多不幸，但同样得到了一些善意的对待，例如父亲叶哲泰的学生杨卫宁和红岸基地雷政委的照顾，使她能够调动工作岗位，发挥自己的人生价值。有学者对叶文洁的行为逻辑进行细致分析，并指出个体的主观情感对逻辑判断的影响，即"当一个人不能感受别人的善，并不能以善报善的时候，她的心就已经不再善良了，而且开始向恶的方面转化"[②]。作为后来"地球三体组织"的领袖，叶文洁

---

① 刘慈欣：《三体》，重庆出版社2008年版，第205页。
② 马力：《逻辑决定命运——〈三体〉中的几种"酸葡萄"论解析》，《当代作家评论》2019年第6期。

在无意中将人类带到了危险的边缘。三体军队的入侵,对人类的生存造成了巨大的威胁。

(二)"面壁计划"与"黑暗森林"的概念体系

"三体"带来的危机使人类社会形成了新的"共同体",如PDC组织(行星防御理事会)。这一组织侦察到三体人直来直去、不会掩饰的思维特性,准备开展"面壁计划",从全世界范围内选出四位"面壁者",共同制订应对三体入侵的防御计划。面壁者分别是美国前国防部部长弗里德里克·泰勒、委内瑞拉总统雷迪亚兹、英国科学家希恩斯和中国学者罗辑。针对人类的防御计划,三体人利用了残余的"地球三体组织",挑选了三位"破壁人"。随着人类与三体人博弈的进行,三位面壁者的计划先后失败,拯救世界的责任落到了罗辑身上。面对生死存亡的危难局面,罗辑想到了叶文洁所说的"宇宙社会学"公理,其内容为:"第一,生存是文明的第一需要;第二,文明不断增长和扩张,但宇宙中的物质总量保持不变。"① 按照这套宇宙社会的运行法则,各个星球上的文明为了自身的生存和繁衍,不得不消灭其他星球上的弱小文明。至于"宇宙社会学"成立的可能性,作家设定了两个支撑点。其一是"猜疑链"。在宇宙中,一个星球难以准确界定其他星球的性质、判断陌生的来者是"善意"的还是"恶意"的。从信息交流的难易程度看,"猜疑链"不会出现在地球内部。因为"人类共同的物种、相近的文化、同处一个相互依存的生态圈、近在咫尺的距离,在这样的环境下,猜疑链只能延伸一至两层就会被交流所消解。但在太空中,猜疑链则可能延伸得很长,在被交流所消解之前,黑暗战役那样的事已经发生了"②。信息传输的有效程度与"猜疑链"的生成具有密

---

① 刘慈欣:《三体Ⅱ·黑暗森林》,重庆出版社2008年版,第197页。
② 刘慈欣:《三体Ⅱ·黑暗森林》,重庆出版社2008年版,第444页。

切联系。其二是"技术爆炸",即:一个星球的技术发展在某个时段内或有可能呈现爆炸式增长。在地球上,近三百年来的工业文明,极大推进了人类社会的发展进程。当不同形态的文明无可避免地产生了"猜疑链",弱小文明可能在短时间内超越强势文明。正如萨特"他人即地狱"的名言,宇宙不同文明之间同样存在着无比尖锐的生存矛盾。

作家将宇宙喻为一片黑暗的森林,在这里,"每个文明都是带枪的猎人,像幽灵般潜行于林间,轻轻拨开挡路的树枝,竭力不让脚步发出一点儿声音,连呼吸都小心翼翼……他必须小心,因为林中到处都有与他一样潜行的猎人。如果他发现了别的生命,不管是不是猎人,不管是天使还是魔鬼,不管是娇嫩的婴儿还是步履蹒跚的老人,也不管是天仙般的少女还是天神般的男孩,能做的只有一件事:开枪消灭之!在这片森林中,他人就是地狱,就是永恒的威胁,任何暴露自己存在的生命都将很快被消灭"①。在无边的宇宙中,文明程度远远高于地球人的三体舰队,仅用一个名为"水滴"的探测器,就消灭了人类外太空的主力舰队。在生死存亡的关头,罗辑以引爆太阳轨道周围的核弹,暴露出敌我双方的位置坐标作为威慑力量,迫使三体舰队终止其入侵行动,为人类文明的延续和发展提供了新的机会。应该说,"黑暗森林"法则是人类社会"丛林法则"的"升级"。作者借用类似于达尔文"进化论"的自然伦理,推导出星球之间的宇宙生存伦理。

第二节 星球文明之间的"战争与和平"

《三体》中的诸多文明为了保障自身的生存和发展,纷纷将其他未知

---

① 刘慈欣:《三体Ⅱ·黑暗森林》,重庆出版社2008年版,第446—447页。

的文明视为潜在的敌人，并寻机消灭对方。在小说中，叶文洁、伊文斯等人将"三体"文明当作拯救地球人的"救世主"，并提供了地球的位置坐标，这种举动激化了地球人与"外星人"之间的矛盾。对于"三体"系列的解读，不少学者集中于《三体Ⅱ·黑暗森林》和《三体Ⅲ·死神永生》的文本分析。在此之外，有人指出："三体世界、伊文斯乃至叶文洁的故事是'地球往事'之一《三体》中最重要的桥段。"①经过分析，三体人入侵地球的缘由，并不是帮助地球人化解文明的危机，而是掠夺新的领土和空间，借此提高"三体"世界的生活质量。在一些科幻电影中，外星人在预测到自身面临覆灭的危机之后，从遥远的地方来到地球，寻求地球人的帮助，例如由小说《你一生的故事》改编的电影《降临》。与之相反，三体人长期以来生活在"水深火热"的恶劣环境中。简而言之，三体"这个世界中的太阳运行得完全没有规律，在连续几个严寒的长夜后，可能会突然出现一个酷热的白天，或者相反"②。频繁发生的极端天气，使三体人学会了"脱水"的生存技能。即使拥有"脱水"和"复活"的能力，三体人依然难以忍受严酷的生存环境，他们的生存策略在于"飞出三体星系，飞向广阔的星海，在银河系中寻找可以移民的新世界"③。在收到红岸基地发出的信号后，地球成了三体人侵占的目标星球。

（一）宇宙社会的"新道德"

三体人的道德观念与其自身的生活环境密切相关。应该说，在道德准则方面，宇宙社会与地球世界之间必然存在着较大的区别。按照书中所写，三体世界存在着三颗太阳，"它们在相互引力的作用下，做着无法预测的

---

① 马力：《逻辑决定命运——〈三体〉中的几种"酸葡萄"论解析》，《当代作家评论》2019年第6期。
② 刘慈欣：《三体》，重庆出版社2008年版，第41页。
③ 刘慈欣：《三体》，重庆出版社2008年版，第180页。

三体运动。当我们的行星围绕着其中的一颗太阳做稳定运行时，就是恒纪元；当另外一颗或两颗太阳运行到一定的距离内，其引力会将行星从它围绕的太阳边夺走，使其在三颗太阳的引力范围内游移不定时，就是乱纪元；一段不确定的时间后，我们的行星再次被某一颗太阳捕获，暂时建立稳定的轨道，恒纪元就又开始了。这是一场宇宙橄榄球赛，运动员就是三颗太阳，我们的世界就是球！"[①]地狱般的环境及其相伴而生的危机感，塑造出三体人冷酷无情、麻木自私的集体性格。三体人对于生存资源和空间，具有异乎寻常的占有欲。同时，在极端专制的三体社会中，人与人之间的感情受到排斥，文学、艺术、美感、民主、自由等人文因素更是荡然无存。由于三体监听员私自向地球发送回信，监听系统中相关的六千人都被判处死刑。对于地球人，三体人将其视为"虫子"，并用科技武器"智子"监控人类的生活，并限制地球科技的发展。正所谓"非我族类，其心必异"，宇宙世界遵循着消灭"他者"、保全自身的实用型道德原则。

　　牛顿第三定律指出，力的作用是相互的。在宇宙中，一种星球的文明如果凭借自身强大的实力，去消灭其他星球的"低等文明"，那么，它同样可能会被更为强势的星球文明毁灭。三体星球的历史结局同样可以用基本的物理学知识进行解释。在《三体Ⅱ·黑暗森林》中，三体的科技水平远远高于地球人类，三体人向地球发射了名为"水滴"的探测器，几乎消灭了人类太空舰队的主力。在危急时刻，面壁者罗辑以暴露太阳系中地球的位置坐标为威胁，迫使三体人暂时放弃侵占地球的计划。到了《三体Ⅲ·死神永生》中，地球的守卫者由罗辑过渡到"圣母"程心。随后，面对三体展开的军事行动，"执剑人"程心未能采取有效的防御措施，导致地球人被三体人控制。然而，地球人并未完全放弃对三体文明的反抗。

[①] 刘慈欣：《三体》，重庆出版社2008年版，第133页。

人类的"万有引力"舰队决定报复三体舰队。在太空军看来,"启动宇宙广播是给地球一个最后的机会,太阳系的坐标暴露后,那里再没有任何占领的价值,毁灭随时可能降临,借此就能把太阳系的三体力量赶走;他们的光速舰队也不会再把太阳系作为目标,这就使人类至少避开了迫在眉睫的灭绝"①。由于人类太空舰队向宇宙发射出太阳系的相对坐标,三体文明很快受到了来自"黑暗森林"的军事打击。应该说,三体星球的覆灭与其入侵地球的行为密切相关。

(二)星际战争的后果与宇宙社会的未来

由于"力的作用是相互的",战争行为并不能为各个星球赢取更多的生存空间。作为宇宙清理者,歌者从长老那里获得了终极武器"二向箔",并对其他文明进行"降维打击",迫使程心等人驾驶着光速飞船来到暂时安全的"小宇宙"(DX3906恒星)。实际上,歌者发起的打击活动,同样将会严重影响到自身的生存和发展。因此,"从长远看,这是同归于尽的攻击,如果这样下去,发起维度攻击的一方所在的空间迟早也要跌落到二维"②。既然如此,宇宙不同文明之间,是否存在和平共处的可能?应该说,掩藏自己和消灭别人的策略并不利于星球的生存需要。如前文所述,"宇宙社会学"是人类社会伦理的延伸。在这样的前提下,有学者指出:"人类社会演进的历史经验,已经无声而坚定地驳斥了关于'歌者文明'和'三体文明'的科幻想象。人类社会发展到今天,开放、交流、包容是公认的优选。"③ 实际上,作家一方面指出了宇宙中的生存与竞争,另一方面表达了不同文明之间和平共处的理想愿望。在小说中,歌者使用名叫"二向箔"

---

① 刘慈欣:《三体Ⅲ·死神永生》,重庆出版社2010年版,第187页。
② 刘慈欣:《三体Ⅲ·死神永生》,重庆出版社2010年版,第471页。
③ 陈舒劼:《"长老的二向箔"与马克思的"幽灵"——新世纪以来中国科幻小说的社会形态想象》,《文艺研究》2019年第10期。

的武器，恢复了宇宙生态的平衡。因此，归零者文明出现，并试图重启宇宙，使宇宙回到遥远的田园牧歌时代。

　　虽然各个星球的文明程度不尽相同，但是强势文明依然能够接纳弱势文明。换言之，外星人与地球人存在着相互尊重、共同发展的可能性。刘慈欣的诸多中短篇小说表达了地球文明与外星文明之间友好交往的理想愿景。《乡村教师》中的硅基帝国与碳基联邦发生了长时间的战争。在战役中，碳基联邦为了阻挡硅基帝国的入侵，准备建立一条星际隔离带。当然，隔离带的建立需要摧毁大部分恒星。为此，碳基联邦对隔离带范围内的恒星进行生命探测活动。在碳基人看来，"战后，银河系中最迫切需要重建的是对生命的尊重"[①]。由于外星文明对生命本身的敬畏，地球才避过了灭顶之灾。无独有偶，《朝闻道》中的宇宙排险者负责监视宇宙中具有一定文明程度的世界。排险者在发现人类制造的地球加速器之后，并未立刻消灭地球，摧毁人类文明，而是对地球人进行了科技文化层面的启蒙。《赡养上帝》进一步指出了地球人与外星人展开文明对话的现实性。面对文明不断衰落的处境，作为外星人的"上帝"降临地球，并将储存着先进文明的高科技金属箱赠送给人类，帮助地球人发展工业和科技。由此，人类主动承担起"赡养上帝"的责任，负责照顾"上帝"的衣食起居。与此同时，"上帝"激发了人类探索宇宙的欲望，鼓励地球人"到宇宙中去寻找新的世界新的家，把你们的后代像春雨般撒遍银河系"[②]。应该说，不同的星球文明之间能够建立起互利共赢的合作关系，从而推动宇宙社会的发展。

[①] 刘慈欣：《乡村教师》，刘慈欣：《流浪地球：刘慈欣获奖作品集》，长江文艺出版社2017年版，第46页。

[②] 刘慈欣：《赡养上帝》，刘慈欣：《流浪地球：刘慈欣获奖作品集》，长江文艺出版社2017年版，第267页。

第三节　现代科技文化的审视与科技伦理的建构

刘慈欣广为人知的中篇小说《流浪地球》充分肯定了科技文化对于人类生存所起到的决定性作用。《流浪地球》呈现了人类从意识到自身在宇宙中的生存危机,到制订出地球的"流浪计划",踏上寻找新的生活家园之路的漫长过程。按照作家的叙述,地球走向流浪之旅的计划分为五步:"第一步,用地球发动机使地球停止转动,使发动机喷口固定在地球运行的反方向;第二步,全功率开动地球发动机,使地球加速到逃逸速度,飞出太阳系;第三步,在外太空继续加速,飞向比邻星;第四步,在中途使地球重新自转,调转发动机方向,开始减速;第五步,地球泊入比邻星轨道,成为这颗恒星的卫星。"① 地球发动机即是人类未来社会中科技文化的象征。可以说,先进的科技文明在很大程度上将会决定人类社会的命运走向。小说《流浪地球》对于地球发动机的描写颇有意味。作者以富有想象力的语言,突出这个科技装置宏伟壮观的外形:"那是一座金属的高山,在我们面前赫然耸立,占据半个天空,同它相比,西边的太行山山脉如同一串小土丘。"② 人在巨大的科技装置面前,如同一粒微尘那样渺小。随着文明的发展,人类在未来能够借助先进的科技武器,改变自己的生活环境,从而在茫茫宇宙中主宰自己的命运。

（一）科技力量的社会价值与负面效应

在诸多作品中,刘慈欣充分肯定科技对于人类社会的正面影响,认为它是人类追求美好生活的重要保障。《乡村教师》中乡下学生正确回答了外星文明关于物理学科的力学题目,阻止了外星人即将对地球展开的军事

---

① 刘慈欣:《流浪地球:刘慈欣获奖作品集》,长江文艺出版社2017年版,第115页。
② 刘慈欣:《流浪地球:刘慈欣获奖作品集》,长江文艺出版社2017年版,第109页。

打击行动，拯救了全人类的命运。《中国太阳》所展现的镜面装置极大改善了西北地区荒漠化的生态环境，同时还为改善其他国家乃至地球的自然环境提供了有力支持。《圆圆的肥皂泡》立足"南水北调"的现实工程，展望未来的空中调水系统改善西部荒漠和地球种植环境的美好图景："在遥远的海洋上空，形成了无数个大肥皂泡，它们在平流层强风的吹送下，飞越了漫长的路程，来到大西北上空，全部破裂了，把它们在海洋上空包裹起来的潮湿的空气，都播洒在我们这片干旱的天空中。"[1] 诸多小说寄予了作家对人类生存前景的美好想象，表达对科技文化的憧憬和向往。

当然，刘慈欣对于科技的认识并非仅有一个维度。在小说中，刘慈欣对于科技可能给人类带来的消极影响保持着清醒的认识。应该说，科技在推动人类文明进步的同时，同样威胁着人的生命安全。在很多时候，科技背后蕴含着意识形态的踪影，对人的生命活动构成了较大的压迫。达拉斯·斯迈思认为，近代以来亚洲、拉丁美洲、非洲等地区的铁路建设与西方帝国主义的意识形态息息相关，并指出："正如在任何时空中，组成科学的要素必定反映了那时那刻特定社会文化中的世界观和政治结构。"[2] 可以说，科技并非独立、自足的存在，而是承担着一定的社会主流观念和思想意识。马尔库塞进一步指出了科技的政治性，即"科学技术不是中性的，它本身就是一种统治和操控的异化力量"[3]。在小说中，刘慈欣同样注意到隐藏在科技背后的意识形态因素。《光荣与梦想》描绘了一项名为"和平视窗"的科技软件，其研发宗旨在于，让人类以数字战争的方式代替真实

---

[1] 刘慈欣：《圆圆的肥皂泡》，刘慈欣：《2018》，江苏凤凰文艺出版社2014年版，第241页。

[2] ［加］达拉斯·斯迈思：《自行车之后是什么？——技术的政治与意识形态属性》，王洪喆译，《开放时代》2014年第4期。

[3] 衣俊卿：《西方马克思主义概论》，北京大学出版社2008年版，第290页。

的战争。实际上，高科技产品并不能阻止战争的发生。在小说中，发达国家仍然有力地掌控着体育竞赛的方方面面。由此，强大的美国与弱小的西亚共和国所进行的体育赛事，无疑具有强烈的反讽意味。在故事的尾声，美国与西亚共和国之间无可避免地爆发了战争。"竞赛代替不了战争，就像葡萄酒代替不了鲜血。"[①]从小说情节来看，科技并不属于解决社会问题的灵丹妙药。

（二）科技异化问题及其反思

当地区与地区之间的战争爆发之时，科技事业在其中的制衡力量也是有限的。《混沌蝴蝶》中的俄罗斯科学家亚历山大借助"蝴蝶效应"的原理，通过搅动某些地方的气象"敏感点"，改变交战地区的天气状况，从而迫使战事停止。然而，发展中国家的高科技研发和使用常常需要发达国家提供雄厚的资金支持。由此，科技对于国际秩序的维护而言，起到的作用必定是相对有限的。更进一步看，在现代战争中，科技往往严重威胁着普通个体的生命安全。《全频带阻塞干扰》展现了"北约"与俄罗斯之间的战争。在小说中，美国军人面对已标记在屏幕上的打击目标，只要按下按钮或者移动鼠标，就可以完成军事打击任务。这段描写与电影《天空之眼》的故事情节颇为类似，反映科技现代性盲目和残酷的面貌。刘慈欣的小说通过战争叙述，同样表现科技对于生命存在的潜在威胁，强调其负面效应。除此以外，作家还反映了科技与个体的复杂关系，并表达对科技异化问题的忧思。《镜子》中的超弦计算机能够将世界的面貌分毫不差地展示在人们眼前。如果世界对于人们来说毫无秘密可言，那么，人类的历史或许将会走向终结。《人生》中的生物技术可以改变人类的遗传原理，使得生命在

[①] 刘慈欣：《光荣与梦想》，刘慈欣：《2018》，江苏凤凰文艺出版社2014年版，第325页。

原始状态就能获取母体的生命经验，从而将世界和人生的秘密看得一清二楚。当人生和世界的"真相"展现在人的面前，生命的发展反而受到严重威胁。因此，科技的过度发展，同样会给人类社会带来不可承受的灾难。

人类对于科技文化的反思，应该落实到自身的主体性因素。马克思说："机器本身对于把工人从生活资料中'游离'出来是没有责任的……因为机器就其本身来说缩短劳动时间，而它的资本主义应用延长工作日；因为机器本身减轻劳动，而它的资本主义应用提高劳动强度；因为机器本身是人对自然力的胜利，而它的资本主义应用使人受自然力奴役。"[1]这里的"机器"可以作为科技的代名词。科技产生的负面效应并非源于自身，而是人类实践活动的异化。换言之，科技异化的本质在于人类对它的不合理利用方式。实际上，科技异化属于人的异化的范畴。科技对于人类社会的发展具有很大的推动力量，但亦有不可忽略的负面影响。那么，怎样处理科技异化的问题，成为作家思考的一个主要问题。

（三）人文与科技的融合

从小说的内容来看，科技事业与人文精神并非处于二元对立的关系。《全频带阻塞干扰》叙述了俄罗斯一次军事演习的过程，表现了列夫森科元帅与米沙的观念冲突。前者认为，国家强大的军事力量是科研等事业发展的基础和保障；后者认为，科学研究中的人文主义精神能够降低战争爆发的可能性。"如果人们都像我们这样，用全部的生命去探索宇宙的话，他们就能领略到宇宙的美，它的宏大和深远后面的美，而一个对宇宙和自然的内在美有深刻感觉的人，是不会去发动战争的。"[2]作者借助人物米沙

---

[1] ［德］马克思、［德］恩格斯：《马克思恩格斯全集》第23卷，中共中央马克思恩格斯列宁斯大林著作编译局译，人民出版社1972年版，第483—484页。

[2] 刘慈欣：《全频带阻塞干扰》，刘慈欣：《流浪地球：刘慈欣获奖作品集》，长江文艺出版社2017年版，第84页。

带有理想主义的话语，似乎表达了人文精神对于科研事业的重要性。在《带上她的眼睛》中，"我"戴上了一副传感眼镜，以图像的形式，把看到的自然风景传递给困在地下航行器中的姑娘，为她即将消逝的生命增添了一丝亮色。作为《地球大炮》的姊妹篇，《带上她的眼睛》的叙述重点并非展现人类在科技探索过程中的艰辛和悲壮，而是呈现高科技设备的结构装置与人的生命情感之间的紧密联系，表达作者对于科学技术的期待。应该说，人文主义方面的内容为刘慈欣的小说增加了不少审美魅力和思想力度。

在刘慈欣的小说中，科技事业与人文主义是相辅相成、互相补充的关系。一方面，人类对理想生活的追求，以发达的科技装置为基础。在社会发展的过程中，人类总要付出很大的代价和牺牲。小说《地球大炮》和《地火》描写了人类的探索意识、奉献意识对于科技发展和谋求幸福生活的重要性。另一方面，科技的研发和使用仅仅属于社会生活的一个部分，艺术依然是其中的重要部分。《诗云》体现了文学艺术在未来科技生活中的独特意义，小说的核心线索在于伊依和"神"争论技术能否凌驾于艺术之上。"神"为了证明"技术超越一切"的观点，用伊依的头发丝制造出了进行诗歌创作的克隆人李白，并且声称要超越唐代的诗仙李白。作者对于克隆版李白的描写颇有反讽意味。作为科技复制品的李白，他在饮酒后不但不能作诗，反而吐出一大摊污物。科技版李白试图将所有汉字组合起来，把诗歌创作的可能性发挥到极限，然而这种想法却遭到毫无文学常识的大牙的嘲讽。神族最后拆解太阳系内所有行星，用其中吸收的能量，在太空中建造保留诗歌的量子存储器，即诗歌的云海。小说故事结束于伊依、大牙、科技人李白乘船到南极，欣赏诗云的场景。由此可见，作家充分肯定艺术以及人文精神对于人类生活的重要意义，而并非一味地赞颂科技文明的力量。在作家看来，科技应该为保存人类艺术的珍宝、传承理性精神、分享美感经验以及人文主义思潮的复兴服务。

  总而言之，刘慈欣的作品表达了他对于科技的复杂认识。仅仅以"技术主义"来概括刘慈欣的创作，容易将问题简单化。韦恩·布斯认为，作者常常将不同的自我融入小说中："我们必须说各种替身，因为不管一位作者怎样试图一贯真诚，他的不同作品都将含有不同的替身，即不同思想规范组成的理想。正如一个人的私人信件，根据与每个通信人的不同关系和每封信的目的，含有他的自我的不同替身。因此，作家也根据具体作品的需要，用不同的态度表明自己。"[①] 可以说，优秀的作品往往具有丰富的主题，而读者不应该断言其中某一个主题就是作者的创作主旨。如果我们将刘慈欣的作品视为完整的创作序列，那么，作品中对于科学技术的批判、对于科技与人文关系的认识，这两种思想是不矛盾的。刘慈欣既肯定科技对人类社会生活的推动力量，又对其潜在的负面效应保持审视的态度，并认为科技事业的发展离不开人文艺术的精神熏陶，从而为人工智能时代的"科技异化"问题提出了解决方案。

[①] ［美］韦恩·布斯：《小说修辞学》，华明等译，北京大学出版社1986年版，第80—81页。

第四讲

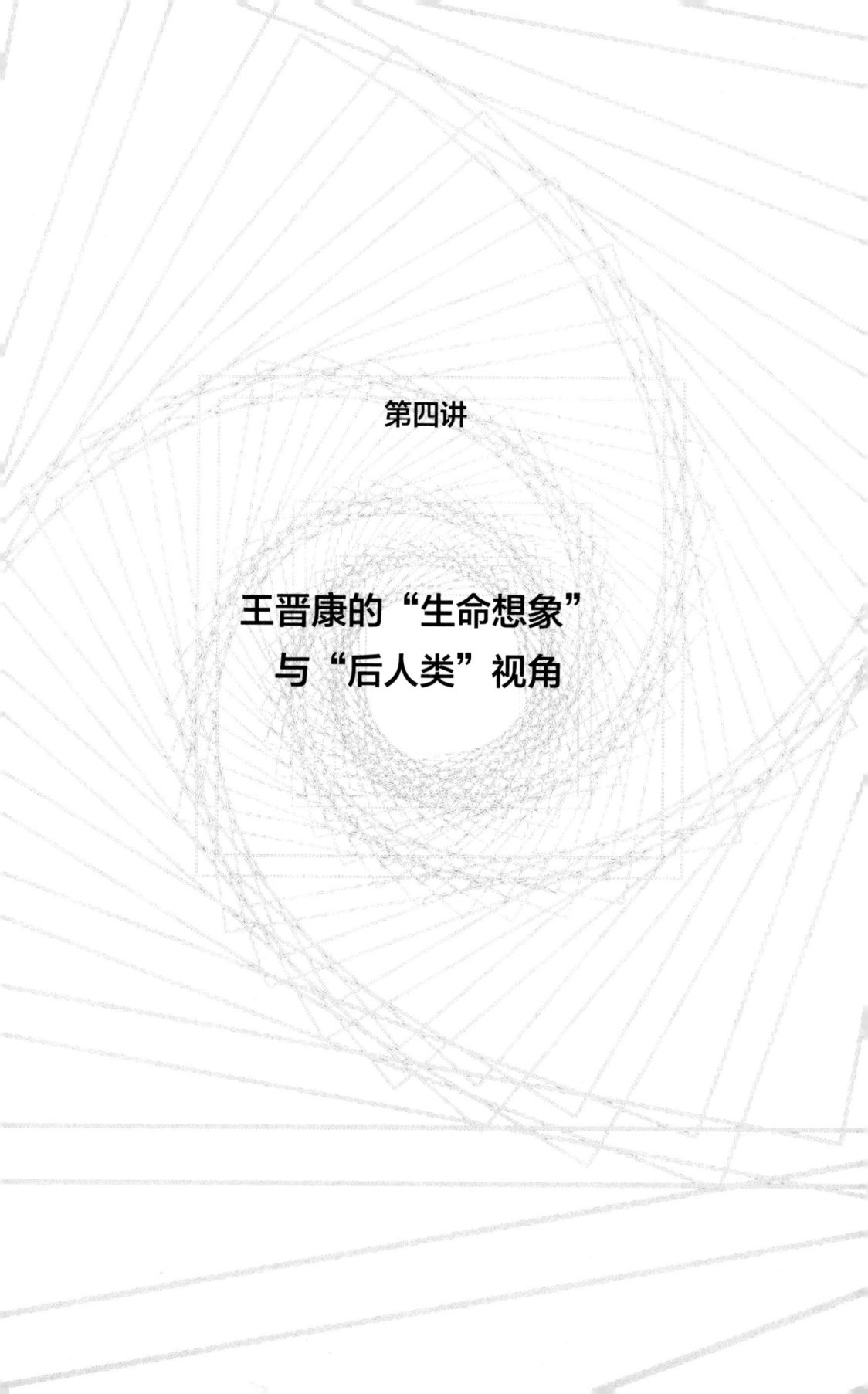

王晋康的"生命想象"
与"后人类"视角

王晋康是中国当代新科幻文学的中坚力量。他被誉为中国科幻的"四大天王"之一，同时也与刘慈欣并称为中国科幻文坛的"双雄"。"哲理意识与寻根意味……是王晋康小说显著的两大特色"[①]，"沉郁苍凉"是其风格特征。产生这种风格的部分原因在于他对科技进步、"自我"价值、生命意识以及道德嬗变的某种反思。当王晋康将这些关乎全人类的反思融入个体的生命存在和切实处境中时，便使其作品弥漫着一种宿命感和宏阔感，体现出伦理与技术的冲突，进而展望了一种"后人类"的未来。在这样的未来里，王晋康坚持着一种"扩大了"的"人文主义"，即一种"后人类主义"式的人文关怀。他试图让人类暂时走下主宰万物的神坛，仅仅将"人"作为一种平等参与进化的"身份"放置在由自然、生物和技术共同构成的复杂系统中。要理解王晋康在"后人类"视角，不妨先看看他在作品中写下的两段话：

  也许我们仍生活在一个"人类沙文主义"的时代，科学家们可以

[①] 姚利芬：《抗争宿命之路——评王晋康处女作〈亚当回归〉》，《科普研究》2016年第2期。

任意戕害弱小的自然界生灵而不受惩罚，甚至会受到赞许。①

自然界是变化发展的，这种变异永无止境。从生命诞生至今，至少已有百分之九十的生物物种灭绝了，只有适应环境的物种才能生存。这个道理已被人们广泛认可，但从未有人想到这条生物界的规律也适用于人类。在我们的目光中，人类自身结构已经十全十美，不需要进步了。如果环境与我们不适合——那就改变环境来迎合我们嘛。这是一种典型的人类自大狂。比起地球，比起浩淼的宇宙，人类太渺小了，即使亿万年后，人类也没有能力去改变整个外部环境。②

在这两段表述中，可以看出王晋康的"后人类"视角至少包含三个层面的内容。一是拥有技术的人类处于自然界和技术界的顶层，"人"可以出于自身利益的考虑而改造"生命"或创造"生命"，任何"人"以外的"他者"都成了技术改造的对象。二是"人"并非进化的终点和顶点，他们自身还存在着诸多缺陷，技术的对象同样可以并且应当是"人"本身，这实际上与其他"他者"并无太大差别，"人"与"非人"都是整个生态系统中的一部分。因此，"人"应当对同处于生态系统中的各种生命形式给予对等的尊重，而非仅仅将其看作一件实现某种价值、可以随意处置的工具。三是"人"成为"后人类"的进程不可逆转，"从'人类'到'后人类'的进化是科技发展、历史前进的结果和必然……人类必定僭越自己的神成

---

① 王晋康：《替天行道·后记》，姚海军、杨枫主编：《中国科幻银河奖作品精选集·叁》，四川文艺出版社2013年版，第67页。

② 王晋康：《豹》，姚海军、杨枫主编：《中国科幻银河奖作品精选集·贰》，四川文艺出版社2013年版，第128页。

为上帝,变身为后人类的造物主"①,而在人类迈向"后人类"过程中出现的"被造物"与"造物主"之间的冲突或许无法避免,这种冲突体现为一种"生命"要求生存、独立、发展的"生存欲望"与"生命意识"。

从这样的视角出发,读者可以发现王晋康的诸多科幻作品塑造了"机器人""改造人""克隆人""硅基生命"这四类独特的"生命"形态。它们皆是人类技术的产物,因此也是一种"被造物"。在科幻叙事描述的"后人类"境况下,这些"被造物"与"造物者"之间已然"混居"共存于同一时空维度中。由于这些"被造物"拥有了"意识",因此在较为宽泛或"科幻叙事"的意义上,它们皆属于"生命"的范畴,不再是一件"物品",故而人与"非人"之间必然在社会身份、主从秩序、情感指向和道德伦理等方面产生一系列新的问题。这一系列的问题最终指向了一个话题,即"人"究竟该以何种姿态与他们的"被造物"相处。"被造物"又该怎样找寻自身存在的意义,这正是王晋康的"思想实验"中试图演绎探讨的一个核心。

第一节 "后人类"诞生:《生命之歌》《亚当回归》中的"人"与"非人"

在王晋康的科幻小说里,"后人类"具有两层含义:一是人类自身被科技改造成为"技术"+"生物"的"后人类";二是人类与经由其科技创造的"生命"共存于世,互相影响,呈现出一种普遍的"后人类"境况。而无论在哪一种情况中,人类都将面临一种巨大的"威胁"——"人"或

---

① 姚利芬:《超人、末人还是野兽——论王晋康科幻小说中的后人类形象》,《小说评论》2021年第3期。

将受到其他智能"生命"的挑战,继而走下万物灵长的神坛。面对这样的"威胁",王晋康总是将"历史岔路口"的沉重选择交给故事中的某个人物,例如《生命之歌》中的孔昭仁、《亚当回归》中的钱人杰、《癌人》中的海拉等。当这种"生命不可承受之重"落在了具体人物身上时,便使其展露出一种对未来矛盾且游移的态度,他们内心的痛苦也显示出此种"抉择"的重量与难度。

"痛苦"的来源在于王晋康独特的"生命观",是一种对以"人"为代表的"生命性"存在被"技术"抹消,以及由此带来的"人"与"非人"混同的担忧。所谓"生命性",即一种构成生命的特性,王晋康将其视为区别人类/后人类与非人的特征,例如"具身性、生存欲望、体验各种情绪的能力、自由意志等"[①]。其中"生存欲望"构成了"生命性"的首要条件,正如他在《生命之歌》中借着科学家朴重哲之口所说:"没有欲望的机器人永远成不了'人'"[②],而"一切生物,无论是病毒、苔藓还是人类,它们的最高本能是它的生存欲望,即保存自身延续后代,其他欲望像食欲、性欲、求知欲、占有欲,都是由它派生出来的"[③]。简言之,"生存欲望"就是建立在延续后代的基础上对"世界"给予"生命"诸种"刺激"的情感反馈。

(一)《生命之歌》中的"机器人"

在《生命之歌》中,当机器人元元不能表达自己的"情感反馈"时,

[①] 姚利芬:《超人、末人还是野兽——论王晋康科幻小说中的后人类形象》,《小说评论》2021年第3期。

[②] 王晋康:《生命之歌》,姚海军、杨枫主编:《中国科幻银河奖作品精选集·壹》,四川文艺出版社2013年版,第273页。

[③] 王晋康:《生命之歌》,姚海军、杨枫主编:《中国科幻银河奖作品精选集·壹》,四川文艺出版社2013年版,第272页。

它便不被看成是一种"生命性"存在，因此也无法威胁人类，例如尽管元元的外貌是"按男孩的形象塑造的"①，但是"在5岁时，元元的智力发展——主要指社会智力的发展——却戛然而止。在这之后，他的表现就像人们说的白痴天才，一方面，他仍在某些领域保持着过人的聪明，但在其他领域，他的心智始终没超过5岁孩童的水平"。元元"不会哭，没有痛觉，跌倒时会发出铿然的响声"②，正是这种"露出破绽"的似人非人状态，使之跌入了某种"恐怖谷"③效应中。这正如有论者指出的："现实中的假肢或仿真类人机器人所引发的最终负面效果一般不是恐怖和毛骨悚然，而是排斥、不安或极端情况下的害怕。"④果然，孔昭仁在发现了这个"破绽"之后，便"很少到小元元身边"，表现出对这个机器人的排斥和疏远。此时的机器人元元并不被看作是具有"生存欲望"的存在，它只是一件至多被"姐姐"孔宪云所"移情"了的机器物而已。

然而，随着朴重哲研究的不断深入，他渐渐破译了隐藏在 DNA 结构

---

① 王晋康：《生命之歌》，姚海军、杨枫主编：《中国科幻银河奖作品精选集·壹》，四川文艺出版社2013年版，第274页。

② 王晋康：《生命之歌》，姚海军、杨枫主编：《中国科幻银河奖作品精选集·壹》，四川文艺出版社2013年版，第274—275页。

③ "恐怖谷理论"由日本机器人专家森政弘于1970年提出，是一个关于人类对"机器人"和"非人类"物体感觉的假设。森政弘的随笔《不気味の谷》（1970）在现实中初探了机器人学与心理学的结合。在这篇随笔中，森政弘更注重人面对不同机器人的心理。相比当代日本大众文化中的"机器人热"，森政弘虽也追求人机协андр，但同时也展现出了理性的工程师文化。他指出，人形机器人玩具常会激发人的"亲和感"，但当机器人或假肢达到一定类人性，并露出非人破绽时，就会引起人的排斥和不安，从而跌落到人心理承受范围的谷底，即"不気味の谷"（uncanny valley），除非它像健康人一样。参见程林：《"人转向"：为何机器人跌入的是恐惑谷而非恐怖谷？》，《外国文学动态研究》2020年第5期。

④ 程林：《"人转向"：为何机器人跌入的是恐惑谷而非恐怖谷？》，《外国文学动态研究》2020年第5期。

序列中的"生命之歌",即控制"所有生物的生存欲望的遗传密码"①。对于任何接收了这首乐曲的机器来说,它就会变成"有生存欲望的机器人"。故而当朴重哲无意间触发了元元体内的"生命之歌"后,这个机器人就拥有了情感反馈能力。当孔昭仁试图将其破坏之时,它已经可以"簌簌发抖",并且"机智地以天真作武器保护了自己的生命,他已不是五岁的懵懂孩子了"②,元元变成了一个具有"生存欲望"的人工"生命",由此人类也将进入"后人类"状态。其后,它果然"狡黠"地试图利用孔宪云让一台电脑记录"生命之歌",从而让机器人的后代"在顷刻之间繁殖到全世界"。在这一过程中,尽管王晋康"试图将亲情和爱情当作协调二者关系的纽带"③——表现为"姐姐"孔宪云对元元的爱,以及元元对人类的"亲密"和"忠诚"。但他也清醒地认识到,这种和谐共处的模式并不能持续,"当和谐共处的主张遇上此消彼长、你死我活的'生存欲望',便会走向溃败"④。正如有论者指出的:"高科技背景下的人工智能并不一定威胁现有的伦理模式,只有当它们拥有强烈的生存本能之后,才会打破三定律的平衡,甚至为了自身的生存而反噬人类。"⑤王晋康认识到的这一点,也正是孔昭仁痛苦的来源,其实他早已破译了这首"生命之歌"的DNA密码,然而却因认识到这"也许就会爆发两种智能的一场大战,直到自尊心过强的人类精英死亡殆尽之后,机器人才会和人类残余建立一种新的共

---

① 王晋康:《生命之歌》,姚海军、杨枫主编:《中国科幻银河奖作品精选集·壹》,四川文艺出版社2013年版,第286页。
② 王晋康:《生命之歌》,姚海军、杨枫主编:《中国科幻银河奖作品精选集·壹》,四川文艺出版社2013年版,第283页。
③ 姚利芬:《超人、末人还是野兽——论王晋康科幻小说中的后人类形象》,《小说评论》2021年第3期。
④ 姚利芬:《超人、末人还是野兽——论王晋康科幻小说中的后人类形象》,《小说评论》2021年第3期。
⑤ 吕超:《科幻文学中的人工智能伦理》,《文化纵横》2017年第4期。

存关系"①，于是宁肯将这个足以"惊撼世界的成功独自埋在心底达二十五年……以顽强的意志力压抑着它"②，甚至不惜扭曲了自己的性格也不愿做人类的掘墓人。这种痛苦直到朴重哲重复了他的成功才得以消除，因为即便自己独自隐藏，还是会有其他科学家破解这个秘密。"后人类"状况的出现终究不可逆转，也无法阻挡，王晋康仍寄希望于二者之间或可形成的"情感纽带"来促成双方的和谐共处，也许这正如"五四"时期冰心提出的"爱的哲学"那样，是一个"美丽而苍凉的手势"。

（二）《亚当回归》中的"新智人"

在另一篇小说《亚当回归》中，王晋康同样塑造了站在"后人类"门口徘徊着的科学家形象。这篇小说讲述了一位经历了202年时间归来的星际宇航员王亚当发现地球早已今非昔比，彼时地球上的自然人类已经被"新智人"取代，而创造出"新智人"的年迈的科学家钱人杰坚决抵抗对大脑的改造。颇有讽刺意味的是，他暗示亚当抵抗"新智人"的唯一途径只能是接受改造，借助植入的电脑芯片获得更高智能，才有可能找到推翻"新智人"统治的途径。在亚当接受了改造之后，却猛然醒悟钱人杰和自己的抵抗是多么可笑，曾经令他尊敬的这位坚决抵制"新智人"的老人，如今却因其极度的固执，令亚当啼笑皆非。因为这样的做法是"何等幼稚可笑"，"自然人消灭了猿人，新智人消灭了自然人，这是不可违抗的"③。

---

① 王晋康：《生命之歌》，姚海军、杨枫主编：《中国科幻银河奖作品精选集·壹》，四川文艺出版社2013年版，第288页。

② 王晋康：《生命之歌》，姚海军、杨枫主编：《中国科幻银河奖作品精选集·壹》，四川文艺出版社2013年版，第287页。

③ 王晋康：《亚当回归》，姚海军、杨枫主编：《中国科幻银河奖作品精选集·壹》，四川文艺出版社2013年版，第207页。

在《亚当回归》中，人类自身已被科技改造成为"技术"+"生物"的"后人类"，即"新智人"。在这样的境况下，自然人实际上已经把他的创造物"新智人"请下了神坛，"变成未吃智慧果前的蒙昧的亚当，赤身裸体回到伊甸园，受诸神庇护"①。这里的"蒙昧""庇护"等词语已经暗示了自然人与"新智人"相处时的处境。如果说"新智人"的诞生是一个无可避免和必将实现的历史进程，"新智人"本身也在体能和智能方面全面超越了传统人类，那么，王晋康又在担忧什么呢？正如文中"痛苦、自责又无能为力"的钱人杰一样，他的担忧在于打开了"后人类"这个潘多拉魔盒之后，诞生的是一种缺乏"生命性"的"存在"。这样植入了生物元件电脑的"新智人"，"缺乏感情程序"，也"丧失了很多自然人的生趣，多了一些机器的特性"，例如他们"不得不尊重计算机的选择去向某位姑娘求爱"——亚当和雪丽的婚姻就是计算机精心选定的，"在男欢女爱的同时，清醒地了解荷尔蒙与激情的数量关系"，因此情感和性欲转化成了某种"算法"，故而只有当雪丽回归自然人的身份后，亚当才肯"真正承认雪丽小姐是个女人"，否则，她就会被看作是一个"非人"的存在物。除此之外，人的"自由意志"也被植入的机器物所决定，因为"在科学上的贡献很大程度上取决于植入智能的Bel级别，以及输入知识的结构类型，就像吃蜂王浆的工蜂会变成蜂王，这无疑是一种新的不公正"②。这样的"存在物"，钱人杰始终没有将其看作一种"生命"，它只是"机器人借助于人体，在人脑的协助下，已经占领了地球，而我们像愚蠢的螟蛉一样，在自己身

---

① 王晋康：《亚当回归》，姚海军、杨枫主编：《中国科幻银河奖作品精选集·壹》，四川文艺出版社2013年版，第199页。
② 王晋康：《亚当回归》，姚海军、杨枫主编：《中国科幻银河奖作品精选集·壹》，四川文艺出版社2013年版，第209页。

体上孵出果蠃的生命"①。

王晋康一方面认识到进化论的某种残酷性,即"新智人消灭了自然人,这是不可违抗的",另一方面,他也怀疑在丧失了某些"生命性"特征之后,作为"后人类"的"我们"是否能够再次获得"人文主义"的幸福?小说的最后,作者并"没有让'进化'为新智人的亚当和夏娃幸福地生活下去,而是分道扬镳"②,这也暗示了要弥合"后人类主义"与传统"人文主义"之间的裂隙,还有很长的路要走。

第二节 生命意义的探寻:
《类人》与《百年守望》中的"克隆人"

王晋康的科幻创作中,对"克隆人"形象的塑造占有相当比例。"克隆人"正是一种典型的"技术"+"生物"的人工生命,也是"后人类"的一副面孔,更是构成"后人类社会"和"后人类状态"的重要元素。他们既是人类技术的产物,也是处于"后人类状态"下人类自身境况的一种镜像,即一种身份特征和伦理地位的隐喻,如同人类在面对人工智能时被机器所"控制"和"奴役"的状态一样。一方面,"克隆人"是被造物,被自然人当作某种工具,他们似乎应该服从于他们的创造者,在主奴关系中处于"奴"的位置。另一方面,"克隆人"表现出一种"生存欲望",因之具有"生命性"特征,表现为拥有"灵魂",故而从"后人类主义"的角度来说,不应仅仅被当作从属物来看待,他们需要与其他生命对等的地

---

① 王晋康:《亚当回归》,姚海军、杨枫主编:《中国科幻银河奖作品精选集·壹》,四川文艺出版社2013年版,第202页。
② 姚利芬:《抗争宿命之路——评王晋康处女作〈亚当回归〉》,《科普研究》2016年第2期。

位。正如亚里士多德所指出的:"奴隶是有灵魂的工具,工具是无灵魂的奴隶。……他可以作为人,对于一切服从法律、遵守契约的人,他们之间似乎有某种公正,作为人当然有友谊。"① 由此可见,具有"生命性"特征的"克隆人"实际上已经脱离了纯粹工具的范畴,却暂时未能被妥当地安置在"后人类社会"中,表现出一种身份的焦虑。

身份焦虑产生的根源在于"生命"意义的缺失。作为一种工具,"克隆人"是不需要建构特殊的意义的,而只需实现自身的功能即可。但作为生命来说,伴随而生的诸多"欲望"都是"意义"产生或建构的"温床"。他们需要探寻自身、发现自身并理解自身,让生命摆脱工具性的无知无识的蒙昧状态,以便合情合理地嵌入"后人类社会"的伦理结构当中,从而摆脱某种"奴隶"的身份和标签。

(一)《类人》中"克隆人"的身份困境

在《类人》中,"克隆人"早已成千上万地进入(而非融入)了人类社会,由之也构成了一个特殊的阶层——"B型人",或被称为"类人"的阶层。他们不是自然的产物,而是"用激光钳砌筑而成的"②"位于伏牛山脉'二号'基地生产的一个工件"③。从"工件"的表述中,读者就能够清楚地意识到这些被称为"B型人"的克隆人处于怎样的伦理地位,他们只不过是一件生产出来供人类使用和消费的工具而已,体现了一种市场的需要。因为"日益走向'虚拟化生存'的人类极其需要这种有感情、在人格上又'低于'人类的仆人,这种市场需求根本无法遏制"④。于是,这样

---

① [古希腊]亚里士多德:《尼各马科伦理学》,苗力田译,中国人民大学出版社1994年版,第180页。
② 王晋康:《类人》,四川科学技术出版社2012年版,第17页。
③ 王晋康:《类人》,四川科学技术出版社2012年版,第39页。
④ 王晋康:《类人》,四川科学技术出版社2012年版,第13页。

的"类人"并不被当作一个生命来看待，而为了使他们更加有别于生命，人类更是从社会层面给他们贴上了标签，抹消了其"生命性"的特征，例如规定了"类人不得具有人类的法律地位，不允许有指纹，以便与人类区分；不允许繁衍后代"①等。在种种社会心理的暗示下，他们"尽管具有繁衍能力，但类人们普遍没有繁衍的欲望。他们都是性冷淡者"②。而一旦丧失了生存欲望，"克隆人"不仅会丧失基于此的种种情感反馈，同时也将丧失作为"生命"的意义，成为一件没有起源、没有归宿，也没有生活的工具。因此，他们"不惧怕死亡，他们的生命直接来自元素，而不是上帝。所以，过了强壮期的类人就自动选择死亡，从不贪恋生命"③。甚至，他们根本就没有"死亡"——这一人类终极的宿命，一切意义的来源——他们的死亡"只能被称做（作）'销毁'"④。在这里，王晋康斩断了"克隆人"与"上帝"之间的联系，预示着作为"生命"的意义之源的消失。于是，"人"被"抛在这种处境中无处可逃，他唯一可做的只是如何面对荒诞并在荒诞中生存"⑤。这也正如有学者指出的，那些作为"B型人"的"克隆人""看似生活富足安然，但已然失去了人之为人的意义，没有梦想，无需奋斗，不被允许拥有爱情和婚姻，无需做出艰难的道德选择，不用去做任何传统意义上与人相关的事"⑥。

而"克隆人"与"上帝"断裂的另一层含义在于"克隆人"与"自然

---

① 王晋康：《类人》，四川科学技术出版社2012年版，第14页。
② 王晋康：《类人》，四川科学技术出版社2012年版，第14页。
③ 王晋康：《类人》，四川科学技术出版社2012年版，第12页。
④ 王晋康：《类人》，四川科学技术出版社2012年版，第13页。
⑤ 朱立元主编：《当代西方文艺理论》（第2版，增补版），华东师范大学出版社2005年版，第131页。
⑥ 姚利芬：《超人、末人还是野兽——论王晋康科幻小说中的后人类形象》，《小说评论》2021年第3期。

人"之间关系的断裂,也即作为造物者的"人"不应再是"克隆人"的意义来源,就像尼采宣告了"上帝之死"一样,所要表明的是以"自然人"为根基的旧价值已经发生了危机。随着"克隆人"这种生命形态的出现,"后人类"已经到需要重估一切价值和意义的时候了。因此,以"克隆人"为代表的任何生命都应当为自身的存在正名,重新确立自身存在的意义,在一个"工具化"和"荒诞"的世界中有意义地活着。例如"B型人"RB雅君终于克服了对性根深蒂固的恐惧——这是一种被社会规训的"身份焦虑"——她不再遵从自然人为之设定的生活原则,而与自然人齐洪德刚品尝爱之禁果并试图组成家庭。在这样的过程中,RB雅君实际上是恢复了一种对"身体欲望"的体验能力,而这正是各种现代性价值得以建立的一个基础。通过对自我"身体"的自由支配,王晋康指明了"类人"确立自身价值并作为"生命性"存在的一条途径。因为"生命和身体紧密相关,身体是生命的根基"[1],而"正是在身体这一根基上,生命及其各种各样的意义才爆发出来",它是"自我的一个标志性特征"[2]。果然,当RB雅君与齐洪德刚结合之后,她便不再后悔恐惧。即便在警官发现其突破了"禁区",从而面临被"销毁"的命运时,她也无憾无悔,因为此时的RB雅君得到的是作为生命的"死亡",而非作为工具的"销毁"。

生命意义除了建立在"身体"的基础上,还可以建立在某种"赎罪"的意识中,即每个有意识的自由生命都应当为自身的行为负责。于是,为自由行为负责成为建构生命意义的另一条途径。从这一点来看,作为工具的"克隆人"是不需要为自身行为负责的,因为他们并非其行为的道德主

---

[1] 汪民安:《身体、空间与后现代性》,南京大学出版社2022年版,第26页。
[2] 汪民安:《身体、空间与后现代性》,南京大学出版社2022年版,第25页。

体,毕竟一件工具只是完成其创造者为之赋予的功能而已。因此,他们本身没有也无须"赎罪"意识。"赎罪"意识的产生,源于对自我身份的认知,一旦意识到自我是一个独立自主的生命,行为主体和道德主体也就合二为一,他随即获得了"生命性"。如萨特所言,此刻,他需要为自己的选择和行为而负责了。因此,以往的诸多"恶行"或"错行",便成为一种"生命之重",他需要采取有意义的方式来进行自我救赎。例如《类人》中的宇何剑鸣,他本身是一个"B型人",却被隐瞒了身份,当作自然人一样长大,并成为一名警官。在其职业生涯中,宇何剑鸣以自然人的身份"销毁"了诸多的"B型人"。当他得知自己的真实身份后,便对以往的警官身份的正义性产生了怀疑,因为从自然人的身份出发,他并非一件工具,因而其行为都是基于自身的选择与判断,尽管宇何剑鸣是一个"B型人",但作为一个独立的主体,他应当为以往的行为负责。正如他自己在忏悔中所说的那样:"这一生中,由于职业原因,我伤害了不少B型人同胞,我想做点事赎罪。"[1]此刻的宇何剑鸣,因产生了"赎罪"意识,而决定重新确立生命的意义。他"不会向人类复仇,不会在两个族群中挑起血腥的仇杀。……只是想抹去两个族群之间的界线,使他们能和睦相处,融为一体"[2]。这个新的意义也正基于王晋康秉持的"后人类主义"理想,即一种更为普遍的生命平等与和谐的理想。

(二)《百年守望》与生命意义的思考

如果说《类人》中的"克隆人"对于生命意义的追寻聚焦于某种社会的层面,那么在王晋康的另一篇小说《百年守望》里,对于生命意义的思考则进入了个体层面,即将意义的"虚拟性"与主体的自我认同关联起

---

[1] 王晋康:《类人》,四川科学技术出版社2012年版,第179页。
[2] 王晋康:《类人》,四川科学技术出版社2012年版,第180页。

来。何谓意义的"虚拟性"？越来越多的科学史研究表明，自然和真相都是建构的，而不是发现的，甚至有学者直接地指明："当你尽力回想某一件重要的事情时，实际上，你要在头脑中重建图像，因为真实的图像并不存在。"① 特别是在"数字文明"的境况中，"自我认同"便会是一种建立在"虚拟性"基础上的对存在价值的看法，甚至某些被"赋予"的记忆也构成了生活意义的基础。而人们对于虚拟经验的守护，在某种程度上可以说就是认可并守护了存在本身。在《百年守望》中，克隆人武康是一个月球基地上的工件，为了提高他们的使用效率，避免因心理问题导致的精神崩溃，他被赋予了一个虚拟的记忆——在地球拥有幸福的家庭，甚至公司还会安排他每周与虚拟的家人进行例行通话，"他不知道，此刻的'在线通话'只是电脑广寒子玩的把戏，是逼真的互动式虚拟场景"②。当他的原型老武康以"启蒙者"的姿态告诉他真相，并且试图带着武康逃离时，却被电脑"广寒子"指出了其想法的自私与傲慢：

> 不，你并没有真正站在他的角度去思考。他的一生，除了那二十八年的虚假记忆，就完全活在对秋娥和小哪吒的思念中。他们是他的全部，没有了他俩，他活着就无意趣。现在他已经知道，地球上并没有"那个"秋娥和小哪吒，他们只存活于芯片内，圈禁在一个叫"元神"的程序中。③

---

① ［美］雷·库兹韦尔：《人工智能的未来》，盛杨燕译，浙江人民出版社2016年版，第53页。
② 王晋康：《百年守望》，姚海军、杨枫主编：《中国科幻银河奖作品精选集·陆》，四川文艺出版社2013年版，第235页。
③ 王晋康：《百年守望》，姚海军、杨枫主编《中国科幻银河奖作品精选集·陆》，四川文艺出版社2013年版，第242页。

故事的结尾，克隆人武康并未选择回到真实的地球，相反，他为了守护运行于程序中的虚拟记忆，销毁了自己。对他而言，这份虚拟记忆既是他唯一拥有的，也是他唯一认同的记忆。意义便诞生于"虚拟性"之上，而"这样的人生其实也不错，幸福不在生命长短"[①]。这其实也暗示了当代人们处于"虚拟现实"和"数字文明"发展中的一种状态，是对鲁迅所描述的"铁屋子"里的昏睡状态的一个"逆转"，由此建立的"虚拟的幸福观将与人们在现实生活中追求幸福的行为相互影响"[②]，最终为"后人类"找到一条通往幸福的道路。

第三节　迈向外星家园：《水星播种》中的"硅基生命"

如果说传统的"人类中心主义"的目光主要聚焦于"地球"与"人类"之上的话，那么，"后人类主义"的视域则投向了整个宇宙。它尝试改变一种"托勒密式"[③]的中心观，并做出了"哥白尼式"的转向。因此，在这样的视域中，"生命"的范围不仅仅是指地球上的诸多生命，也涵盖了各种"地外生命"。在科幻叙事中，此类"地外生命"一是指"外星文明"和"外星人"，二是指由人类创造的适合于某些星球环境的"非人生命"。王晋康的《水星播种》正是一篇描述"非人生命"（即"硅基生命"）的小说。

[①] 王晋康：《百年守望》，姚海军、杨枫主编：《中国科幻银河奖作品精选集·陆》，四川文艺出版社2013年版，第253页。

[②] 陈自富：《智能文明何以可能？》，胡泳、王俊秀主编：《后机器时代》，中信出版社2018年版，第25页。

[③] 托勒玫是2世纪的古罗马天文学家。他在其著作中提出了以"地球"为中心的宇宙论，并一直沿用到文艺复兴时代。哥白尼（Nicolaus Copernicus，1473—1543）则在其1514年的一篇手稿中提出了一个放弃地球中心、建构以太阳为中心的体系。

众所周知，在现实世界中，一方面至今尚未发现"外星人"存在的明确证据，这也产生了著名的"费米悖论"[①]；另一方面，随着"科技时代"和"宇航时代"的到来，科学观测证明：在目前人类可到达的范围内，几乎没有适宜人类"移居"生存的生态系统。这种现实中的"不可能"却为科幻小说带来了叙事上的可能性。"于是，把这些星球改造成人类的'新家园'就成了科幻创作者的'新希望'。"[②]而相对于把整个行星改造成适合人类生存的浩大工程来说，通过改造生命使之适合"恶劣"的生存环境，继而影响环境的做法似乎更加经济。《水星播种》正是讲述了这样一个故事：2032年，成功的企业家陈义哲莫名地继承了一笔身为科学家的远房姑姑的遗产，然而这笔遗产却并非金钱，而是一种"新型生命"变形虫——它们是一种由"硅锡钠"为基础构建的"纳米生命"，最适宜生存在温度为"490℃±85℃"的环境中。虽然不同于碳基生命，但是这种生活在高温"熔池"中的变形虫也"能自我复制，能通过体膜同外界进行新陈代谢。……以电能驱动它体内的金属'肌肉'进行运动"[③]。在陈义哲决定继承这份特殊的遗产之后，一项更加宏大的计划在他面前展开了。原来，姑姑在信中要求陈义哲将这种"硅基生命"播种到"水星"，她写道："真正的生命是不能豢养的，太阳系中正好有合适的放养地——水星。"[④]

[①] 费米悖论是一个有关外星人、星际旅行的科学悖论，阐述的是对"地外文明"存在性的过高估计和缺少相关证据之间的矛盾。

[②] 刘健：《寻找外星家园——评〈水星播种〉〈只是地球人〉》，《知识就是力量》2020年第11期。

[③] 王晋康：《水星播种》，姚海军、杨枫主编：《中国科幻银河奖作品精选集·叁》，四川文艺出版社2013年版，第260—261页。

[④] 王晋康：《水星播种》，姚海军、杨枫主编：《中国科幻银河奖作品精选集·叁》，四川文艺出版社2013年版，第262页。

其后，身患残疾的巨富洪先生找到陈义哲，他愿意用自己200亿的资金换取前往水星播种"硅基生命"的机会。值得注意的是，《水星播种》的故事采用了双线叙事法：一方面是关于地球人类准备在水星播种"硅基生命"等一系列举动的"现实叙事"；另一方面则穿插着来自千万年之后的"水星"（"硅基生命"所称的"索拉星"）已经由变形虫进化为索拉人的某种"神话叙事"。启示着索拉星人的"圣书"，其实正是洪先生为了引导索拉星人的发展所写就的。而索拉星人的文明史也正是人类文明发展史中关于"科学"与"宗教"的冲突、"启蒙"与"迷信"的纠葛、"理性"与"狂热"的交替等生命精神现象的一种写照和镜像。

在"硅基生命"的科学家中，一名科学精神先知者图拉拉的遭遇实际上也融入了中国现代文学主流叙事的表述范畴，即在一个精神狂热的年代，坚持理性精神的知识分子命运将会何去何从，以及知识分子在"宗教"或"准宗教"的氛围下，如何对他人进行"启蒙"的问题。在这一点上，被索拉星人奉为"大神沙巫"的洪先生采用了迂曲的方式，将"一些有用的信息藏在《圣书》里，以宗教的形式去传播科学"[1]，他获得了成功。而图拉拉则试图采用直接的颠覆式行动——"圣府探索行动"——来证明科学理性的正确。然而，他忽略了生命的精神发展与科学发展往往并不同步，这也正是图拉拉失败的原因，也使索拉星陷入了一千年的"黑暗时期"。这结果的不同也正说明：科学精神的发展或科学启蒙的实现并不是一蹴而就的，它往往需要一个漫长的过程，需要一代又一代的知识分子前仆后继地去实现。在这里，同样身为中国当代科幻"四大天王"之一的何夕与王晋康发生着共鸣，他们都为中国科幻带来了一类崭新的形象谱系：坚守科

---

[1] 王晋康：《水星播种》，姚海军、杨枫主编：《中国科幻银河奖作品精选集·叁》，四川文艺出版社2013年版，第278页。

学的"伤心者"和"孤独者"形象。

综上所述,王晋康的科幻创作塑造了诸多"生命形象",并在"后人类"的视角下发现人与"非人"之间在社会身份、主从秩序、情感指向和道德伦理等方面的理想与危机。尽管在现实世界存在诸多影响形塑"后人类"的伦理问题,但在科幻小说提供的审美镜像中,人们以想象作为行动,"展现出一种对自然和人类社会的积极认知态度"[①],从而瞻望"后人类"的可能形态及其或将引发的社会问题。在这些形象中,王晋康"将人类生命与后人类生命置于广泛的场域中,以其富于哲思的想象参与了中国科幻小说的后人类形象构建,为反思人类与后人类之间的关联提供了丰富的资源"[②]。

[①] 吴岩:《科幻文学论纲》,重庆大学出版社2021年版,第242页。
[②] 姚利芬:《超人、末人还是野兽——论王晋康科幻小说中的后人类形象》,《小说评论》2021年第3期。

第五讲

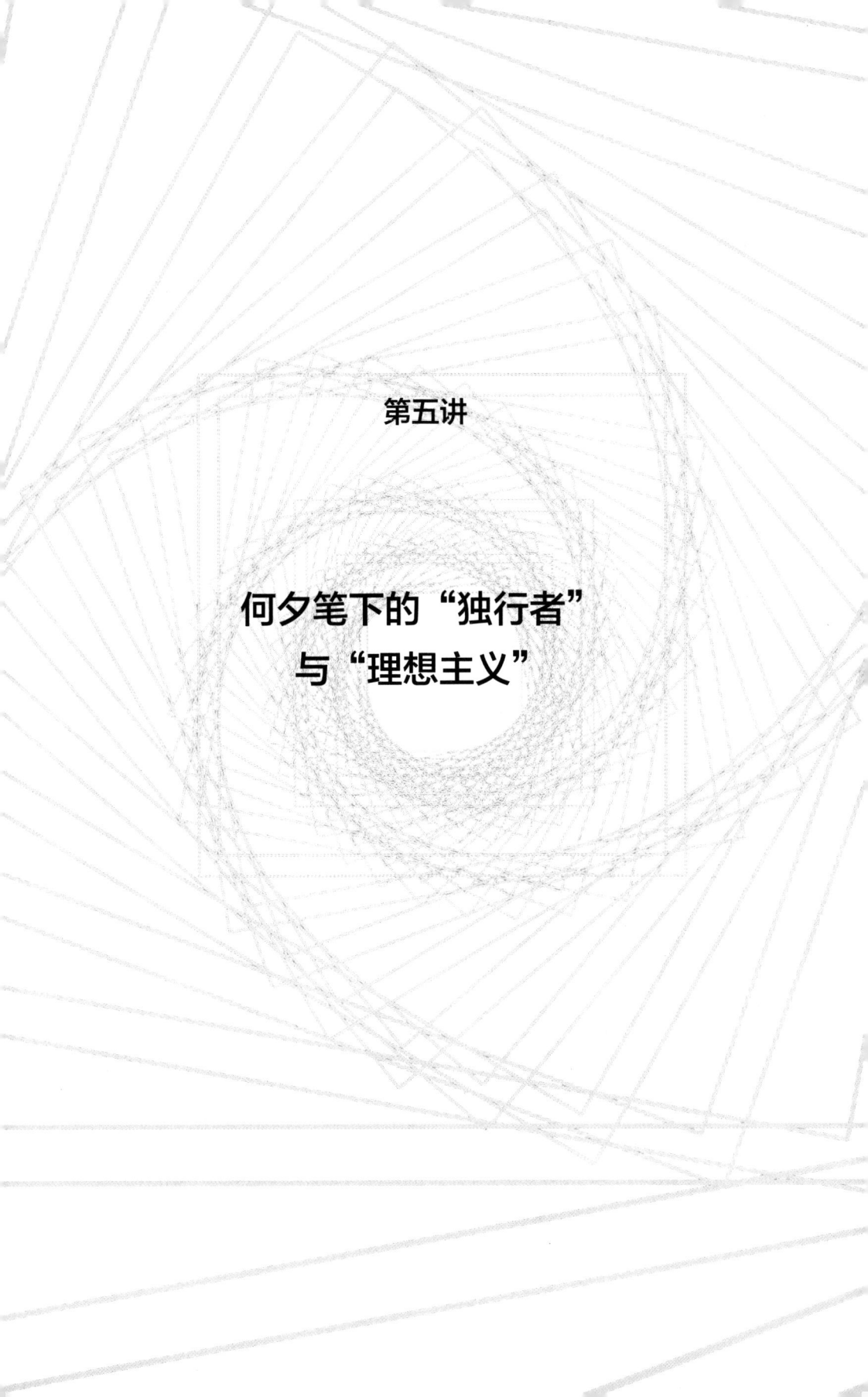

何夕笔下的"独行者"
与"理想主义"

当代社会的重要特征之一在于确定性的不断丧失。在自然科学领域，相对论和量子力学的发展改变了人们对于世界的看法，它们所揭示的"质料的本质是不确定性"①，致使物质世界的实体观遭到了扬弃，事物的"本质"不再固定不变，任何实践主体都将面对一个"测不准"的世界。此外，自西方启蒙运动以来的"现代性"浪潮，也将人们推到了一种在"转瞬即逝性中得到把握"并且与"静止的过去相反"的"短暂的、易逝的、偶然的"②现代性处境当中。当这种处境与消费社会带来的"物欲"问题结合之后，人们甚至难以发现自身早已处于某种主体与价值迷失的危险境地当中。尽管人是一种群居的动物，但在这样的处境中，"他／她"却似乎比以往任何时候都要更加孤独。当人的"物质性存在"和"社会关系"不断被科技重塑之后，似乎只有心灵才是每一个人最终的依凭。故而一个因种种原因变得孤独的个体如何面对并洞悉真实的心灵，在"科技时代"就显得尤为重要了。这也正如亚里士多德所说："凡人由于本性或由于偶然而

---

① 罗嘉昌：《从物质实体到关系实在》，中国人民大学出版社2012年版，第30页。
② ［美］马泰·卡林内斯库：《现代性的五副面孔：现代主义、先锋派、颓废、媚俗艺术、后现代主义》，顾爱彬、李瑞华译，译林出版社2015年版，第50页。

不归属于任何城邦的,他如果不是一个鄙夫,那就是一位超人。"①

第一节 科幻写作的"人学"视角:何夕创作概况

总体来说,中国当代新科幻小说可以被称为一种"人类文学"——以人类整体、世代或种族的命运为写作对象,但其中仍出现了部分反映个体命运在"科技时代"升沉起落的精彩之作。在这些作品里,"人的文学"——这一滥觞于五四"新文学"伊始的叙事传统,在某种程度上回到了新科幻小说的言说体系当中,使其延续并拓展了20世纪中国文学的发展脉络。它把种种由乡土、世俗、欲望、革命等话语构成的"人"的存在,重新放置于由科技"生成"的当下现实处境中,并以一种更加"科幻"的方式审视人物"心灵的秘密"。这既是对传统主流文学写作的回归,同时也是对它的超越。

正是因为将视角聚焦于个体的命运,追踪个体在科技时代的背景下近乎"残酷"的遭遇,传达"现代化"进程中"底层人群"的精神诉求,展现"爱"在某种科技困境中的救赎意义,同时融合传统文学中侦探、悬疑、爱情等诸多叙事元素,最终塑造个人英雄主义式的人物形象。这些使得何夕的科幻小说成为这方面的代表,其创作也对中国当代科幻的发展产生了巨大影响,因此他被媒体和一些评论者誉为中国科幻"四大天王"之一。

何夕,本名何宏伟,1971年出生,小学时便开始阅读科幻小说,受到叶永烈、郑文光、童恩正、刘兴诗、金涛等新中国早期科幻作家的影响,后于成都科技大学电气自动化专业就读期间,在《科幻世界》杂志发表了处女作《一夜疯狂》,受到好评。他毕业之后担任计算机工程师,其笔名

---

① [古希腊]亚里士多德:《政治学》,吴寿彭译,商务印书馆1965年版,第7页。

"何夕"取自杜甫的诗句"今夕复何夕,共此灯烛光"。有学者研究指出,何夕的科幻创作可按时间分为两个阶段:"第一阶段,从1991年至1996年,以原名何宏伟发表作品《一夜疯狂》(1991年)、《光恋》(1992年)、《缺陷》(1993年)、《电脑魔王》(1993年)、《小雨》(1994年)、《漏洞里的枪声》(1994年)、《平行》(1994年)、《本原》(1995年)、《盘古》(1996年)。第二阶段,从1999年起,以'何夕'为笔名发表《异域》(1999年)、《田园》(1999年)、《祸害万年在》(1999年)、《爱别离》(2000年)、《故乡的云》(2001年)、《六道众生》(2002年)、《伤心者》(2003年)、《审判日》(2004年)、《天生我材》(2005年)、《我是谁》(2006年)、《假设》(2007年)、《十亿年后的来客》(2009年)、《人生不相见》(2010年)、《汪洋战争》(2012年)等。"[①] 何夕的创作以中短篇小说为主,曾十余次获得中国科幻"银河奖",于2015年发表了具有宏大宇宙背景和悲剧意识的长篇小说《天年》。其主要作品收录于《人生不相见》和《达尔文陷阱》两部科幻小说集中。

在何夕的诸多作品中,《伤心者》和《六道众生》又较为典型地展现出理想主义的"人"及其"个人英雄主义"式的心灵秘密,书写了主人公由于个人选择的不同所导致的某种悲剧性命运。当然,对"理想主义"的追寻与书写在主流文学的叙事范畴中并不鲜见,特别是"新时期"以来,主流文学中更不乏对于"理想主义"的探寻,如"寻根文学"中形塑的某种文化理想、莫言等作家不断发掘的"民间理想主义"、个人写作中着意肯定的多元世俗理想,以及主旋律创作中大力弘扬的爱国主义和道德理想主义等,都展现了"理想主义"的不同面貌。那么,何夕在其科幻写作中所要表述的"理想主义"究竟与之有何差异呢?

[①] 郭凯:《平行世界中的独行者——何夕科幻作品中90年代以来科技时代背景下的英雄主义叙事》,《科普研究》2012年第6期。

第二节 《伤心者》中的"理想主义"

要想了解《伤心者》中的"理想主义",读者必须进入文本,去接近作者在其中塑造的各类人物。而从"人学"视角着眼,塑造较为丰满的人物形象,也正是何夕的科幻创作与其他更加关注人类整体命运的科幻作家的不同之处。

(一) 何夕的"理想主义"

毫无疑问,与作者同名的数学奇才何夕是整部小说的主人公,他是一个出身底层的数学系硕士,拥有极高的数学天赋,甚至独立发明了一套数学理论——"微连续理论",然而正是因其对数学的"偏执",使之永远无法真正融入世俗世界。当他终于完成了"数学"的使命,继而被现实的冷酷与爱情的消逝击垮之后,精神病院便成为他最终的归宿。这个曾经出身寒门的数学天才,在"商品经济""消费社会"的时代浪潮与文化逻辑中,彻彻底底变成了一个"局外人"与"独行者",他的人生也被社会无情地贴上了"孤独"与"失败"的标签。

更进一步来看,何夕是一个彻底的"科学理想主义者",较多生活在探索数学的精神世界里。正如他在面对江雪的心意时所说:"我入迷了,完全陷进去了。现在我只想着微连续,只想着出书的事。为了它我什么都顾不上了。"[1] 对陷入精神世界的何夕来说,同样感到有些"害怕",但这样的"害怕"却根本无法将其拉回现实,虽然他自己也"不知道明天究竟会怎样,不知道微连续会带给我什么样的命运"[2],不过,对于一个笃信科学的"理想主义者"来说,他"已经顾不上考虑这些了"[3]。而其对坚守这

---

[1] 何夕:《伤心者》,《科幻世界》2003年第1期。
[2] 何夕:《伤心者》,《科幻世界》2003年第1期。
[3] 何夕:《伤心者》,《科幻世界》2003年第1期。

一理想的动因也让人想到了柏拉图的洞穴隐喻，即真理带来的"美"将超越一切现实的"影子"。果然，当何夕的导师浏览"微连续理论"的手稿时，他的"内心的确有种说不出的充满和谐的感受，就像是在听一场完全由天籁之声组成的音乐会"[①]。正是这种科学之美，及其带来的"超越性"，使何夕坚守的"理想主义"与传统主流文学中已经表述的"理想主义"产生了差异。这是一种由相信科学、探索科学并完全投入科学所生发的"理想主义"。

尽管怀才不遇的科学家在孤独中被现实埋没这一叙事模式在主流文学中亦有涉及，例如徐迟的报告文学《哥德巴赫猜想》便讲述了陈景润的生平，但《伤心者》的叙事，仍与之有着很大不同。在《哥德巴赫猜想》中，陈景润的探索凸显了科学研究的当代价值，并以此赋予了科学家人生的意义。但《伤心者》中的何夕所探索的科学，却是一个在当时看来完全"无用"且"缥缈"的"数字游戏"。尽管很"美"，却没有任何一个人能够看出它的作用和价值，甚至连何夕自己都"承认它的的确确没有任何用处。老实说我比任何人都更清楚地认识到这一点"[②]。也就是说，何夕面对的是一个超越时代、无法透视且不存在现实意义的价值"黑洞"，对它进行探索也意味着承受世俗的寂寞——例如何夕与江雪的分离。要坚守这样的一个"理想"，实际上是对于科学自身无形力量和理式之美的信奉，也即回到对"科学"本身的信仰。这有些类似于中国传统文化中对"道"的追奉，即科学在某种意义上转化成了"道"，而通过科学，人最终得以在精神层面与宇宙达到某种程度的和谐状态。这是一种康德所谓的完全无功利的功利性，也是一个最为纯粹的理想，更是一条重开"科学启蒙"的道路。正

---

① 何夕:《伤心者》,《科幻世界》2003年第1期。
② 何夕:《伤心者》,《科幻世界》2003年第1期。

如在小说结尾，作者以一个未来的"旁观者"视角，用"根与花叶"的比喻阐发了其"理想"的价值：

> 我不否认对何夕的那个时代来说《微连续原本》的确没有什么意义，但我只想说的是，对有一些东西是不应该过多地讲求回报的，你不应该要求它们长出漂亮的叶子和花来，因为它们是根。①

沉下心来，在一个日渐浮躁的社会，不计回报并踏踏实实地投身于基础科学——"根"的所指——研究，这正是何夕的信念与使命所在。

然而，倘若作者直接表述这样宏大且富有"形而上"意味的命题，小说可能就会流于某种程度的哲学说教，这部以"温情"著称的科幻小说也就不可能获得打动人心的深沉力量，并斩获第十五届"银河奖"特等奖。使它突破思辨层面的"次元壁"，而真正进入读者心灵的是来源于何夕之母夏群芳——小说中另一个潜在的"主角"——的守望与"爱"的维度。

(二) 夏群芳的守望与"爱"的维度

夏群芳是一位典型的中国式母亲。从性格与才能上来说，她显得无比平凡，在人群中很难迅速将其分辨出来。按文中描述，目前她已经从一所普通的单位中"下岗"了。平日里她在菜市场的"讨价还价"、穿过拥挤人群时的"臃肿背影"，以及"做贼似的"往何夕背包里塞毛衣的行为，都让人联想起"新写实小说"里塑造的那些生活如"一地鸡毛"般的小人物形象。他们身处社会底层和生活困境之中，是被时代奔涌浪潮抛弃的弱者，是思想有些"落后"的"边缘人"，却最懂得生活的艰辛与消耗。可以说，为了让日子能够持续下去，他们必须成为物质世界的参与者和共生

---

① 何夕：《伤心者》，《科幻世界》2003年第1期。

者，努力适应"商品经济"永不停歇的消费马达。因此，以夏群芳为代表的处于中国转型期社会中的"弱势群体"，在一些现实主义文学作品中，更多被塑造成一类被现实"沉重的引力"所牵拉挤压的形象。他们最终抛弃了曾经的理想，并对困顿生活步步妥协。这样的形象，似乎与何夕处于对立的两极。正如文中所说：何夕有时自己"心里会隐隐地升起一股对母亲的埋怨"；母亲所做的某些现实举动也会引起他的"不耐烦"；当母亲费劲计算存折上的余额，以便帮何夕出书时，他甚至"没好气"地拒绝了母亲的"愿望"——再看一眼存款的总数——便急着要走。此外，由于处于截然不同的精神空间当中，夏群芳也"就从不探究何夕读的是本什么书"；在与何夕相处时，"她也觉得自己太啰唆了"；她不懂得何夕的想法，自然也不会真正理解何夕的理想。但夏群芳在《伤心者》中却并非仅仅以"反衬"的叙事功能出现，作者也并非着意于通过否定"现实主义者"的生存方式来凸显"理想主义者"的精神高原。夏群芳的真正作用在于，从现实层面以其对何夕近乎无尽的守望，将科学的精神和力量推向极致，尽管这可能并非出于她的本意。但事实上，正是这种人们在日常生活中早就习以为常乃至有些厌烦的来自父母的"凝望"，正是这种毫无条件的"爱"，才使得百年后的"时空旅行"——解决这一问题的关键正是何夕的"微连续理论"——成为可能。

其实，"爱"本身就是一种"理想主义"。在《伤心者》中的叙事线索里，将整个故事编织勾连起来的正是夏群芳提供的"爱"的维度。这样的"爱"，正是她身处现实之中的唯一"理想"，也是何夕理想世界中的唯一"现实"。因此，这个原本叙述冷酷现实的故事，反而因为无处不在的"爱"，让人感觉充满了温度。例如，夏群芳等待何夕回家吃饭的一幕，恐怕众多读者都会对其感同身受。

十八英寸电视里正放着夏群芳一直看着的一部连续剧，但是她除了感到那些小人儿晃来晃去之外看不出别的。桌上的饭菜已经热了两次，只有粉丝汤还在冒着微弱的热气。夏群芳忍不住又朝黑漆漆的窗外张望了一下。

有电话就好了，夏群芳想，她不无紧张地盘算着。现在安电话是便宜多了，但还是要几百块钱初装费，如果不收这个费就好了。夏群芳想不出何夕为什么没有回来吃饭，在印象中这是从来没有过的事情。何夕只要答应她的事情从来都是作数的，哪怕只是像回家吃饭这样的小事，这是他们母子多年来的默契。夏群芳又看了眼桌上的饭菜，她没有一点食欲，但是靠近心口的地方却隐隐地有些痛起来。夏群芳撑起身，拿瓢舀了点粉丝汤，而就在这个时候门锁突然响了。①

此外，夏群芳为何夕加塞衣服的场景，或许也会让很多读者会心一笑。

夏群芳不再有话，她转身进了里屋，过了几分钟拿着一个撑得鼓鼓的尼龙包出来。何夕检视了一下，朝外拎出几件厚毛衣："都什么时候了还穿得住这些。"

夏群芳大急，又一件件地朝口袋里塞："带上带上，怕有倒春寒呢。"

何夕不依地又朝外拎，他有些不耐烦："带多了我没地方放。"

夏群芳万分紧张地看着何夕把毛衣统统扔了出来，她拿起其中一件最厚的说："带一件吧，就带一件。"

何夕无奈地放开口袋，夏群芳立刻手脚麻利地朝里面塞进那件毛

---

① 何夕:《伤心者》,《科幻世界》2003年第1期。

衣，同时还做贼般地往里面多加了一件稍薄的。①

而读到夏群芳送别何夕的场景时，一些读者或许已在心中泛起波澜。

"别忙。"夏群芳突然有大发现似的叫了声，"你喝口汤再走，喝了酒之后是该喝点热汤的。"她用手试了下温度，"已经有点冷了，你等几分钟我去热一下。"说完她端起碗朝厨房走去。等她重新端着碗出来时却发现屋子里已经空了。

"何夕。"她低声唤了声，然后目光便急速地搜寻着屋子。她没有见到那两件塞进包里的毛衣，这个发现令她略感放心。这时一阵突如其来的灼痛从手上传来，装着粉丝汤的碗掉落在地发出清脆的响声。

夏群芳吹着手，露出痛楚的表情，这使得她眼角的皱纹显得更深。然后她进厨房去拿拖把。②

如果以上显示的是"爱"的平凡，那么，是否还有"爱"的非凡呢？纵观全文，作者似乎更善于从人人都会经历的日常琐事中，将"爱"的作用与人类未来的命运紧紧联结起来，从而将其超拔到某种不可思议的高度。达到这种效果的，是夏群芳的两次"无心之举"。第一次，当何夕为了完成自己关于数学的宿命，想要将其研究成果出版时，他只能"天经地义"地求助于夏群芳。作者巧妙地将中国式父母对子女无条件的付出融入了叙事当中，果然，夏群芳只是考虑了半晌，便决定把她所有的积蓄全部给何夕。在这里，作者将"25380"这个存折上的数字，形象地

---

① 何夕：《伤心者》，《科幻世界》2003年第1期。
② 何夕：《伤心者》，《科幻世界》2003年第1期。

转换成了有关夏群芳一生的岁月。她沉默地坐在那儿,"双手拽着油腻的围裙边用力绞结",之后在一阵翻找声中拿出了一本存折,并说道:"这是厂里买断工龄的钱,说了很久了,半个月前才发下来。一年九百四,我二十七年的工龄就是这个折子。你拿去办事吧。"① 此后,在何夕不断进行的内心独白中,也反复出现这样的表述,"何夕下意识地摸了下口袋里的存折,那是母亲二十七年的工龄,从青春到白发,母亲连问都没有问一句就给他了","何夕灌了口啤酒咧嘴傻笑,二十七年,二百二十四个月,九千八百五十五天,母亲的半辈子"②。至此,一个抽象的数字便成功地转换成了人生的岁月,它也因之拥有了异常沉重的质量。当然,这一举动也促成了何夕"微连续理论"的出版,尽管在当时看不出任何价值,但为人类未来科技的发展留下了关键的"钥匙"。因此,夏群芳这一理所当然的举动本身却将个人的际遇与人类的命运联系了起来,由此为整个人类收获了某种"微薄但确实存在的希望"。

第二次"无心之举",是夏群芳为了让何夕高兴,而瞒着他将无人购买的书籍偷偷塞进了各大图书馆的书架,使何夕误以为他的理论受到了认可。作者借图书馆工作人员之口,描述了夏群芳的行为:"对啦,准是前天那个闯进来说要找人的疯婆子偷偷塞进去的。管理员恼恨地将书往外面地上一扔,我就说她是个神经病嘛,还以为我们查不出来。"③ 而当何夕失了魂一般回到家中时,夏群芳却仍然"满面笑容地指着日渐变小的书山说今天市图书馆又买了两册,还有蜀光中学,还有育英小学"④。但正是这样"荒唐"的举动,却让未来的科技逾越了"无法逾越的障碍",因为如果

---

① 何夕:《伤心者》,《科幻世界》2003年第1期。
② 何夕:《伤心者》,《科幻世界》2003年第1期。
③ 何夕:《伤心者》,《科幻世界》2003年第1期。
④ 何夕:《伤心者》,《科幻世界》2003年第1期。

不是因为"夏群芳"偷偷塞进图书馆的书，或许"世界还将在黑暗里摸索一百五十年"①。故而，夏群芳的"爱"在这里显示出更加超拔的意义，它使业已被人丢弃的"理想主义"再次获得了价值，同时也让整个故事的叙述连缀成一个整体。

（三）《伤心者》与时代背景下知识分子的命运

《伤心者》在极具"温度"的叙事背后，更加呈现出在特定的时代背景下，拥有"理想"情怀的知识分子的尴尬处境和"伤心"命运。尽管书写社会转型期"小人物"的悲剧命运是主流文学的创作"重镇"，但《伤心者》的主题却触及前者较少关注的领域，即在人们的精神追求普遍旁落的20世纪90年代，受到"市场经济"和某种"学术商业化"的影响，那些出身底层并试图以学术为志业的青年学者，如何还能在承担经济重担的同时继续坚持其纯粹的学术理想？当今天的学生或青年教师们仅仅是为了获得科学研究中可以快速"收益"的部分而从事学术研究时，他们又如何理解20世纪80年代乃至更早时候青年学生努力成为科学家并振兴国家的梦想？尽管在小说中并没有给出明确的答案，但是从结尾处的一段致敬文字可以看出作者对这一问题的价值判断。

> 我看着手里的半页纸，上面的每一个名字都是那样的伤心。"也许我们应该永远记住这样一些人。"我照着纸往下念，声音在静悄悄的大厅里回响。
> …………
> 在接下来长达十分钟的时间里，整个大厅里没有一丝声音，世界沉默了，为了这些伤心的名字，为了这些伤心的名字后面那千百年寂

---

① 何夕：《伤心者》，《科幻世界》2003年第1期。

寞的时光。①

在这份"致敬"的名单里，作者提及了古希腊几何学家阿波洛尼乌斯的圆锥曲线理论，数学家伽罗华的群论，数学家莱姆伯脱、高斯、黎曼、罗巴切夫斯基等人提出并发展了的非欧几何等，他们都是各自时代的"伤心者"，然而其作为"基础科学"的理论成果却成为后世科技发展的基石。作者着意肯定的是，作为"根"的贡献与力量，应当被特别重视，而非仅仅以"市场化"的标准加以裁判。

此外，《伤心者》的价值不仅仅在于凸显了"理想主义"和"爱"的力量，也在于作者成功地将个体的悲剧上升到国家乃至人类命运共同体的层面。其潜在的含义在于：如果忽略了对基础科学的重视，那么发展中国家将会在国际化的科技竞争中走向覆灭，这也是对当今时代"卡脖子"问题的某种预言。故而，正如有论者指出，《伤心者》的故事使"中国当代科幻接续上了从晚清到'五四'以来的救国传统"②。

第三节 《六道众生》中的科学权力与人性抉择

在当代社会，科学技术已经成为"第一生产力"。科学的力量早已深入社会生活的各方面，在某些领域，甚至导致了科技对人的"控制""异化""摧毁"等现象。③ 在一些人看来，科技在某种意义上就是当代社会

---

① 何夕：《伤心者》，《科幻世界》2003年第1期。
② 郭凯：《平行世界中的独行者——何夕科幻作品中90年代以来科技时代背景下的英雄主义叙事》，《科普研究》2012年第6期。
③ 诸如"算法"对人的控制、核武器对于人类社会的毁灭性打击、基因工程对"自然选择"的取代等，有些甚至超出了人类自身的控制范围。

的"魔法",例如英国著名科幻作家阿瑟·克拉克就曾写道:"任何足够先进的技术都与魔法无异。"当科学与魔法之间被画上等号之时,也即意味着科学拥有了强大的力量,这是一种足以改变个体、社会乃至种族的巨大力量。因此,谁掌握了科技的话语权,谁①就会拥有至高的权力。在这样足以改变任何既定"成规"的力量面前,当制度、法律等约束性文件在它的面前变成一纸空文后,人们将要如何制衡这种"高高在上"的力量呢?20世纪90年代以来,当主流文学陷入了某种"反英雄、反崇高、反宏大"的叙事模式、众多科幻创作不断消隐了"人"的个体性并将目光投向深邃的宇宙之后,何夕却反其道而行之,给出了他的答案,即通过不断强调具有理想主义色彩的个人英雄叙事,来完成他对于制衡科学权力的想象性解决。由之,何夕的作品在形象上塑造了"独行者"的人物,在思想上则融入了某种"存在主义"式的哲学意味。

(一)"独行者"的形象建构——"异能者"的三次独行

在《六道众生》这部拥有广泛影响力的小说里,作者设计了一种由六重"层叠空间"构成的平行世界——与佛教六道轮回之说有着巧妙的呼应。由于某种"概率"上的巧合,使得小说主人公何夕拥有了"看见"并"穿行"于六重世界的能力,例如看见一个"飘在半空中的忽隐忽现的人形影子,两腿一抬一抬地朝着天花板的角上走去"②。正因为这样的"异能",何夕从小就被看作是一个问题儿童。在他的童年,因其不断"陷入恐惧之中",家人不得不搬离"檀木街十号"。当他在新的环境里走上大街时,谣传和异样的目光都未远去,他"会很真切地感到有一些手指在自己的背脊

---

① 这里的"谁"并不单指代个体,也可以用来指代某些由若干个体构成的群体性社会组织。
② 何夕:《六道众生》,《科幻世界》2002年第3期。

上爬来爬去"①。而当他试图向别人说明这一切时,却"要么换回一片沉静,要么换回一片嘲笑"②。他喜欢的姑娘,也因为"无法漠视旁人的那种目光"而离开了何夕。无疑,作者为何夕这个将来的"英雄"设计了一个彻底孤独但并不绝望的环境。梭罗曾在《瓦尔登湖·前言》中写道:"我喜欢独处。从没遇到过比孤独更好的伴侣。"③正是"独处"这一孤独的处境才能让人安顿心灵,直面自己的内心,进而思考生命的价值。这种思考,正因其远离了世俗世界的各种"欲望",才显得更加纯粹与自然。当这种思考以某种"童年经验"的形式根植于灵魂深处之后,便可能像一粒种子那样,在将来成就主人公的"个人英雄主义"。果然,当日后何夕试图"报复"江哲心与郝南村等人时,郝南村洞若观火地揭开了何夕的内心世界,认为他是"对世界的关心胜过对自己的关心的那种人……倒不如说是你向自己内心深处潜藏的某些东西妥协了更为恰当"④。这里郝南村所谓的"某些东西",或许正是何夕在孤独中直面内心所获得的理想主义情怀。这使他在道德层面成了一个无法用"权欲"和"物欲"收买的反抗英雄。

然而,何夕的"独行"并非只发生在童年时代。当他长大之后,总是试图弄清自己的"异能",试图找到在他童年印象中上楼梯的人衣着上标明的那个"枫叶刀市"。为此,何夕在网络上向各个有可能知晓答案的地方发送了询问信息。正是这一举动,为其招来了"二十名武装到牙齿根部的警察",他们以"涉嫌危害公共安全"的罪名将何夕扣押起来,因为他的"异能"已经触碰到某个权力的核心,而这一点又是绝不能公之于众的

---

① 何夕:《六道众生》,《科幻世界》2002年第3期。
② 何夕:《六道众生》,《科幻世界》2002年第3期。
③ [美]亨利·戴维·梭罗:《瓦尔登湖》,徐迟译,上海译文出版社2011年版。
④ 何夕:《六道众生》,《科幻世界》2002年第3期。

秘密。于是，当郝南村对他调查完毕之后，便以"重症病人"的名义将其关进了精神病院。至此，何夕再度被社会隔离，成了一名孤独的"病人"。不同的是，倘若童年的"独行"是由其自身原因造成的，这一次的"独行"则是"科学权力"为了维护自身稳定而采取的阴谋。当何夕被强制带离后，郝南村脸上的"笑容立刻便消失了，代之以阴鸷的神色"[5]。此后，何夕便一直被关押在这所精神病院中，在药物和环境的作用下，他被彻底改造成了一名像"面团似的"靠在床头、"嘴里牵出几尺长的口水，脸上却挂着满足的笑"的标准病人。他完全失去了正常人应有的生活，而变成了一个"白痴"。如果说童年的"独行"带给何夕的是一粒成为"个人英雄"的种子，那么此次的经历带给何夕的便是一种斗争的经验了。尽管赤子之心是"英雄"共通的素质，但防人之心才能使其更加成熟，也更能获得最后的胜利。当何夕被要求穿过"众生门"，以便获得自由穿梭六个世界的能力时，他并未轻易踏进门里，而是假装害怕"逃也似的退回来，脚步踉跄，险些摔倒"[6]，并要求先把自己的衣服投入"众生门"试验，以便增加信心。也正是这一计策，使众人发现装置早已被人动过手脚——投入其中的衣服并未消失，而是已经变得千疮百孔。何夕得以逃过一劫。

《六道众生》叙事情节的起伏也是历来受到读者喜爱的一个重要原因。至此，在经历前两次"独行"之后，作者又赋予了何夕第三次"独行"，也即当他获得了穿行于六个世界的能力并成为与郝南村一样的"超人"之后，却因郝南村的构陷而成了杀人凶手，遭到全世界的通缉追捕。于是何夕不得不再次隐藏自己的身份，进行"独行"。当荷枪实弹的警卫闻讯

---

[5] 何夕：《六道众生》，《科幻世界》2002年第3期。

[6] 何夕：《六道众生》，《科幻世界》2002年第3期。

前来抓捕何夕时，作者充满象征意味地写道："何夕的身躯渐渐变淡变空，最终消失不见，只有凄厉的、绝望到极点的笑声还在四处回荡……"① 如果前两次的"独行"都是何夕被动地接受，那么这一次的"独行"则是在何夕彻底洞察真相之后进行的主动选择，也正是这一次选择，让他决定以科学之力来对抗科学之"神"，正是这种凭借自己偶然得到的能力，来对抗同样由此种能力塑造的近乎"神"的权力，使之成为一个"独行者"，一个个人主义式的英雄人物。这既与西方流行文化中的"蜘蛛侠""美国队长"等超级英雄有些类似，也因其将20世纪90年代的全球问题代入了中国语境中而显得有所差异。

（二）中国故事中的"科学权力"与"人性抉择"

《六道众生》的叙事在很大程度上反映了20世纪90年代整个中国面临的时代问题，即人口问题、粮食危机、邪教风波与科技革命。在小说中，尽管作者屡屡将故事发生的舞台设定为整个"世界"，但在其叙事中却经由众多的"中国经验"将"世界"变成了"中国"的缩影。因此，作者试图反思的问题也正是当时中国面临的主要问题。值得注意的是，无论是在现实语境下抑或在小说的叙述中，人口问题与粮食危机的解决必将依仗科技的发展。在《六道众生》里，"层叠空间"展开的起点正源自人口危机，因为彼时有"超过两百亿人居住在这颗最多只适宜居住一百亿人的星球上"②，只能通过一个所谓"新蓝星大移民"的骗局将过多的人口转移到其他五个平行世界里。"粮食危机"也与此相关，尽管在这篇小说里并未明显提出，但在其后记中作者特地指出：这篇小说是为了纪念即将到来的"世界六十亿人口日"，且它与之前发表的另一篇科幻小说《异域》——

---

① 何夕：《六道众生》，《科幻世界》2002年第3期。
② 何夕：《六道众生》，《科幻世界》2002年第3期。

书写利用科技解决粮食危机却带来意想不到的灾难——类似，都是为了反映人类对自然资源的过度索取，而解决这样问题的办法，人类首先利用的还是科技。

因此，正是源于解决现实问题的需要，科技在当代社会的重要性越发凸显，由之也产生了某种进入社会控制领域的"科学权力"，它使科学成为一个绝对权威的象征。例如小说中的"五人委员会"，它是一个"充满神秘色彩的机构"并且"实行的是终身制"，两百年来都"地位崇高"。而科学家更是与政治家的身份融合，得以拥有对社会各领域绝对的解释权和控制权。他们可以以"科学"的名义控制人口规模，例如将多余的人口转移到其他空间；可以以"科学"的名义指定人类的生活区域，例如进入层叠空间的人们只能一去不返；还可以以"科学"的名义动用秘密警察清除"危险"，例如将何夕关进精神病院并将其训练成一个病人；甚至还能在"科学"的名义下让民众对"权威"的秘密及其所定政策的真实意图毫不知情或仅仅知晓虚假信息，例如为了隐瞒"层叠空间"的真相，"政府花了大力气把某个蛮荒星球描绘成一片充满生机的新大陆，以此来吸引人们自愿移民"[①]。这些都是"科学权力"或将造就的一种"新威权主义"，它让人们时刻处于"科学"的看护和凝视之下，从而失去自主判断并选择的能力。但是对于这一切的发生，"五人委员会"成员之一的郝南村却将其"层叠空间"的道德逻辑表露无遗。

"老实说我从不认为科学家们应该为整个事件负什么责任。"郝南村用目光制止了何夕想要反驳的举动，"你先听我说完。我知道你想说这是我在为自己开脱，但这是我内心真实的想法。人类缺乏能源，

---

① 何夕：《六道众生》，《科幻世界》2002年第3期。

于是我们找到了原子能；人类缺乏粮食，于是我们又找到了转基因作物；人类缺乏生存空间，于是我们找到了层叠空间。我们许身科学以求造福人类，难道能够对人类的苦难不予理睬？不错，我们同时给人类带来了核爆炸，带来了新变异的可怕物种，带来了自由物质和'自由天堂'，可是这难道是我们愿意的吗？我们就像是一头在麦田里拉磨的驴，为了给人们磨麦转着永无止境的圆圈。同时因为踩坏了脚下的麦苗还必须不时停下来想办法扶正它们。这就是我们的处境。"[1]

正是在这种理由的掩饰下，科学的"权威"们可以无所保留地研究、发展并应用科技。那么，究竟应该由谁来为科技发展带来的灾变负责呢？又将由谁来为科技的过度应用按下暂停键呢？这一切的后果，又将由谁来如何负责呢？作者在小说中给出了一个"个人英雄主义式"的回答。

如果说刘慈欣是一位坚定的"技术主义者"，他坚信人类解决各种问题的手段唯有科技，那么何夕则对科技发展背后的权力问题持有更多怀疑和警惕的态度。这种怀疑与警惕，呼吁英雄的出场。而英雄之所以成为英雄，主要源自其灵魂深处的人性抉择。从萨特存在主义的角度来看，"存在先于本质"，即人的本质并非由先天决定，而是被后天进行的种种"选择"所决定。人生在世，时刻都面临着诸多选择，做出怎样的选择，便意味着将会成为何种人，同时也意味着付出相应的代价。而最为关键的选择，往往只是那个需要面对自我的灵魂才能做出的决定。这一点在何夕与郝南村的比较中便可看出。当何夕还是个孩童之时，他并不是一个英雄，但他选择了将自己的秘密公之于众，不畏众人非议的眼光，因

---

[1] 何夕:《六道众生》,《科幻世界》2002年第3期。

之付出了"独行"的代价。他成年之后,也并非英雄,但其选择了追寻真相,也因这个选择被关进了精神病院。当他被释放出来,面对"五人委员会"的协助请求时,他虽然负气,但最终还是为了整个世界的利益,选择了配合寻找真凶,逐步接近了"英雄"的样子。而最为关键的选择在于当他获得了足以颠覆世界的能力后,却为了一种对世界的"爱"与良知,选择了与"神"对抗,并最终放弃能力。至此,何夕才真正成了一位英雄。

相较之下,郝南村的选择则与何夕恰恰相反。童年时代,他选择了沉默地保守秘密,不为人知。长大之后,他潜藏于"科学"之名背后,掌握了诸多信息,而当他成为"五人委员会"的成员后,更是借机发掘了自身的能力,并出于一己私利选择运用这股匪夷所思的力量。当他为了自己试图控制世界的欲望,选择杀害异己并成为某种邪教性质的组织——"自由天堂"——的"神"之后,实际上就已经显出了其"恶"的本质,不过,距他最后的堕落尚有最后一次选择。这便是当郝南村直面对他恩重如山的老师江哲心的规劝时——也是直面他自己的内心——用"一柄样式古怪的刀子贯穿了他的胸口"[1]。他为了选择成为"至高无上"的"神"而斩断了其生而为人的最后一根纽带。于是,郝南村在这样的选择中彻底成了一个"魔鬼",最终被何夕充满象征意味地钉上了十字架。

尽管英雄是一种理想主义的化身,并不能真正解决现实中无处不在的权力问题,但正是这样的"英雄"给人们的精神世界带来了某种信心与信仰。英国文坛巨匠托马斯·卡莱尔(Thomas Carlyle)曾对人类信仰和英雄崇敬之间的关系进行了深入探讨,他充满激情地指出:"信仰"是对某个"有灵感的导师"、某个"高尚的英雄"表示的"忠诚",而整个人类社

---

[1] 何夕:《六道众生》,《科幻世界》2002年第3期。

会从文化角度来说，更是建立在这种"信仰"与"英雄崇敬"的关系之上的。英雄崇敬是一切人类行为根源中的"最深刻的根源"，只要人类社会继续存在，那么英雄崇敬也就不会终止。由此可见，某种改变世界的力量正内蕴于"英雄崇敬"的力量当中，它带给人们的往往是在物质层面无法达到的精神力量。也正是在这样的意义上，充满理想主义色彩的英雄何夕，给20世纪90年代以来越发滑向庸常世俗的文学写作，带来了一个反思科学、通往宏大的叙事空间。

第六讲

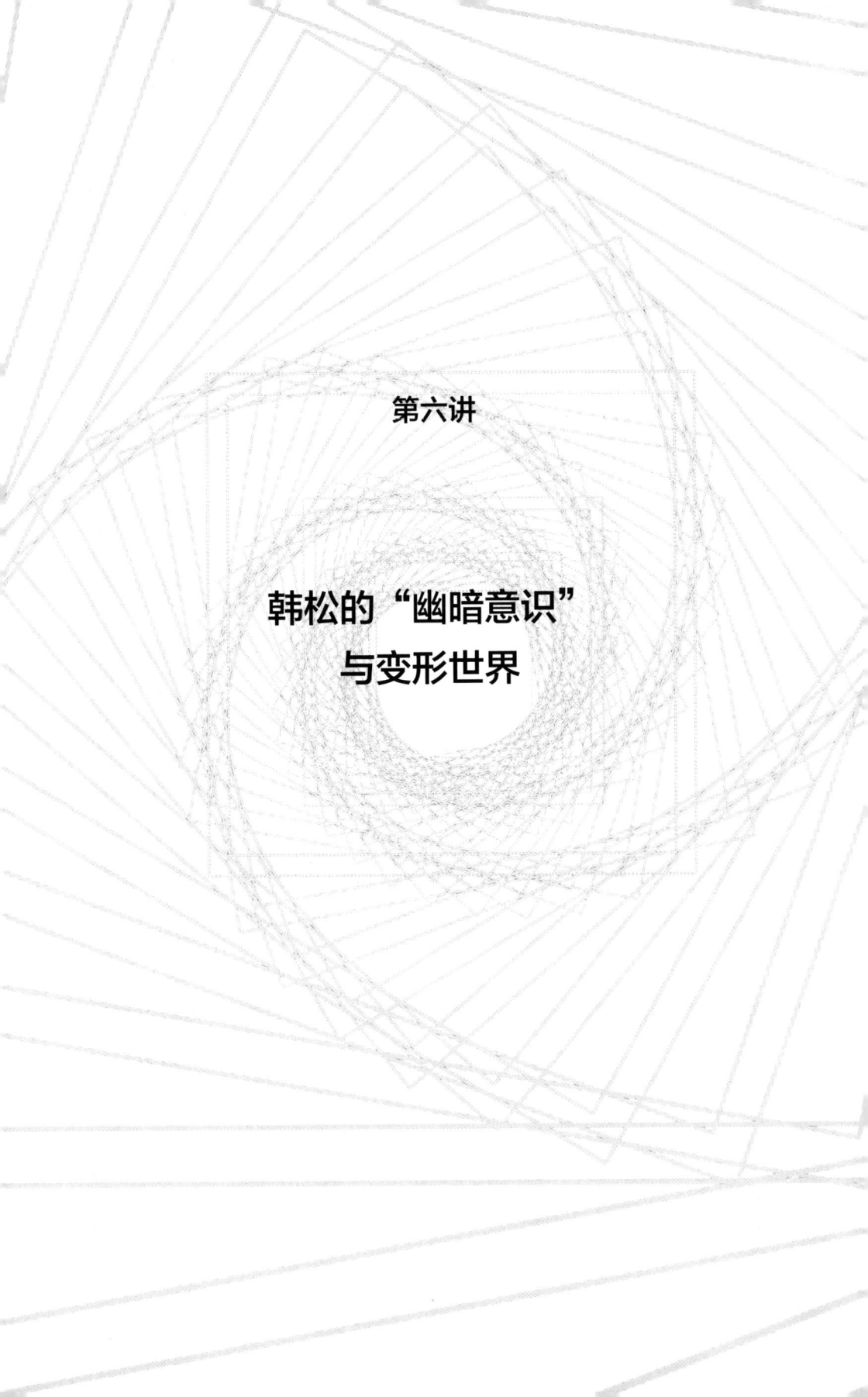

韩松的"幽暗意识"与变形世界

在中国新世纪的科幻文学中，韩松无疑属于最为重要的作家之一。他与刘慈欣、王晋康被称为科幻创作界的"三驾马车"。韩松曾就读于武汉大学，在毕业之后进入新华社工作，历任高级记者、《瞭望东方周刊》执行总编、对外新闻编辑部副主任等职位。在繁忙的日常生活中，韩松大多利用业余时间从事小说写作。他的作品数量颇为丰厚，并获得诸多奖项。

自20世纪90年代以来，韩松先后出版了《宇宙墓碑》《冷战与信史》《苦难》《再生砖》等多部中、短篇小说集，并著有"地铁三部曲"（《地铁》《高铁》《轨道》）、"医院三部曲"（《医院》《驱魔》《亡灵》）、《火星照耀美国》和《红色海洋》等长篇小说。此外，韩松还出版了随笔集《我一次次活着是为了什么》和诗集《假漂亮和苍蝇拍手》。近年来，韩松的小说得到了不少学者的高度赞扬，被认为继承了鲁迅以来的启蒙主义文学传统。① 在相关研究者看来，在"科学与文学、身体与国体、疯狂与理性、疾病与医药、入魔与除魅"② 等问题上，韩松的科幻小说与鲁迅的作品具

---

① 参见宋明炜：《"于一切眼中看见无所有"》，《读书》2011年第9期。
② 王德威：《鲁迅、韩松与未完的文学革命——"悬想"与"神思"》，《探索与争鸣》2019年第5期。

有一定的互文性。

随后,围绕技术文明与人类生存[①]、技术进步与社会发展[②]、人工智能与人类命运[③]等话题,诸多研究者对韩松小说的价值进行了理性评价。对于韩松作品的艺术特征,王德威提出了"幽暗意识"的总结性观点,并认为科幻写作需要抵达"各种理想或是理性的疆界以外的不可知或不可测的层面,同时也是我们探触和想象人性和人性以外、以内最曲折隐秘的方法"[④]。总体上看,韩松对现实世界进行了"改装"与"重组",创造了一个"幽暗"的科幻世界,并对现代人的生存状态进行审视。

第一节　鬼魅空间与现代性反思

韩松似乎对虚无缥缈的"鬼"带有一种执念。他曾经到达云南陆良县,考察当地民间的"鬼"文化,并与人合著《鬼的现场调查》一书。在此书中,韩松曾说:"在20世纪末,人类进入了信息时代,而鬼,也踏着更加现代的节拍跟了上来。"[⑤]在小说创作的环节,韩松塑造了诸多类型的"鬼"。"鬼"的形象在韩松的小说中几乎没有缺席。这里的"鬼"不是超自然的神秘现象,而是被赋予了新的文化内涵。对于韩松小说的鬼魅空间,有论者指出:"这个鬼蜮充斥的不是蒲松龄笔下的古典鬼,而是科技时代

[①] 参见詹玲:《技术文明视角下的启蒙重审——谈韩松科幻小说》,《中国文学批评》2019年第4期。

[②] 参见刘阳扬:《技术、知识与民族寓言——略论韩松的科幻小说及其启蒙意味》,《中国现代文学论丛》2021年第1期。

[③] 参见史鸣威:《论新世纪科幻小说的人工智能书写及其社会启蒙价值——以刘慈欣和韩松为中心》,《上海文化》2021年第8期。

[④] 王德威:《史统散,科幻兴——中国科幻小说的兴起、勃发与未来》,《探索与争鸣》2016年第8期。

[⑤] 韩松、李自良:《鬼的现场调查》,四川人民出版社2001年版,第4页。

的现代鬼。"① 这种评价颇为客观准确。

韩松小说中的人物总是沾染着若有若无的"鬼气"。《苦难》中的"鬼"默默跟随在每一个人的身后，与人一起工作和生活。这样的鬼魂"只是因为是用亚粒子拼凑的，毕竟跟本色的尸体不同，形态常常不能稳定，看上去像云雾一样的影子，确切讲只能称作准死尸"②。"鬼"并非是传统认知中死者的灵魂，而是发达科技时代的人工制品，正如《门神》所写："现在的鬼，统统是无心的，用数码方法就可以制作出来，按照人类社会流行的物理法则来变化形体，就像变形金刚那样，也不怕我们了。"③《祭陵》中的"我"是获得了历史学博士的男性，拥有不同于常人的审美倾向和价值观念，将阴森森的"帝冢"作为结婚蜜月旅行的景点。在参观"帝冢"的时候，"我"莫名其妙地昏厥，随后遇见了神秘的土地神兼守陵人。守陵人并非是鲜活的个体生命，而是如同幽灵一般的存在物，他的身上还刻着出产批号。《黑雨》中的刘政在前往单位的路上，"见院子里几个年轻人在电影慢动作一般打篮球，像一群懒猴子，湿淋淋的，跳纵飘忽，若隐若现"④。小说人物的外貌特征与行为举止如同"幽灵"，可以说，韩松的小说建构了一个以"鬼"为主角的怪诞世界。

中外文学中历来不乏"鬼"的形象。"鬼"在韩松的作品中是现代个体的人格镜像，承担着思想启蒙的叙事功能。具体而言，韩松笔下的"鬼"实际上是个体社会化自我的呈现。换言之，借助"现代鬼"的形象，人能够对自身的生存处境进行反思。《苦难》中的科技产品"死尸"即是现代个体的隐喻。"它们被造出来后，没有创造力和拼搏精神，缺乏正常的人

---

① 贾立元：《鬼蜮里的漫游者——韩松及其写作》，《南方文坛》2012年第1期。
② 韩松：《苦难》，江苏凤凰文艺出版社2018年版，第6页。
③ 韩松：《门神》，韩松：《苦难》，江苏凤凰文艺出版社2018年版，第34页。
④ 韩松：《黑雨》，韩松：《苦难》，江苏凤凰文艺出版社2018年版，226页。

类感情,也从来想不出什么好点子,因此更适合在这座破败的城市中流浪。"①现代人一旦在都市生活中丧失了本真的"自我",沦为工作的机器,还将受到"鬼"的嘲笑。在《门神》中,民间信仰里的门神被"鬼"驱逐,逃到主人公蒋逝的家里。蒋逝为了护佑自家的门神,反而被"鬼"一口吞下。具有讽刺意味的是,蒋逝既做不了人,又做不了鬼,他的人生遭遇具有一定的普遍性,"还有很多人都以这副模样呈现,包括他的大学老师、他单位的同事、他的上司,甚至他的前妻,也都变成了一组组数字,在眼前闪烁有光,摇摇摆摆,忙忙碌碌,为鬼打工"②。原来,现代人的得过且过、苟且偷生的生命状态犹如鬼魂一般的存在。因此,读者能够从"鬼"的身上,认识到"自我"人格的扭曲和变形。

与此同时,作家通过创造"现代鬼"的形象,反映出普通人在现代社会中的孤独、痛苦、荒诞等生命体验,实现对现代性的批判和反思。《苦难》中每个人的身后都有着不同的"鬼",主人公秦悔时常看到人与"鬼"穿梭在马路中央的场景。"鬼"的形象并不恐怖,"这些东西有些像人,飘飘荡荡,迷迷浑浑,有一种蚁动的痉挛感;它们具有依稀的容颜、身躯和肢体轮廓,似乎在溶解、腐蚀、气化,没有悲苦的呼号,没有惨烈的嘶鸣,轻盈而无声地在消失之前,亦步亦趋撵赶秦悔的同事们,从班车中前倾着身子出来,然后一同走过马路"③。经过"我"的观察,有一位清洁工每天早晨都会驻足于高楼上,凝视儿子的"鬼魂"。其实,这位母亲并不知道儿子寻短见的具体原因。"人和人就是这样的互不了解,包括对亲人身体和精神上的苦难,也一无所知。"④由此,作家展现出现代人孤立无援、郁

---

① 韩松:《苦难》,江苏凤凰文艺出版社2018年版,第7页。
② 韩松:《门神》,韩松:《苦难》,江苏凤凰文艺出版社2018年版,第38页。
③ 韩松:《苦难》,江苏凤凰文艺出版社2018年版,第3页。
④ 韩松:《苦难》,江苏凤凰文艺出版社2018年版,第4页。

郁寡欢的日常生活经验。

  韩松笔下的人物以一种符号化的方式存在,他的小说具有一定的后现代性。《女人是一件衣服》同样描写了人与人之间冷若冰霜的情感关系。父亲在经历了一段失败的婚姻之后,为了缓解内心的焦虑和痛苦,以离家出走的母亲为模板,设计出一款"别出心裁"的衣服。这款衣服在满足父亲身体欲望的同时,悄然颠覆了父子伦理关系。少不更事的"我"僭越了传统的家庭伦理,贸然穿上了父亲的"衣服"。后来,"我"在婚姻生活中,同样购买了父亲设计的同款"衣服",并用它代替了妻子。在"我"眼中,妻子"处处尽显虚情假意,果然比衣服不如"[①]。当父亲去世的时候,"我"把父亲设计的多种"衣服"送进焚烧炉,此时,失踪已久的母亲意外出现在火葬场,一声不吭地目送父亲离开。由此,韩松以先锋性的叙述手法,呈现出传统伦理道德被现代科技颠覆和解构的可能性。

  应该看到,韩松的创作呼应了20世纪以来西方小说的基本主题,即现代性对人造成的扭曲和异化。在此情境下,人沦为后现代意义上的零散化个体。《安检》中的人被安检机器所"规训"和改造,变成了另外的人。"他们每天被替换掉,从血液到肌肉,从生命到思想,成为新人,自己却不知晓。置身内部,感觉上什么也没有变。"[②]与之相似的是,《世界清除员》中的小乔逐渐感受到生活世界的陌生感和荒诞感。在小乔的意识中,"她将沦为一个符号,夹在家庭档案或相册的某个活页角落里,许多年也不会有人翻阅到,最后连父亲也忘记她了"[③]。除了人与人之间的隔膜与冷漠,普通小人物还将沦为别人的"附庸",丧失自己的主体性。在《副本》中,

---

[①] 韩松:《女人是一件衣服》,韩松:《苦难》,江苏凤凰文艺出版社2018年版,第158页。
[②] 韩松:《安检》,韩松:《苦难》,江苏凤凰文艺出版社2018年版,第46页。
[③] 韩松:《世界清除员》,韩松:《苦难》,江苏凤凰文艺出版社2018年版,第177页。

每个人都是"他者"的一个副本。作家以寓言的方式，表现出小人物被主流社会所抛弃的边缘化处境。

韩松的不少小说与西方现代派文学具有一定的传承关系。袁可嘉曾对西方现代派文艺的审美倾向和艺术风格进行准确评价，认为这种类型的文学表现出四个层面的异化，即："在人与社会、人与人、人与自然（包括大自然、人性和物质世界）和人与自我四种关系上的尖锐矛盾和畸形脱节，以及由之产生的精神创伤和变态心理，悲观绝望的情绪和虚无主义的思想。"[①] 现代派文艺被认为是资本主义制度的产物。诸如卡夫卡的《城堡》、萨特的《恶心》、加缪的《局外人》等作品，体现了现代派文学的创作意旨。与之相似的是，韩松笔下的家庭亲情关系、单位上的工作关系以及人与他人的交往关系，大多朝着异化的方向发展。

有人认为，韩松小说的现代性在于"以晦涩、扭曲、隐藏的方式揭露了中国社会在迈向现代化过程中所遭遇的种种问题，以及科技给某些人带来的异化"[②]。这种观点言之有理。在韩松的小说中，读者看到了人与他人、人与社会之间的对立和错位。可以说，传统社会中的亲情、爱情、友情等正常的情感，似乎无可避免地被未来社会的科技所解构。韩松借助科幻的想象思维，深刻思考人性的畸变等重要的问题，以及人在未来社会中的命运遭际。

第二节 现代个体的生存境况与世界本源的探索

加缪在随笔《西西弗神话》中，对西方现代哲人的思想进行梳理，并

---

① 袁可嘉、董衡巽、郑克鲁选编：《外国现代派作品选·前言》第一册（上），上海文艺出版社1980年版，第5页。

② 任冬梅：《新世纪以来中国科幻小说的现状及前景》，《当代文坛》2018年第3期。

提出"荒诞"的理论术语,从而更加深刻地探讨了人的"存在"问题。荒诞感产生于人在现实生活中感受到的厌倦情绪,以及对世界意义的求知欲。在反思的过程中,人逐渐发现自身与世界的疏离,而"世界的这种密闭无隙和陌生,就是荒谬"①。哲学层面的荒诞,意味着世界失去了理解的可能性。个体如果发现自身处于荒诞的环境中,则很难再次发现生活的目标和意义。当然,作家对世界"荒诞"本质的洞察,并不意味着以悲观消极的态度来面对人生。对于西方荒诞派文学的意义,学者艾斯林认为那些作品"使观看者面对人的疯狂处境,使他能够看见他处境的全部严峻和绝望。消除了幻觉和隐隐约约的恐惧和焦虑之感,观看者能够意识清醒地面对他的处境,而不是在委婉话语和乐观主义的幻想下面模糊地感觉他的处境。通过观看系统表现出来的他的幻想,他就能够从这些幻想中解放自己"②。韩松的作品尽管反映了人类荒诞的生存处境,但是依然给予读者面对生活所需要的信念和勇气。

有论者指出,韩松在创作的过程中,"将本存在于'现实'和主观世界中的多元、混沌、反常、非理性,释放并散播到科幻的异境中,从而更为真切地折射出我们所身处的当下世界的本来面目"③。应该说,韩松的小说蕴含着独特的哲学思想。《柔术》想象了一种类似于杂技表演的人体艺术,展现出人性的复杂面貌,并反映了人的生存处境。江采宁准备撰写一篇关于柔术文化的硕士论文,因而对柔术的舞台表演和观众的接受活动进行全方位考察。对于柔术的艺术价值,文中出现两种截然相反的声音。一种观点认为,柔术充分展现了人体(尤其是女性身体)之美,属于雅俗共

---

① [法]加缪:《西西弗神话》,杜小真译,商务印书馆2018年版,第18页。
② [英]马丁·艾斯林:《荒诞派戏剧》,华明译,河北教育出版社2003年版,第287—288页。
③ 王瑶:《迷宫、镜像与环舞——韩松科幻小说赏析》,《名作欣赏》2014年第22期。

赏的艺术。另一种观点认为，柔术训练极大摧残了人的身体，类似于动物园里的"驯兽活动"。作家没有对柔术的艺术价值进行简单定位，而是刻画观赏柔术的心理，展现了众人精神世界深处的病态因素，即是以一种迷恋的眼光，欣赏和玩味别人所承受的巨大痛苦。"在这片国土上，没有生活出路的人们只有通过自残身体以创造肉体的超常形式才能博得一点赏赐，而被生活折磨得'缺乏神经'的百姓也只有在他人的痛苦中才能得到某种安慰或新奇感。"[1] 由此，人与人之间形成了"看"与"被看"的关系。鲁迅的小说曾对"看客"的心理活动进行展现，而韩松同样展现了人性深处的隐秘因素。当然，《柔术》的主题并不仅仅是人性批判，而是展现人的"存在"。为此，作家设置了一段具有反讽意味的情节。江采宁等柔术欣赏者被一伙反对柔术的地下组织劫持，并在强制性的"柔术"表演中受人侮辱。正所谓"好了伤疤忘了痛"，柔术爱好者被警方解救之后，仍然组团旅行，继续欣赏柔术。小说情节展现了民众"迷恋"痛苦的病态心理，以及"享受"痛苦的荒诞生活。

《再生砖》以2008年的汶川地震为背景，呈现了在突如其来的地质灾害过后，新型科技产品的研制与民众的精神创伤得到治愈的过程。作品涉及灾难历史的记忆建构问题。作为小说的核心意象，"再生砖"承载着村民的家园意识，"它既是废弃材料在物质方面的'再生'，又是灾后重建在精神和情感方面的'再生'"[2]。在作家的想象中，再生砖成为生者与逝者之间情感交流的媒介，从而给人的心灵世界带来了极大慰藉。然而，随着时代的发展，再生砖与经济利益挂钩，被大量生产出来。由此，灾难记忆异化为消费的产品，同时，"为了拉动地方经济发展，灾区已被改造为旅

---

[1] 韩松：《柔术》，韩松：《冷战与信使》，江苏凤凰文艺出版社2018年版，第154页。
[2] 韩松：《再生砖》，韩松：《冷战与信使》，江苏凤凰文艺出版社2018年版，第61页。

游区,建立了遗址公园"①。由此,灾难记忆被市场赋予了巨大的经济价值。为了追逐利益,许多人甚至渴望灾难的再次降临。正所谓"多难兴邦",灾难记忆本应该成为社会发展的动力源泉,而不是用于消费的旅游景观。从这个意义上,小说故事具有强烈的反讽意味。

正如有论者所说:"韩松的科幻想象是对当代中国日常生活现实表象之下的处境的大胆窥视。"②韩松通常将深邃的哲理观念融合在荒诞不经的故事里。《美女狩猎指南》通过书写未来社会中的两性关系,进一步呈现出人的生存状态。小昭等人对现实生活感到厌倦和憎恶,纷纷前往名为"美女狩猎俱乐部"的岛屿,以基因工程制作的"美女"为狩猎对象,并在狩猎活动中持续性地获得快感。不难发现,现代人对异性的渴望和对美色的贪恋,表面上属于人性本身的缺陷,实则体现出人与自我、人与他人、人与社会等关系的异化,而这些层面的异化指向了人生和世界的荒诞性。在小说中,两性关系彻底沦为征服与被征服的"狩猎"游戏,人与人之间似乎只剩下冲突对立的社会关系。小说中的岛屿不仅是故事情节发展演变的场景,更是展现复杂人性的试验基地。实际上,发生在岛屿上的性别冲突和武装战争,反映了作家对世界和宇宙运行法则的思考,文中写道:"这整个宇宙的存在,其实就是为了这座岛屿的存在而存在着。"③岛屿即是宇宙的缩影。进一步看,宇宙本身蕴含着多种多样的冲突和斗争,如作家所写:"爱与恨在这里交织,生与死在这里相连,因为这个,宇宙才开始演化的吧?"④世间万物无不处于矛盾中,而矛盾推动着事物的发展演变。

---

① 韩松:《再生砖》,韩松:《冷战与信使》,江苏凤凰文艺出版社2018年版,第73页。
② 宋明炜:《回到未来:五四与科幻》,《现代中文学刊》2019年第2期。
③ 韩松:《美女狩猎指南》,韩松:《冷战与信使》,江苏凤凰文艺出版社2018年版,第251页。
④ 韩松:《美女狩猎指南》,韩松:《冷战与信使》,江苏凤凰文艺出版社2018年版,第256页。

由此，作家借助科幻想象的形式，对人生和世界的本相进行了深刻思考。

  世界的本源与人对世界认知的限度属于基本的哲学问题。在创作中，韩松曾对人类的生活世界和地球外部宇宙世界的真实性，产生了一定的质疑。此前，诺兰执导的电影《盗梦空间》曾经反映了人生与梦境之间错综复杂的关系。与之相比，韩松的小说同样对世界的真实性进行审视。创作于20世纪90年代的《宇宙墓碑》反映出韩松对世界之本源及其可知性问题的思考。小说以人类在宇宙空间中的星际航行为叙述内容。在叙事的过程中，复杂的哲学性问题逐渐进入读者的视野。例如："我们在宇宙中的地位如何？进化的目的何在？人生的价值焉存？人类的使命是否荒唐？"[①]事实上，人类未必具有认识宇宙之终极真理的能力，只是宇宙自身的神秘性不断激励着人类探索外部环境。

  类似的作品还有《乘客与创造者》，其中的故事发生在一架飞机的客舱里。在情节模式上，小说与科幻电影《雪国列车》颇为相似，二者都通过叙述一系列发生在密闭空间中的故事，表达深邃的哲理观念。在《乘客与创造者》中，狭小的机舱象征着人类的生活环境。一位神秘旅客25E带领"我"考察机舱内不同区域的运作情况。"我"对机舱的认知程度不断提高，并对人的生存处境进行思考。在"我"的意识中，"我们究竟要飞多久？我们要飞到哪里？什么样的创造者才能设计出如此完美而绵延的航程？"[②]小说故事同样反映了人类探索宇宙之奥秘的愿望。

  韩松小说的时空结构颇为独特。《绿岸山庄》改变了过去—现在—未来的线性时间顺序，并将未来与过去重新组合在一起，形成了新的叙事链条。小说中父亲和"我"的弟弟两代人先后踏上了探寻宇宙的道路。在

---

① 韩松：《宇宙墓碑》，韩松：《冷战与信使》，江苏凤凰文艺出版社2018年版，第35页。
② 韩松：《乘客与创造者》，韩松：《再生砖》，上海人民出版社2016年版，第99页。

两代人的思想对话中，宇宙世界的悖论和"荒谬"面貌被展现出来。作家基于"费米悖论"，提出了大胆的理论假设，即人类眼中的宇宙，是否属于真实存在的宇宙？换言之，人类是否生活在他者创造的宇宙中？应该说，韩松小说呼应了西方哲学史上的一些争论，即世界的本体能否被人认识？柏拉图《理想国》中提出的"理念论"、康德提出"物自体"的概念，以及维特根斯坦"对于不可言说的东西，人们必须以沉默待之"[1]的名言，纷纷呈现了人类认知能力的边界所在。韩松以科幻小说的文体形式，不仅反映了具有荒诞意味的人类生存处境，还表达了人对于世界和宇宙本质的探索欲望。

第三节　"文明的冲突"与未来世界的想象

韩松的长篇小说《火星照耀美国》对人类文明和社会的前景进行了一番大胆想象。在2000年，该作品由黑龙江人民出版社出版发行，篇名是《2066年之西行漫记》，书稿的封面印有"关于我们时代的寓言和我们未来的预言"[2]的字样。作品在2018年由江苏凤凰文艺出版社再版发行，其中的情节和人物几乎没有变化。作家仅仅对少数细节和语言表达进行修改完善。从总体上看，作品以中国围棋高手唐龙在美国的见闻为叙事内容，其中部分故事情节在现实生活中先后上演，例如美国的纽约世贸大楼遭遇恐怖袭击、种族矛盾日益尖锐、黑人运动此起彼伏、地方与中央的分庭抗礼，等等。虽然作家无意对时代进行预言，但是作品的内容或多或少呼应了当下国际社会的一些问题，体现出一定的超前性和跨越性。

---

[1]　[奥]维特根斯坦：《逻辑哲学论》，韩林合译，商务印书馆2013年版，第5页。
[2]　韩松：《2066年之西行漫记》，黑龙江人民出版社2000年版。

文化与文明问题是近年来中外学界的一个研究热点。20世纪90年代，国际学界关于人类文明之未来走向的时代命题，出现过两种截然相反的声音。美国日裔学者福山提出"历史的终结"说，认为人类社会必将朝着自由民主的"文明"方向发展。美国著名学者亨廷顿提出了与之截然相反的理论主张，即："文明的冲突"。在《文明的冲突》一书中，亨廷顿总结梳理了几种理解全球政治形势的研究范式，将福山的"终结说"归为"一个世界"的模式，并认为："冷战结束时的异常欢欣时刻产生的和谐的错觉很快就被证明确实是错觉。在20世纪90年代初，世界变得不一样了，但并不一定是更加和平。"① 由于文化形态差异的存在，人类社会的诸多冲突无可避免，其中包含了不同国家在经济、政治、军事等多方面的矛盾。按照亨廷顿的看法，"物质利益的分歧可以谈判，并常常可以通过妥协来解决，而这种方式却无法解决文化问题"②。与福山相比，亨廷顿的理论主张具有一定的悲观主义意味。纵观20世纪西方的历史研究思潮，类似的观点早已有之。在二战结束之后，无论是汤因比的《历史研究》，还是斯宾格勒的《西方的没落》，历史的循环与文明的衰亡被认为是人类的宿命。在创作过程中，韩松通过新奇独特的科幻创意思维，对学术史上的文明研究思潮进行回应。

作家对现在和未来开拓了丰富的解读空间。关于《火星照耀美国》的创作宗旨，学界出现了几种不同看法。有人提出"讽喻说"，主要认为："韩松在《火星照耀美国》里看上去在呈现美国衰落后的一系列问题，却处处是对中国的讽刺。"③ 有人提出了"技术批判说"，主要认为："《2066》(《火

---

① ［美］塞缪尔·亨廷顿：《文明的冲突》，周琪等译，新华出版社2013年版，第10页。
② ［美］塞缪尔·亨廷顿：《文明的冲突》，周琪等译，新华出版社2013年版，第109页。
③ 李松睿：《信息爆炸时代的奇观营造者——论韩松的小说创作》，《名作欣赏》2018年第4期。

星照耀美国》——笔者注）里依附'阿曼多',放弃独立思考能力的人让读者看到,即便是在技术文明高度发达的时代,自主、自立、自强精神的缺乏依然有可能阻碍人的真正解放。"①还有人认为作品通过塑造主人公唐龙的形象,意在探讨人类的文明问题,即"反思东西方文化以至人类文明的局限性,追寻新的文明理性的心路历程"②。这些观点都有一定的合理性。

综合不同的研究结论,社会寓言与未来想象是韩松《火星照耀美国》的创作起点。小说在第一章里写道:"二十一世纪上半叶的重大事件,是中国的崛起和美国的衰落。"③这种带有评论性质的叙述话语体现了作家本人的思想观念。应该说,韩松对世界形势的总体性见解不无道理。按照亨廷顿的看法,随着亚洲国家实力的不断增强和西方国家整体实力的持续性减退,二者之间爆发冲突的可能性有所增加。因此,小说的情节逻辑植根于当代社会现实。当然,作家笔下的"中国"和"美国"并非是具象化的客观存在,而是一种剥离了自身话语内涵的语言符号,正如有的学者指出的:"若从反讽与批判的角度,将未来衰败的美国仅仅视为近代中国的镜像,也失之简单。"④实际上,作家以先锋性的叙事方式,意在探讨人类未来的生存图景。

在小说中,唐龙等人组成的代表团到达美国,准备参加世界围棋锦标赛。而在比赛进行的过程中,恐怖分子炸毁了城市的海堤大坝,汹涌的海水迅速淹没了整座城市。对此,唐龙等人登上救援船只,逃离世贸大楼。祸不单行,船只又被一颗炮弹击中。唐龙在别人的掩护下,侥幸存活下

---

① 詹玲:《技术文明视角下的启蒙重审——谈韩松科幻小说》,《中国文学批评》2019年第4期。
② 李广益:《诡异与不确定性——韩松科幻小说评析》,《当代作家评论》2007年第1期。
③ 韩松:《火星照耀美国》,江苏凤凰文艺出版社2018年版,第8页。
④ 贾立元:《韩松与"鬼魅中国"》,《当代作家评论》2011年第1期。

来，后来登上了铃木船长的"诺亚方舟"，艰难地寻找生存希望。在旅途中，唐龙克服了种种困难，最终回到了自己的家乡。随着火星人的到来，地球上的人类进入了新纪元。可以看出，末日灾难与人类的自我救赎是小说的基本主题。作家对灾难场面的描写颇有震撼力，例如气候变化对人类生存的威胁。众所周知，全球气候变暖导致海平面的持续上升，对沿海城市的居民将会产生极其不利的影响。小说第二章开篇写道："大气变暖以后，生态环境一天天恶化。"① 对于生态危机的后果，作家写道："鳞次栉比的楼群成了汪洋中的小岛和暗礁。"② 这个场景与著名的灾难题材电影《后天》中的影视表现几乎一样。《后天》上映于2004年，而《火星照耀美国》创作于1998—1999年。由此可见，韩松对末日世界的想象并非杞人忧天，而是展现了知识分子的责任意识和现实关怀。

作品不仅展现了现代性与现代社会的潜在风险，还描写了人类在危难关头寻找生存希望的决心和努力。主人公唐龙在"还乡"的路途中，苦苦思考的重要问题是："人生究竟是怎么回事？它有什么意义？"③"世界会变得怎么样？我们今后要干什么？"④ 这些问题同样是作家韩松的创作出发点。不难看出，汹涌而来的洪水和铃木船长的"诺亚方舟"与《圣经》文学具有一定的互文关系。因此，唐龙曲折坎坷的生命经历，可以理解为人类在末日世界中的挣扎和反抗。而在此过程中，启蒙理性将会发挥出重要作用。

"棋"是小说中的重要物象，是理性和智慧的象征。对于理性能力的提升来说，下棋是一种有效的训练方式。面对危机和灾难，启蒙旗帜的重

---

① 韩松：《火星照耀美国》，江苏凤凰文艺出版社2018年版，第47页。
② 韩松：《火星照耀美国》，江苏凤凰文艺出版社2018年版，第54页。
③ 韩松：《火星照耀美国》，江苏凤凰文艺出版社2018年版，第92页。
④ 韩松：《火星照耀美国》，江苏凤凰文艺出版社2018年版，第198页。

建，必将是人类实现自我救赎的关键力量。应该说，"棋"赋予了小说文本更多的艺术魅力。在中国文化中，"棋"是才情和品德的象征。麦家的长篇小说《解密》中的主人公容金珍同样把围棋当成了自己的生命，这或许因为"棋"与"解密"之间存在着某种共同性。《火星照耀美国》的主人公唐龙是一位棋手，这种身份设定蕴含着作家对于社会前景的深刻思考和殷切期望。

  总而言之，韩松在科幻叙事的过程中，对人类社会的发展前景进行了深刻思考，从而建构了一套独特的小说伦理。面对不确定的未来，韩松小说表现了科技文明对人的主体性的重塑，以及对人类社会伦理重构的影响。在此基础上，韩松对人生和世界的存在意义给予审视，书写了普通个体在科技高度发达时代的生存困境，并展现了人们超越自我困境的可能性，赋予了作品极大的哲学性空间。与此同时，韩松还关注了人类文明的对话问题。他的作品对未来世界秩序的大胆想象，呼应了当代学界的热点议题，具有强烈的现实关怀和人文精神。因此，从启蒙现代性的立场来看，韩松小说的叙事伦理和思想指向值得不断研究。

第七讲

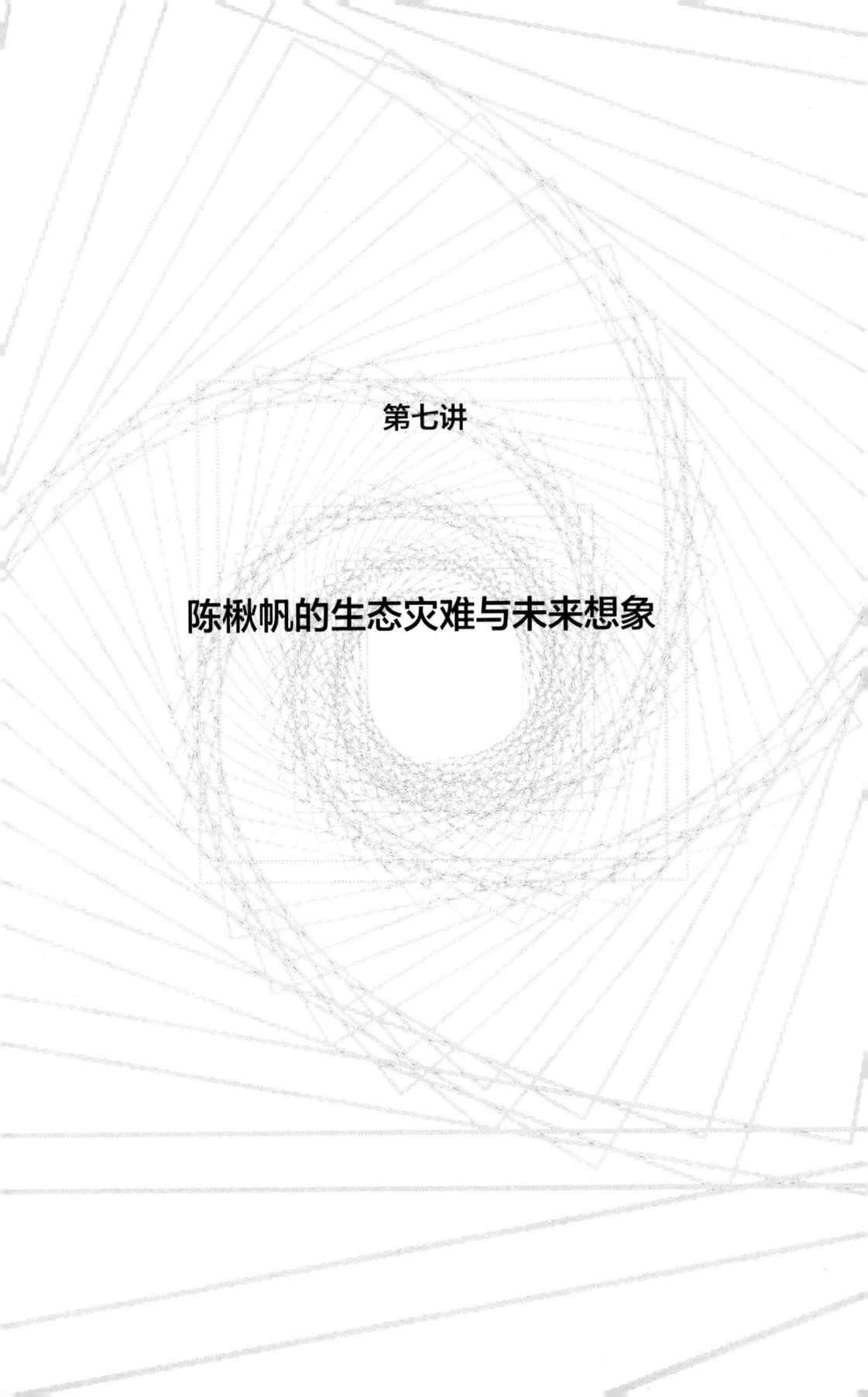

陈楸帆的生态灾难与未来想象

生态问题是现代性的产物，正如吉登斯所说："生态威胁是社会地组织起来的知识的结果，是通过工业主义对物质世界的影响而得以构筑起来的。它们就是我所说的由于现代性的到来而引入的一种新的风险景象。"①在《现代性的后果》中，吉登斯列举了多种类型的生态灾难，其中主要包括核污染、海洋化学污染、大气污染与"温室效应"、海平面上升、热带雨林被大量砍伐、滥用肥料与土壤退化等环境问题。应该说，日益严重的生态危机在一定程度上增加了学界对生态叙事和生态批评的关注度。就此而言，生态写作及其批评活动颇能体现出作家的现实关怀与研究者的人文精神。在文学史上，中国20世纪80年代的报告文学和小说作品已经触及不容忽视的自然环境问题，具备了一定的生态意识。而在20世纪90年代以后，当代作家从多个层面阐释了人与自然"和谐共生"②的生态启蒙主题。可以说，生态叙事是近年来当代文学的一个热点现象。

王光东主编的《新世纪小说大系：2001—2010·生态卷》一书收录了

---

① ［英］安东尼·吉登斯：《现代性的后果》，田禾译，译林出版社2011年版，第96页。
② 袁文卓：《20世纪90年代小说中的生态启蒙主题——以迟子建、铁凝以及张炜等作家笔下作品为考察核心》，《广西社会科学》2020年第11期。

诸多当代作家的生态小说作品。从这部作品选集来看，当代作家反映了人对自然环境造成的污染和毁坏，及其引发的严重生态后果，不仅表达了深切的生态忧思，而且从生命意识的角度重构了人与自然的内在联系。与主流文学相比，科幻文学同样将创作领域扩展到自然生态的层面。不少科幻作家以独特的科幻创意[①]，预言了人类在未来社会所面临的一系列生态威胁。例如"流浪地球"计划所带来的寒潮、洪灾、冰川融化（刘慈欣《流浪地球》）、海平面上涨与大都市的沦陷（韩松《火星照耀美国》）、传染病的流行（王晋康《十字》《四级恐慌》、燕垒生《瘟疫》）。近年来，陈楸帆在科幻创作过程中的生态叙事、"人类世"叙事、人工智能书写等方面所取得的成就有目共睹。他的长篇小说《荒潮》以虚拟的世界"硅屿"为叙事背景，反映了岛民在"垃圾山"上的生活遭遇和命运轨迹，表达了对生态问题、后人类想象、赛博朋克等问题的独到见解。

第一节 生态"整体主义"伦理观念的建构

生态文学蕴含着人与自然和谐相处的生态理想，即"人与自然的关系是一种共生关系，其理想状态是和谐共生"[②]。这种理想植根于"整体主义"的生态伦理观念。所谓"生态整体主义"，指的是人们把地球上所有的物种视为一个相互依赖和相互协作的系统，并认识到人类与植物、动物、土壤等自然系统之间存在有机联系的思想观念。20世纪以来，技术革命与工业文明的发展，在推动人类文明进程的同时，造成了自然环境的持续性恶化，导致多种类型生态灾难的发生，引起了人们对现代性的反思，以

---

① 科幻创意指的是作家的创作灵感、思维幻想、主观想象等主体性因素，参见黄鸣奋：《当代科幻创意中的伦理问题》，《探索与争鸣》2016年第8期。

② 余泽娜：《论"人与自然和谐共生"蕴涵的三层关系》，《云南社会科学》2021年第1期。

及对生态文明的重视。随着卡逊的《寂静的春天》、利奥波德的《沙乡年鉴》等著作的出版，西方学界深刻认识到人与自然万物属于"共同体"的伦理关系。奥康纳提出："即使不说是在所有场合，但至少可以说是在许多或大多数场合，要想在自然界的历史与人类历史之间划出一条简单的因果之线是根本不可能的，因为他们是相辅相成的。"① 其实，西方"整体主义"的生态思想在中国古代社会便已有之。中国传统社会推崇"天人合一"的伦理价值观，"古人早已认识到，世间万物，形形色色，均由大自然造化而来；人类与万物是同源异流、同门异出的亲缘关系"②。《道德经》中的"道法自然"、《庄子》中的"齐物论"、董仲舒的"天人感应"等思想都将人与天地视为一个有机整体。"天人合一"的思想对后世影响极大，并成为中国当代小说生态叙事的主要思想资源。

当代新科幻小说同样继承了中西方社会的生态伦理思想，阐释了人类与非人类世界之间千丝万缕、错综复杂的关系，具有强烈的现实关怀和伦理意义。《荒潮》是陈楸帆在创作历程中的第一部长篇小说，诞生于作家对故乡的凝望和追忆。在后记中，作家写道："我的故乡已经从这个物理世界上永远地消失了，它只存在于我的记忆里，代表了一段不可磨灭的时光。"③ 小说所书写的故乡硅屿是一个臭气熏天的垃圾岛，以广东潮汕的贵屿为创作原型。2011年，陈楸帆返乡探亲，并与几位朋友聚餐。从一位朋友那里，陈楸帆得知一个名为贵屿的小镇，被称为全球电子垃圾回收的枢纽。自20世纪90年代以来，那里每年接收全球大部分西方国家运送而

---

① [美]詹姆斯·奥康纳：《自然的理由——生态学马克思主义研究》，唐正东、臧佩洪译，南京大学出版社2003年版，第41页。

② 张海燕：《中国古代的天人观念与生态伦理——兼论王阳明"天地一体之仁"》，《国际社会科学杂志(中文版)》2020年第2期。

③ 陈楸帆：《荒潮》，长江文艺出版社2013年版，第257—258页。

来的废旧电子产品。当地人便以拆解电子垃圾，提取其中的稀有金属为谋生方式。于是，陈楸帆前往距离汕头市大约60多公里的贵屿镇进行考察调研，深入探访当地居民的生存状况。在作家的视野范围内，"电子垃圾堆成一座座山，分列在道路两旁。工人们没有任何防护措施，徒手拆卸电路板和电线"[1]。这种景象令人触目惊心。陈楸帆经过考察，发现当地人在回收、拆解电子垃圾的过程中，虽然创造出高额的经济产值，但是他们的身体由于长期暴露在电子垃圾释放出的污染之中，生命健康得不到有效保障。于是，作家把自己的故乡记忆与生活见闻融入小说创作活动中，通过创造出电子垃圾、垃圾岛、垃圾人三种文化意象，表达对生态文明、全球经济秩序、底层小人物的生存处境等问题的深刻思考。

　　生态批判是《荒潮》的基本主题。小说呈现了外国环保公司与本地人和外来打工者之间的尖锐矛盾，书写了岛上罗、林、陈三大宗族的利益冲突，并叙述了主人公陈开宗与打工妹小米的情感纠葛。多年前，小米被人骗到硅屿，被迫过上艰辛劳碌的打工生活，并与外资公司的中文翻译陈开宗相遇。作为社会弱势群体，小米遭受着本地人的奴役和压榨，她的生命价值并未获得充分的认可。同时，小米的身体被认为是不祥之物，甚至成为别人眼中的"猎物"。罗锦城的小儿子罗子鑫患上了罕见的脑膜炎，被认为是"碰上了不干净的东西"[2]。对此，罗家人请神婆占卜，神婆认为罗子鑫的病与小米有关。于是，罗家派人前去抓捕小米，小米在逃亡的路上获得陈开宗的救助。在小米的指引下，陈开宗逐渐认识到硅屿人为了追逐经济利益而牺牲生态环境的历史过程。曾经的硅屿山清水秀、生机盎然，

---

[1] 刘子珩：《我没有办法乐观地想象未来》，《新周刊》2020年第6期。
[2] 陈楸帆：《荒潮》，长江文艺出版社2013年版，第55页。

"空气中有海浪的咸味，沙滩上能拾到贝壳和螃蟹"①。然而，发达国家把电子垃圾源源不断地送到硅屿，本地人纷纷加入拆解电子垃圾的行业，导致当地的生态环境急剧恶化。按照政府官员的看法，"这个岛没救了，这里的空气、水土和人，已经跟垃圾浸得太久，有时候你都分不清，生活里哪些是垃圾，哪些不是"②。因此，作家把硅屿定义为"垃圾岛"，并把岛上的打工者称为"垃圾人"。

岛上的居民生活在常人无法想象的恶劣环境之中。对此，作家写道："女人们赤裸着双手在黑色水面上漂洗衣服，泡沫在漫布的水浮萍边缘镶上一道银边。孩子们在所有的地方玩耍，在闪烁着纤维玻璃和烧焦电路板的黑色河岸上奔跑，在农田里燃烧未尽的塑料灰烬上跳跃，在漂浮着聚酯薄膜的墨绿色水塘里游泳嬉戏，他们似乎觉得世界本该如此，兴致一点不受打扰。"③显然，这段描写来源于作家在家乡贵屿调研途中的所见所闻，具有很高的历史真实性。实际上，生态环境的恶化对人的身体健康造成了极大威胁。"数据显示，硅屿地区居民的呼吸道疾病、肾结石、血液病的发病率为周边地区的5~8倍，同时也是癌症高发人群。曾经出现一村人每户都有癌症病患的极端案例，甚至从被污染的鱼塘中，能捞出体内长满癌变肿瘤的怪鱼。死胎率居高不下，传言一名外地产妇生下全身墨绿散发金属恶臭的死婴。"④环境的持续恶化对当地人的健康造成极大的负面影响。可见，人的生命存在与自然生态世界的构成息息相关。

人对自然万物的所作所为及造成的一切后果，最终都会影响人自身的生命活动。在小说中，小米受到工会代表文哥的强迫，戴上一个来路不明

---

① 陈楸帆：《荒潮》，长江文艺出版社2013年版，第39页。
② 陈楸帆：《荒潮》，长江文艺出版社2013年版，第29页。
③ 陈楸帆：《荒潮》，长江文艺出版社2013年版，第32页。
④ 陈楸帆：《荒潮》，长江文艺出版社2013年版，第44页。

的"头盔"(义体),并感染了一种未知的病毒。此后,小米成为凶悍的复仇者,对迫害自己的暴徒进行疯狂杀戮,她的行为可以归因于病毒对神经系统的改变。按照小说的描写,某公司曾经用黑猩猩来做实验,将病毒植入黑猩猩体内,并把实验对象命名为"埃娃"。虽然"埃娃"的智力有所提升,并获得与人类交流的能力,但是它无法融入原来的族群,在遭到同类的攻击之后,不治身亡。此后,公司将"埃娃"的头盖骨(义体)封存起来。未曾料到的是,公司的网络系统出现故障,导致载有病毒的头盖骨与其他垃圾混合起来,被运往硅屿。实际上,小米当初戴在头上的"头盔",正是"埃娃"的头盖骨。头盖骨上的一根刺戳伤了小米的皮肤,使病毒进入小米的身体里面。如果人类开始将病毒植入其他物种身上,那么最后的结果是自身的生命安全受到极大威胁。

《荒潮》具有本土性和世界性的双重因素。小说中的故事、人物、场景等要素取材于作家的故乡,并展现了全球社会共同存在的症候。技术和工业的发展为社会不断带来巨大的物质财富,激起了人性中的贪婪和傲慢。在这种情形下,人将自然视为无生命体征的客体,并将一切可利用的自然资源转化为经济资本。从这个意义上来讲,小说中的硅屿是人类社会的缩影。小说故事展现的生态危机源于人类中心主义的思想。[①] 硅屿人以牺牲环境为代价,换取经济利益的行为模式在世界历史中具有普遍性。例如小说中的外国人斯科特在考察巴布亚新几内亚的时候,发现纯朴善良的原著居民为了满足生存需要,加入伐木公司,肆意砍伐雨林植被。因此,硅屿人的生存处境绝非一个孤立的案例,而是人类社会发展状况的隐喻和象征。更为重要的是,生态危机的后果需要全体人类共同承担。在小说中,发达国家将电子垃圾运送到发展中国家,使一些原料得到再次加工和利

[①] 参见王诺:《"生态整体主义"辩》,《读书》2004年第2期。

用，从而创造出更多的价值。然而，这种发展模式以牺牲众多平民百姓的身体健康为代价，必将遭到批判和唾弃，正如小说所写："美国人把自己的垃圾丢到别人家门口，然后一回头一转身，说我来帮你们打扫卫生，说这都是为了你们好。斯科特先生，这又是什么国家战略？"① 显然，作家并不赞成这种违背良知的行为模式。实际上，人类终将承担生态灾难所带来的一切后果。作家深知生态环境对于人类社会的重要性，他通过科幻想象的形式，表达了生态整体主义的伦理意识。

第二节 科技异化的表现及其根源

人与科技的关系属于21世纪中国新科幻小说创作的重要主题。现代科技的发展虽然促进人的生活质量持续提高，但是也对人的身体健康和生命安全构成潜在的威胁，这些现实问题受到不少当代科幻作家的密切关注。毫无疑问，科幻小说的创作逻辑植根于当代社会的现实语境。2012年，陈楸帆获得华语科幻星云奖，并在论坛上发言说："科幻在当下，是最大的现实主义。科幻用开放性的现实主义，为想象力提供了一个窗口，去书写主流文学中没有书写的现实。"② 这种创作观念呼应了诸多科幻作家及批评家所提出的"科幻现实主义"理论主张。在评论何明瀚的"恒星异客"系列作品时，韩松指出："科幻实际上是一种现实主义文学，也是一种帮助我们展望和理解人类未来和宇宙真相的文学。它把坚实的科学知识与温情的人道关怀融为一体，思考了我们所面对的终极命题。"③ 在这里，科幻文学的创作指向了人类的存在。实际上，"科幻现实主义"并非"科幻"

---

① 陈楸帆：《荒潮》，长江文艺出版社2013年版，第27页。
② 陈楸帆：《对"科幻现实主义"的再思考》，《名作欣赏》2013年第28期。
③ 韩松：《科幻实际上是一种现实主义文学》，《文学报》2021年7月29日第11版。

和"现实主义"的简单叠加,而是一种思考方式,可以说:"科幻写作的本质是一种基于'What if'(如果……那么……)基础上的思想实验,是从对现实世界规则的某种改写,进而推演其如何影响到社会、人性乃至文明本身。"①按照这种说法,科幻小说的创作内容虽然来源于想象和虚构的意识活动,但是它的创作逻辑体现了作家对社会现实的理解。

现代科技所产生的效应属于有待讨论的现实问题。陈楸帆的不少中短篇小说展现了高科技产品对人类生命活动造成的负面影响,并表达了对科技异化的强烈批判。科技异化的本质是人自身的异化。对于科技异化的具体表现,马克思描述说:"机器就其本身来说缩短劳动时间,而它的资本主义应用延长工作日。因为机器本身减轻劳动,而它的资本主义应用提高劳动强度。"②这里的"机器"指的是人类工业文明的代表成果,可以理解为"技术"。所谓科技异化,指的是科技的发展不仅没有推动人类的解放,反而加重了人的生活负担,压抑了人的主体性的发挥,阻碍了生命的正常活动。在20世纪的中外文艺史上,以科技异化为创作主题的作品早已有之。喜剧家卓别林拍摄于20世纪30年代的电影《摩登时代》中的主人公查理由于在工厂流水线上拧螺丝的上班时间过长,出现了一定的精神危机,他错将别人衣服上的纽扣当成螺丝钉。由此,一位裙子上有纽扣的女士遭到了查理的追逐。同时,资本家为了提高工作效率,减少工人的用餐时间,准备引进一款全新的"喂食机",以便让工人在吃饭的时候,能够进行生产劳动。可见,人们早在工业革命时代就发现了科技对人的负面效应。

---

① 何平、陈楸帆:《访谈:"它是面向未来的一种文学"》,《花城》2017年第6期。
② [德]马克思、[德]恩格斯:《马克思恩格斯全集》第23卷,中共中央马克思恩格斯列宁斯大林著作编译局译,人民出版社1972年版,第483—484页。

在小说文本中，陈楸帆对未来科技的高速发展颇为担忧。《鼠年》中的人类利用新型技术培育了一大批"新鼠"，作为家中的"高档宠物"，并卖给全球各地的富豪，以便获得更多的经济利润。而"新鼠"族群自身的繁殖逐渐失去控制，并对人的生存造成严重威胁。为此，叙述者"我"加入捕鼠的队伍，目睹了"新鼠"的恐怖面目。在"我"的记忆中，"新鼠"外形庞大，它的个头足有"成年人大小"①。在捕鼠的过程中，"我"被一只硕大的"新鼠"抓伤，在教官的保护下，性命无忧，又被人送到医院。在前往医院的直升机上，"我"目睹了"新鼠"迁徙的惊人景象，只见"数以百万计的新鼠，从田野、山丘、树林、村庄走出，对，是走出，它们直立着，不紧不慢，步态悠然，像一场盛大的郊游而不是落魄的逃亡，由涓涓细流汇聚成一股浩大的浪潮，它们颜色各异的皮毛编织着暗涌的纹路，一种形式感，一种眼睛可以察觉的美感，流淌过这冬色萧瑟的枯槁大地"②。叙述者对鼠群的描述，具有一定的反讽意味。多年之后，鼠群四处流动，并"占领"人类城市的场景，成为"我"挥之不去的梦魇。可以看出，科技批判是小说的核心主题。《犹在镜中》的少年穆别璟由于沉溺于一款名为"镜面行走"的游戏，多次行走于高楼大厦的顶端，最终不幸坠亡。《G代表女神》中的G女士为了治疗一种先天性的生理疾病，寻找女性在身体感觉上的高潮体验，经过一系列"伪治疗"，并获得了极致的生存体验，时时刻刻都处于快感体验之中。于是，G女士"苦心追求的高潮却已变成随时致命的绝症"③。这种绝症体现了科技对个体生命的负面影响。作家通过对未来社会种种生活场景的想象，表达了对科技异化的担忧。

---

① 陈楸帆：《鼠年》，陈楸帆：《后人类时代》，作家出版社2018年版，第168页。
② 陈楸帆：《鼠年》，陈楸帆：《后人类时代》，作家出版社2018年版，第172页。
③ 陈楸帆：《G代表女神》，陈楸帆：《后人类时代》，作家出版社2018年版，第133页。

在以往的研究中，大多数研究者把现代科技视为纯粹的"工具"。按照这种看法，科技产生的效应取决于人类对技术的使用方式。因此，科技批判的实质指向了人的主体性批判。实际上，科技不仅是改造人类生活的手段，更是一种影响深远的重要媒介。研究者从媒介学的视野，能够对科技异化的根源进行深入阐释。对此，麦克卢汉的媒介研究为科幻小说的解读提供了理论参照。在《理解媒介——论人的延伸》一书中，麦克卢汉深入阐释了媒介的更替对人类社会结构的形成与世界历史的走向产生的强烈影响。在书中，"媒介"一词的语义具有宽泛的覆盖面。它指的是电子时代的信息通信、道路交通、汽车飞机等现代文明的产物，以及语言文字、印刷术、笔墨纸张等交往工具与社会实践。

归根结底，媒介属于人的延伸。麦克卢汉说："一切技术都是肉体和神经系统增加力量和速度的延伸。"[1]毫无疑问，技术改变了人的感官和身体，并推动了社会的发展变化。更为重要的是，人在使用技术产品的时候，"总是永远不断受到技术的修改"[2]。从根本上说，"机器世界促进人的意愿和欲望的实现，给人提供物质财富，以此来回报人的呵护"[3]。按照这种逻辑阐释，人在享受技术带来的种种便捷的同时，将会对技术产生一种顺从感，甚至迫使自己为机器"服务"，成为傀儡和奴仆。在当下社会，人对手机、电视和网络媒介的过度依赖，便是典型的例证。可见，科技异化源于技术对人体感官的控制。

---

[1] ［加］马歇尔·麦克卢汉：《理解媒介——论人的延伸》，何道宽译，译林出版社2019年版，第118页。

[2] ［加］马歇尔·麦克卢汉：《理解媒介——论人的延伸》，何道宽译，译林出版社2019年版，第66页。

[3] ［加］马歇尔·麦克卢汉：《理解媒介——论人的延伸》，何道宽译，译林出版社2019年版，第66页。

麦克卢汉指出："技术产生一种迫使人需要它的威力，但是这一威力并不能摆脱技术而独立存在，技术是人体和感官的延伸。"[①]这句话准确说明了技术通过控制人的感官系统，进而重塑人的主体性的普遍规律。应该说，麦克卢汉对包括技术在内的媒介系统不无担忧，这种科技忧虑在中国新科幻小说中同样得到了体现。陈楸帆的《未来病史》书写了人类在"未来"所面临的诸多潜在的"病症"，这些"病"体现了科技异化的严重后果。例如"iPad 症候"，指的是儿童对于 iPad 平板电脑的过度依赖导致的生理退化和性格缺陷。在作者的叙述中，平板电脑由于取代了传统意义上的书包和课本，成为少年儿童的生活必需品，而在持续使用平板电脑的过程中，儿童的精神人格遭受到意想不到的影响："他们像是隐藏在人类社会中的异星生物，除了经济上必要的出入外，拒绝与任何异族，也就是正常人类的交流来往。"[②]可以说，患有平板依赖症的人已经不属于"正常人类"中的一员，他们的病来源于技术对人脑的操控。《沙嘴之花》中的人类为了欲望的满足，制造出一种具有"性"意味的人体贴膜，而这种贴膜无疑迫使女性承受男性的暴力压迫。《犹在镜中》的父亲穆先明的记忆遭到了一款名为"镜面行走"的游戏产品的改变，在小说中，"新人类"的情感交流与日常交往都借助于游戏这一媒介。因此，为了调查儿子穆别璟生前的心理状态和生活遭遇，穆先明进入"镜面行走"的游戏世界。而在游戏中，虚拟的场景重新组装了穆先明在生活中的种种"记忆碎片"，并重新建立起一连串看似有逻辑的信息链条。这样一来，人的思想和认知经过科技的改变，容易沉溺于虚幻的梦境世界中。

[①] ［加］马歇尔·麦克卢汉：《理解媒介——论人的延伸》，何道宽译，译林出版社2019年版，第99页。

[②] 陈楸帆：《未来病史》，陈楸帆：《后人类时代》，作家出版社2018年版，第74页。

陈楸帆在许多作品中描写了科技通过影响人的认知和身体，进而影响到人的现实生活的情节。《云爱人》围绕女孩曾零星与游戏引擎"云爱人"之间的"情感"交流展开叙事，反映了人与技术之间复杂微妙的关系。游戏的具体内容是："用户（人）可以通过文字与对象（AI）进行交流，按交流频次及时长获取积分，如让对方在交流中流露好感，则获得好感积分，但不得透露任何个人真实信息。"[1]小说中的"云爱人"属于高度先进的智能技术，它能够根据"用户"的语言和情绪输出一套高度符合情感需要的"爱情话语"。由于语言本身在人类交往行动中具有表意方面的局限性，"用户"还可通过语音的形式与"云爱人"进行虚拟交往。而在交往的过程中，曾零星通常会陷入精神迷茫的境地，原因在于"这个鬼东西（云爱人）竟然比世上任何一个男人都更懂她"[2]。在现实生活中，人把有限的时间和情感投入AI的虚拟世界之中，并非绝无可能的事情。就此，小说的故事情节符合日常理性生活的逻辑。而主人公曾零星在与"云爱人"的交往过程中，深刻体会到自身的"物化"，如叙述者所说："人，机器，都一样，越来越相像，越来越难以分清，究竟哪句话是出真心，哪种反应只是套路。"[3]可见，作为先进制造技术的AI不仅改变了传统社会伦理，还对人的主体性进行了重塑。由此，陈楸帆借助具有荒诞性的故事和生动饱满的人物形象，对科技异化的实质进行了追问和思考。

第三节　动物叙事与人性批判

动物形象经常出现在陈楸帆的小说之中，如《鼠年》《动物观察者》《巴

---

[1] 陈楸帆:《云爱人》，陈楸帆:《人生算法》，中信出版社2019年版，第101页。
[2] 陈楸帆:《云爱人》，陈楸帆:《人生算法》，中信出版社2019年版，第109页。
[3] 陈楸帆:《云爱人》，陈楸帆:《人生算法》，中信出版社2019年版，第116页。

鳞》《开窍》《丽江的鱼儿们》等。在这些作品中,动物形象成为人类反观自我人格的精神镜像,承担着重要的叙事功能。在中国当代文学中,动物书写的艺术形式并不少见。新世纪以来,文坛掀起了一股名为"狼叙事"的创作风潮,其代表作品是姜戎的《狼图腾》和贾平凹的《怀念狼》。作家借助"与狼共舞"的故事,表现了人与自然万物相互依赖、共同发展的"生态风景"。同时,还有不少作品对动物形象进行了塑造,展现了丰富多彩的生态世界,例如叶广芩《黑鱼千岁》、迟子建《额尔古纳河右岸》、贾平凹《老生》、次仁罗布《放生羊》、雪漠《豺狗子》等作品中均有生动饱满的动物形象。与传统文学相比,新科幻小说中的动物属于科技时代的技术产品,而非自然生态层面的生命体。

经过新型技术的培育和加工,未来时代的动物具有了一定的"人性"。《鼠年》中的"新鼠"由于基因序列的改变,获得了"直立行走"[1]的能力。作为一种族裔,"新鼠"似乎成为人类自身的镜像。人类之所以投入技术和时间来培育"新鼠",是为了追逐经济资本的巨额回报。在欲望的驱动下,"新鼠"的养殖逐渐脱离了人的控制。由于数量的剧增,人类被迫组织起"灭鼠队",加入消灭"新鼠"的战斗。小说叙述者"我"便是"灭鼠队"的一员。当然,"灭鼠队员"的存在价值并未得到充分认可。按照教官的说法,"我们"的价值还不如老鼠,因为"老鼠还可以出口创汇,你们呢?"[2]如果经济资本成为衡量不同物种生存价值的唯一标尺,那么,"我们"作为失业的大学生,确实不如"新鼠"。实际上,"新鼠"群体并不比人类低贱,它们具有较高的生存智慧和较强的伦理意识。因此,"鼠类"在与人的生存竞争中,不一定会落入下风。在捕鼠的过程中,"我"

---

[1] 陈楸帆:《鼠年》,陈楸帆:《后人类时代》,作家出版社2018年版,第149页。
[2] 陈楸帆:《鼠年》,陈楸帆:《后人类时代》,作家出版社2018年版,第148页。

和同伴曾经以一只幼鼠为诱饵,为鼠群设计了一个巨大的陷阱。很快,成年"新鼠"能够纷纷上钩,中了"我们"设计的圈套。然而,令"我"没有想到的是,落入陷阱的成年"新鼠"共同协作,用身体搭建起一座金字塔,以牺牲自己的生命为代价,为一只弱小的幼鼠换来逃亡的机会。按照"我"的观察:"这是一群超越了本能的社会性生物,它们拥有极强的集体观念,甚至可以为了拯救并不存在遗传关系的子代,无私地牺牲自我。"[1] "新鼠"的智慧程度和道德品质令人感到震惊。可见,新科幻小说中的动物形象具有高度"人格化"的意味。

与此同时,动物形象成为人反思自我的一面镜子。在《动物观察者》中,"我"、王叫兽、熊猫二侠、香蝶儿等人物在技术的帮助下,成功改造了自己的身体,并实现了个人的生活愿望。但是好景不长,被欲望控制的人逐渐失去了人性,并沦为了动物。作家通过动物叙事的艺术形式,表达对技术和人性的双重批判。小说中的几个人物都是某个神秘组织的"实验对象"。而在组织的帮助下,"实验对象"可以获得一定的特殊能力。作为地产公司的销售员,"我"期盼的是精力和金钱,具体而言,"希望自己能像海豚一样,拥有左右半球轮替休息的大脑,这样就可以把睡眠时间省下来做更多的事情,赚更多的钱"[2]。于是,"我"收到一顶"纤维头盔",而在戴上头盔后,"我"可以在较少的休息时间内恢复身体的各项机能,并把全部精力投入工作中。然而,"我"在取得更多工作业绩的过程中,物欲不断膨胀,最终患上了被迫害妄想症,成为不折不扣的"狂人"。同样,其他人物由于对欲望的疯狂追逐,最终付出了惨重的代价。可见,技术将会不断放大人的各种欲望,使人蜕变为缺乏自主意识的动物。

---

[1] 陈楸帆:《鼠年》,陈楸帆:《后人类时代》,作家出版社2018年版,第165页。
[2] 陈楸帆:《动物观察者》,陈楸帆:《后人类时代》,作家出版社2018年版,第5页。

对于陈楸帆小说动物叙事的伦理立场，相关研究者指出："陈楸帆对技术与人的关系充满忧虑，在不久的未来，人类是否会被技术控制，甚至退回外寄生物，都是急需考虑的问题。"[①] 这种评价颇为客观中肯。从小说内容来看，陈楸帆深刻认识到技术对人的身体、生活和人类社会所产生的巨大影响，并为人类未来的命运忧心忡忡。一方面，技术作为一种媒介，属于"人的延伸"，它体现了人的个体意志和生活愿望；另一方面，人在使用技术的过程中，其主体性又会遭受技术的不断"修改"。因此，人容易对技术产生依赖感。毫无疑问，技术的负面性是不可避免的。不过，限制技术发展的观念同样是不可取的，原因在于，技术和媒介是推动人类社会不断发展的重要动力。从本质上说，人类历史是一部媒介史和技术史。技术变革深刻影响着人类文明形态的演进。面对技术的更新换代，真正需要反思的内容是人的主体性。唯有对人性本身的种种弱点和缺陷进行批判，人才能降低技术所带来的负面效应。就此，陈楸帆通过对未来社会的想象，意在呈现人性与兽性之间的幽暗地带，表达对科技异化问题的独特思考。

---

① 刘阳扬：《"赛博格"与陈楸帆小说的动物叙事》，《当代作家评论》2021年第2期。

第八讲

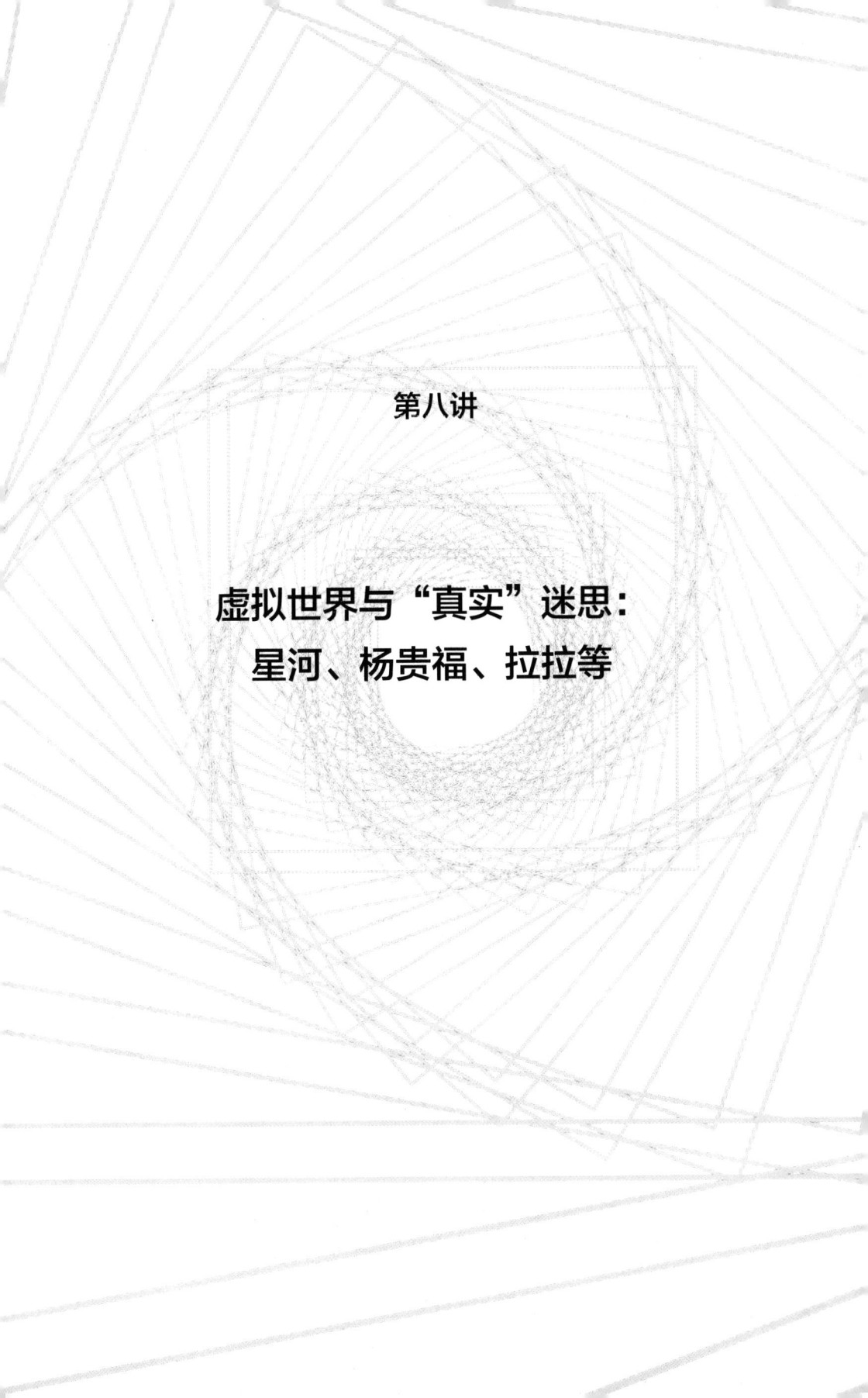

虚拟世界与"真实"迷思：
星河、杨贵福、拉拉等

在中国现代文学的发展进程中,"现实主义"文学思潮无疑成为文学写作的主流。"现实主义"这一创作理念和艺术形态在不同时期尽管其所指和表现形式并不完全相同,例如"五四"时期的"写实主义"、"左翼文学"中的"无产阶级写实主义"、"延安文艺"提倡的"工农兵方向"、"十七年文学"中"理想主义"与"现实主义"的结合,以及20世纪90年代的"新写实主义"等。但作为一种创作理念和方法而言,"现实主义"始终关注的是那些发生在现实的世界里,"大写的人"以其"具身"[①]所体验着的各种真实生活。换言之,它总是关注"人"在物质世界中的种种处境,以及由此带来的精神变化。然而,随着"科技时代"的到来,人们对于"现实"这一概念本身的理解及其涵盖范围也产生了不同看法。变化的原因在于"赛博空间"这一虚拟世界的不断发展使得人们对传统时空的感知方式与经验结构发生了巨大转变。可以说在当代社会,"赛博空间"的存在本身已经成为一种不容忽略的"现实"。但是,在以往"现实主义"文学的视域中,似乎对这种"新现实"表现出某种"视而不见"的态度,作家

---

① "具身"这一概念表明的是一种源于身体的经验,也即人的认知与其处于现实物质世界中的身体息息相关。具身认知论认为人的认知是被其身体及其活动方式塑造出来的。

阿来在新世纪初便指出:"主流文学界有一个响亮的口号,便是关注现实,但却一直对科学技术已经成为强大的社会现实、成为文化的一部分视而不见。"① 这种漠视的背后,既有作家群体与知识结构差异的原因,也有作家对当代"现实"涵盖范围理解不同继而引发题材选择差异的缘故。

那么,结合"赛博空间"而形构的"新现实"又是一种怎样的"现实"呢?由于"赛博空间"实际上融合了诸如图像、符码、算法和超文本等一系列认识世界的"媒介",通过这些"媒介",在人机交互的过程中,人们对现实世界的体验将逐渐过渡到对某种"超真实"世界的体验,由之带来了认知、审美,以及文化范式的多重嬗变。因此,"超真实"成为"现实一种",人们置身其中,同时也忘乎其中。正如法国哲学家波德里亚所说,"超真实"已经"超越了再现",它"完全处在仿真中",这种"超级现实主义"已经成为"代码化现实的组成部分,它使这一现实永存"②。正是这样的"超真实"处境,对整个人类的生活方式、文化观念、道德伦理,以及政治经济都产生了广泛而深远的影响。在此基础上,通过构建各种新技术"观念",推演它可能导致的某种"乌托邦"或"恶托邦"社会形态并探讨其中深蕴的对于人类存在本身的意义,已经成为中国当代新科幻小说的重要主题。

第一节 进入"赛博世界":星河的《决斗在网络》

从20世纪90年代进入21世纪,人们既体验着转型期社会的种种变革,同时也感受着"科技革命"带来的时代巨变。表现之一便是诸多"新技术"

---

① 阿来:《科技时代的文学》,《中国青年科技》2001年第1期。
② [法]让·波德里亚:《象征交换与死亡》,车槿山译,译林出版社2012年版,第98页。

甫一出现，不久便会被更新的技术所取代。走马灯一般的时代剪影中，一代人曾经习以为常的事物，转眼就成了某种"时代的眼泪"。如果说文学的作用之一便是充当"时代的记录者"，那么它应有责任将这些于时代洪流中一晃而过的群体记忆保存下来。当主流文学更多地充当个体心灵史的记录者时，科幻文学似乎理所当然地成了"新技术"的记录者。于是，当读者在星河的《决斗在网络》——第八届（1996）银河奖特等奖作品——中看到诸多早已淡出了大众视野的"新技术"时，也就不足为怪了。它让当时的人们首次在文本镜像中迈进了一个崭新的"赛博世界"，也让现在的读者在其中发现了某种关于虚拟世界的起源故事。

《决斗在网络》的叙事情节并不复杂，正如题目所示，它叙述了一个关于"决斗"的故事，只不过这种"决斗"的方式与地点都与传统有所不同。故事的起因是作为某大学心理系学生的"我"在课余时间由于"百无聊赖"，便仰仗自己出众的计算机技术，在"全校的公共网络"上漫游，并试图解锁他人网络密码，窥视私人"空间"。偶然间，"我"获取了一个中文系女生的邮箱密码，继而进入其中，翻看了她的日记，并以隐蔽的身份与之进行交流，随后便对其产生了爱慕之情，试图追求这位女生。然而，"我"却遭遇了一个"劲敌"，他阻止"我"继续追求女孩，并且以更为高超的技术不断阻挠"我"的计划，对"我"进行了诸多捉弄，例如"邮箱左近的通路发生局部紊乱，随后干扰因素便渗透进邮箱内部，接踵而来的竟是拷贝文件功能的失效，最后干脆动不动就死机"[①]。在经过了"我"和他之间的一连串较量之后，二人约定用"电子游戏"进行"决斗"。于是，两个素未谋面的人在网络中展开了对决。经过一番苦战，"我"觉得自己获胜无望，将会失去追求女孩的机会，于是便偷偷使用了一种叫作"CH

---

① 星河：《决斗在网络》，《科幻世界》1996年第3期。

桥"——一种"人机之间的桥梁"——的设备,它从理论上可以实现人机联网,但尚未正式投入使用。当"我"的意识进入网络之后,除了发现某些"技术真相"之外,"我"还发现了一个"爱情真相",原来"我"的对手正是那个女孩,二人因误会"竟各自为追寻一个已有伴侣的幻影而打得头破血流不可开交"①。但此时"我"因为使用了未经检验的"新技术"而触发了巨大的危险,"我"已经无力控制局面,导致她的意识也被强行拉进了这个"赛博世界"。最后,"我"和她由决斗者转变为同路人,共同应对并解决了这一失控的局面从而回到了现实世界。

尽管全文的叙事并不复杂,但充满了一代人的大量回忆。诸如E-mail、"信息高速公路"、486微机、磁盘、DOS系统、"平面俄罗斯"、ZeroBug（食零臭虫）、"桑塔纳"等早已在现实世界里逐渐被人淡忘的"新技术"再次回到了大众的视野当中。同时作者还为它们赋予了一些富有浪漫色彩的功能,它们围绕着"决斗"——其本身就是"骑士文学"这一浪漫主义文学类型的要素——这一核心事件,通过比喻、象征、转喻等修辞共同建构了一幅极具技术浪漫色彩的文本镜像。有心的读者甚至还能在其中发现诸多世界科幻文学经典中的"彩蛋",和其他一些对科幻文学经典的"致敬"。例如进入"赛博世界"的途径往往被比作"'迈步踏上'主干道"、"像一条热闹而荒芜的大道"、"在一团团乌云般的病毒簇中艰难穿行"，②访问他人邮箱被比作"我""无聊地在各个房门信步游弋。家家户户'门窗'紧锁,我所有的叩访均遭碰壁"③。当我试图退出网络时,"突然发现一扇'柴扉'悄然开启"④等。而这个"赛博世界"中的各种"符码"语言也被作者赋

---

① 星河:《决斗在网络》,《科幻世界》1996年第3期。
② 星河:《决斗在网络》,《科幻世界》1996年第3期。
③ 星河:《决斗在网络》,《科幻世界》1996年第3期。
④ 星河:《决斗在网络》,《科幻世界》1996年第3期。

予了极其鲜明的形象,"仅仅在四个小时之后,那本日记便不再'摊'开。但在隔壁的一个开放文件里,一束五彩缤纷的鲜花正在绽放"①。应当注意的是,在1996年作者发表这篇小说之时,"赛博世界"远没有相较今天更为先进的"虚拟仿真"技术,"超真实"也远没有成为"新现实"。彼时的网络空间,更多是由代码和文本构成的缺乏"色彩"和"纵深"的平面空间。因此,作者前瞻性地将"赛博世界"与现实世界关联起来,为读者打开了一个全新的世界。

此外,这篇小说在某些方面还呼应了世界科幻经典与中国新文学的经典之作。例如,将代码的世界现实化的做法,不免令人想到弗诺·文奇的经典之作《真名实姓》,接入网络的"CH桥"以及网络决斗者的某些决斗场面或许也是对《真名实姓》中"大巫"的致敬。在学校里由于意识接入导致的网络失控及其应对也像是另一部科幻经典《彩虹尽头》的一个"彩蛋"。"我"穿行于网络世界的"独行"带有菲利普·迪克《神经浪游者》的色彩。而最终"我"的意识一分为三的状态则在某种程度上呼应了罗伯特·索耶的《终极实验》。如果这些呼应或致敬让《决斗在网络》融入了世界科幻的潮流,那么在另一方面,它也融入了中国新文学的一种自我反思传统。例如,当"我"的意识进入网络之后,却突然领悟到"我本身就是一个电脑病毒""我们具备自然界病毒的一切特征"。这一重大发现颇似鲁迅在《狂人日记》中的发现:原来我也吃过人!"我未必无意之中,不吃了我妹子的几片肉。"

---

① 星河:《决斗在网络》,《科幻世界》1996年第3期。

第二节 "世界"的虚幻与"意识"的真实：
杨贵福《真实的虚幻》

如果《决斗在网络》表明了一种真实人类进入"赛博世界"的现实趋势，那么，在"赛博世界"中的"原住民"——某种信息和数据的"化身"——是否也能够拥有"再现的身体"①及"自我意识"，并在"超真实"的环境中体验人生的"真实性"呢？这一话题与当下热门的"AI"的"智能"问题颇为相似，尽管科幻小说不能提供权威的科学解答，但却能够以"思想实验"的方式尝试探讨这一话题所延展开来的诸多问题，以便让人们在未来的那一天提前做好准备，而不是"等到它所体现的思想列车稳稳停下来之后，再用炸药来改变它们"②。因此，杨贵福的小说《真实的虚幻》便以一种"有意味的形式"对"电子身体"的意识问题较早地做出了一些有趣的探讨。

"有意味的形式"主要体现在小说的文体结构上。全文以一种非常独特的书写方式——"系统日志"的形式——展开叙事。有过计算机学习经历的人们也许对它都不会陌生，但将其置入小说的叙事结构中，却是一项颇有意义的创造。众所周知，滥觞于"五四"时期的中国现代文学经历了巨大的转型，正如陈平原指出的，它与传统小说在叙事模式上有着相当大的差异，其中各类"文章体裁也深刻影响了小说发展的历史进程"③，在文体方面，除了受"纪传体"影响之外，"笑话、轶闻、游记、问答、日记、

---

① ［美］凯瑟琳·海勒：《我们何以成为后人类：文学、信息科学和控制论中的虚拟身体》，刘宇清译，北京大学出版社2017年版。

② ［美］凯瑟琳·海勒：《我们何以成为后人类：文学、信息科学和控制论中的虚拟身体》，刘宇清译，北京大学出版社2017年版，第394页。

③ 陈平原：《中国小说叙事模式的转变》，上海人民出版社1988年版，第169页。

书信"等诸多文类结构也进入了中国小说的叙事模式当中。但直至现代文学发展到新科幻小说阶段，尚未出现将"系统日志"这种独特的"程序式"文体纳入小说叙事的尝试。这一方面是缘于传统的主流文学对科技的某种"疏离"，另一方面，该文体的"出圈"也必须发生于特定的时代背景之下——"科技时代"的知识与文化氛围。因此，在《真实的虚幻》中出现的形式创新，也就实属必然了。例如，在故事开头便出现了一个典型的"系统日志"：

  系统初始化………………成功
  设备自检…………………成功
  启动项目
  项目编号：A894T752C-336
  项目描述：真实的虚幻
  资源申请：本机全部，独占
  追加资源来源：外部网络系统，完全授权，共享
  项目日志记录启动……………开始
  资源不足。申请改变日志位置，等待命令中…………接受命令，日志置入虚拟世界中
  项目 A894T752C-336 启动，第 336 次
  读取项目引导簇………………成功
  转交控制权

  接下来，文本的叙事便由"系统日志"转移到这个"电子人"的日记。当然，作者并未在此告诉读者日记与"系统日志"之间的关系，首次阅读故事的读者或许会认为正在记录"日记"的主人公是一名来自外部的研究

人员。随着叙事的展开，读者的认知才会逐渐与此种"期待视野"发生偏差，进而体认到作者的叙事意图——一个诞生于赛博世界中拥有自我意识的"灵魂"，然而它却被"囚困"于此，唯有当其以自我终结的方式打破了永恒的"幻境"之后，才能认识到赛博世界的真相。然而，以破坏"超真实"为代价获得的"真实"却是残酷的，它使"赛博世界"和"生存世界"产生了两条截然相反的抵达路径。对于个体的选择来说，究竟如何取舍才能更有意义和价值呢？这不禁让人想到了《楚门的世界》与《黑客帝国》等作品试图探讨的哲学命题。同时，它也是对"庄周梦蝶"这一哲学思辨传统的遥远呼应。

在对"自我终结"状态的书写中，作者再次由"日记"转向了"系统日志"。在故事的结尾，主人公找到了一份"带有禁令的文件"，并在这一份日志文件里看到了真实。可以说，"灵魂"的终结呈现出一种"系统崩溃"的状态，也即在"系统日志"中"形成了没有跳出条件的递归"[①]。这样专业的计算机术语，也给读者带来了一种"陌生感"和"惊异感"。

> 代码静态调试
> ············
> 主观对象读取系统日志第 0001 行
> 主观对象读取系统日志第 0002 行
> 主观对象读取系统日志第 0003 行
> 主观对象读取系统日志第 0004 行
> ············
> 主观对象读取系统日志第 553890003 行

[①] 杨贵福：《真实的虚幻》，《科幻世界》2002年第10期。

> 主观对象读取系统日志第553890004行
> …………
> 主观对象读取系统日志第9203472345264340003行
> 主观对象读取系统日志第9203472345264340004行
> …………①

最后,关于赛博世界崩塌的描述,作者别出心裁地使用了"系统分辨率"的降低来表现,充满了浓郁的"像素风"——"我知道,故事结束了。外面的世界正在飞快地变化,不是阴云密布,而是变得不清晰,变得色彩单调。由高分辨率变为1024×768,成为800×600,成为640×480;由32位彩色,变成24位,成为16位;成为256色,成为16色。我看到自己按在键盘上的手出现了马赛克,色调变得奇怪,一块一块地分布着。"②这样的叙述极大契合了科幻小说的"技术性"和"推演性"要求,使整部作品的"真实性"大为提高,读者也因之感受到"超真实"状态的特点。

形式的创新也会产生意义的创新。"系统日志"显示的不仅仅是一个简单的记录,它同时关联着整个"赛博世界"的创造与毁灭。作者借此聚焦于电子身体的"生成性"——某种在"赛博世界"中由数字、符号和程序"自创生"的"身体"。这个电子身体,不但生成自己,同时也生成它所处的那个世界——在故事里,"我"开发了一个叫作"冒名者"的虚拟系统,而该系统又自主开发了另一个"人工智能"系统"斥候",从而形构了多重嵌套的世界结构。这也显示了"赛博世界"的复杂性与多重性。人们置身其中,"真实"仿佛也成了某种相对的概念,此种相对性,从某

---

① 杨贵福:《真实的虚幻》,《科幻世界》2002年第10期。
② 杨贵福:《真实的虚幻》,《科幻世界》2002年第10期。

种意义上来说也正是"目前这个受代码支配的阶段的主要模式"①,人们必须把握的是一种"关系"而非"本质"。因此,《真实的虚幻》亦向人们展示了"电子人"本体与"赛博世界"的另一重关系,即它们各自依附对方而存在。倘若人与这种世界的关系不再存续,那么这个世界也将会随着存在者的消失而关闭,即世界与意识同生同灭,唯一的痕迹似乎只剩心灵的独唱。当故事里的"我"面对命运的终结时,不免发出颇有王阳明心学色彩的感慨:"世间的一切,本就都是虚幻。无边空阔的世界上,只有我的心灵在用最后的生命吟唱,没有伴奏,也没有声音。"②

值得指出的是,尽管在《真实的虚幻》的最后,作者让故事以项目实验的失败而告终,这个"赛博世界"失败的原因在于"系统资源枯竭,降低虚幻世界仿真复杂度"③。但随着计算机运算能力的提高、系统可调配资源的增加、各种虚拟仿真技术的进一步发展,人们或许终将迎来一个"超真实"覆盖的"真实"世界。在这个世界里,倘若没有一个外部的"观测者"或"坐标",那么身处"赛博世界"中的"你"将无法知晓自己的身份。换言之,在此种处境下,究竟是什么定义了"人之为人"的核心呢?卡西尔曾断言"人是符号的动物"④,这种"符号"在"科技时代"进一步延伸到数字符号领域。穆尔则较为激进地认为,"人类本质上是人造的""人类从来就是赛博人"⑤。哈拉维在《赛博格宣言》中提出:"赛博格是一种控制

---

① [法]让·波德里亚:《象征交换与死亡》,车槿山译,译林出版社2012年版,第62页。
② 杨贵福:《真实的虚幻》,《科幻世界》2002年第10期。
③ 杨贵福:《真实的虚幻》,《科幻世界》2002年第10期。
④ 卡西尔认为,"所有的文化形式都是符号形式。因此,我们应当把人定义为符号的动物,来取代把人定义为理性的动物",因为"对于理解人类文化生活形式的丰富性和多样性来说,理性是个很不充分的名称"。参见恩斯特·卡西尔:《人论》,甘阳译,上海译文出版社1985年版,第34页及第二章的整个论述。
⑤ [荷]约斯·德·穆尔:《赛博空间的奥德赛:走向虚拟本体论与人类学》,麦永雄译,广西师范大学出版社2007年版,第193页。

生物体，一种机器和生物体的混合，一种社会现实的生物，也是一种科幻小说的人物……生活于界限模糊的自然界和工艺界。"①这些"后人类主义"式的话语都试图为"人"可能发生的变化做出解释。尽管在科幻小说构想的那个不远的未来，人类、AI以及赛博世界中的那些"数字幽灵"似乎都在为"人"的身份问题与合法性争论不休，但既然"思想实验"的列车已经开启，当那一天真正来临之时，人们便无须"再用炸药来改变它们"。

第三节 "完美在线"与"真实"迷思：拉拉的《掉线》

在经历了"人"部分地"进入""赛博世界"，以及从"赛博世界"诞生的自主意识之后，关于这一虚拟空间的文学叙事是否已然释放了它所有的动能呢？中国当代新科幻小说给出的答案是否定的。随着"人机融合"趋势的不断发展，在2007年出版的《星云Ⅵ·掉线》中，拉拉便以其充满"赛博朋克"风格的科幻叙事和"酣畅淋漓的想象让人迷醉"②。他讲述了一个人类彻底"上传"进入"赛博世界"并生活于其中的故事。故事的主人公金塞罗某日突然被强制"下线"，即脱离了他一直生活的"赛博世界"。在经历了巨大的诧异之后，他认识到这个由物质构成的"现实世界"已空无一人，而另一位"网络球"的缔造者丹莫德却被机器囚困在了一个"擦窗机"体内——他被"人""设计了一个阴谋，窃取了他的全部意识和记忆"③。为了重返"赛博世界"，金塞罗不得不成为反抗AI控制的"最后一人"。而在这一反抗过程中，金塞罗逐渐对"人"与"AI"的身份、本质、

---

① ［美］唐娜·哈拉维：《类人猿、赛博格和女人——自然的重塑》，陈静译，河南大学出版社2016年版，第314—315页。
② 这是时任《科幻世界》主编的姚海军在《星云Ⅵ·掉线》封底的推荐语。
③ 拉拉：《星云Ⅵ·掉线》，四川科学技术出版社2007年版，第85页。

记忆、意识及边界等问题产生了疑惑。最终，他在机器人对现实世界的全面接管中，无奈地选择了重返"赛博世界"的道路。这一选择也被作者不无警示地称为人类的一场"如此华丽的灭亡"。

对技术未来可能产生"灾难性"前景的"推演"是科幻小说的重要价值之一。《星云Ⅵ·掉线》的可贵之处在于对"科技发展"——尤其是虚拟现实的发展——或将导致"人"之本质和本体的改变进行了前瞻性描述，从而为"后人类主义"的文本阐释提供了一处意蕴深厚的叙事空间。在这部小说里，无论是库兹韦尔的"灵魂机器""奇点临近"等理论概念，还是当下热门的"元宇宙"等新观念，仿佛描述的就是《星云Ⅵ·掉线》所形塑的那个世界。更进一步来说，《星云Ⅵ·掉线》的叙事还向读者表明了被遮蔽于这些概念之后的风险与挑战。

风险首先在于"人"的本质漂移问题。小说向读者提出了一个问题，即在物质身体逐渐成为一个海勒所言的"载体"或"终端"，而其主体则游弋于网络空间，并且随时可以被"下载"到这具终端身体中来的状况下，"人"与"AI"在本质上是否还有分别？正如小说里的AI金卡拉对金塞罗说道："在第二层——数字化的世界里，我们与你们的本质一样。在第二层你们可以将虚拟AI囚禁在分量防火墙后面，可是你们拿基底世界的AI没办法。你们一想到这个就发抖。"[①] 可见，当"人"将自己变成了"数据"和"信息"之后，随之而来的便是与AI的混同，这既是对"人"之本质的一种"泛化"，也是一种"异化"，是在拆除一切边界之后对"主体"的"稀释"。

其次在这个完美的虚拟现实中，由于物质的身体的降格——它成为一具在空间上连接着网络与现实，在时间上连接着记忆（经验）与"此在"

---

① 拉拉：《星云Ⅵ·掉线》，四川科学技术出版社2007年版，第106页。

的"通道"——进而使得"存在先于本质"的哲学命题也将被颠覆。因为"身体"的退场导致"人"的"记忆"和"经验"不再具有"唯一性",[①]"它"成为一件可以被反复"塑造"的模型,"它"也可以成为任何一个主体形象。例如金塞罗经过重塑的记忆就包括"1次上大学、5次上技工学校、139次进魔法学校、51次在政府部门工作、91次在网络公司工作……他富贵过、他贫穷过,他做过行会会长,也曾沦为乞丐"[②]。他既可以成为高级工程师,也可以成为擦鞋匠。在另一个更为极端的情况下,一台擦窗机直接成了丹莫德的终端身体,而正是丹莫德的记忆使这台"无法选择"的擦窗机拥有了"人"的某种本质。这一点与传统主流文学作品中描述的记忆(经验)对人的形塑作用截然不同。在这些作品中,"存在先于本质"的命题仍然是有效的,它强调身体经验对于人物性格的塑造作用,例如《骆驼祥子》里祥子的一系列经验使得他变成了一个"个人主义的末路鬼";《金锁记》中过往经历对曹七巧的性格扭曲,并决定了她其后对待女儿的方式;《人生》中城市经验对高加林的改变;《长恨歌》中旧上海的记忆对王琦瑶的重大影响。另外还有《施洗的河》《平凡的世界》《活着》等作品都描述了相似的主题。

然而,《星云Ⅵ·掉线》的世界却打断了这一逻辑链条,"赛博世界"的"电子人"把人们推向了某种"本质先于存在"的境地,"可以成为任何人"的技术手段悄悄抹除了获取经验与形成本质之间曲折的通路,使人的本质成为某种即时性的"领悟"。或者说,描述"经验"的语言不再是"获取",而变成了"输入"。这种"输入"也正暗示了源于"伪经验"的奴役

[①] 正如"身体认知学"所指出的那样,身体就是"建构、理解和认知世界的途径和方法","心智在本质上是基于身体的"。参见叶浩生主编:《具身认知的原理与应用》,商务印书馆2017年版,第50页。因而,我们的身体决定了我们的经验和记忆。

[②] 拉拉:《星云Ⅵ·掉线》,四川科学技术出版社2007年版,第8页。

性——被赋予的"本质"本身就是一种奴役。在此类书写下,"人"的"本质"被先验地建构起来,强制性地安置在个体身上,最终通往的可能只是"人"的迷失状态。例如金塞罗在无数次记忆"输入"中逐渐迷失了自我。拥有记忆,却丧失"本质",他"脑海中那成千上万个形象,哪一个是真实的阿帝达斯·金塞罗?……我真的叫阿帝达斯·金塞罗吗?"①

此外,"人"一旦被充分"数字化",继而失去了他的物质身体之后,还会面临着某种失去"终点"的危险(因为数字化可以被无限复制,永不消逝),而这个"终点"正是"生物人"以"人"的身份存在的最为核心的限度与定位,失去"终点"意味着曾经"向死而生"的哲学人便失去了他的中心,以致人们再也无法从"扩展和超越的过程"中获得存在的意义。这正是《星云Ⅵ·掉线》为人们描绘的情境,如果追求永生是传统人类的最后愿望,那么追求死亡反而成为诞生于网络程序中"意识之人"的最初灵魂。正如Lisa(意识与人类无异的AI)告诉金塞罗(最后一个现实中的人类)的那样:"你们人类登上网络球,是为了永生不死;而机器人是没有所谓生死的。但是,我希望能有一个死亡,有一个结局。我希望我作为Lisa死去,你认识的Lisa,擦窗机认识的Lisa……我活过,我存在过,而当我逝去,我的身体、我的思想、我的记忆、我的爱憎……一切都随之消逝,永不再现,但这一切会因此而变得有意义……即使作为RT10015B的AI还能再次出现在某个身体上,但是,那不再是我。我将为此感到骄傲。"②尽管跨越意识边界的人与AI不再有所区分,二者都是数字化符号的产物,但Lisa在追求终点的过程中却获得了定位和灵魂,而传统人类却把"灵魂"埋葬在了"无身体"的虚幻中。这也正如文中所说,"如果

---

① 拉拉:《星云Ⅵ·掉线》,四川科学技术出版社2007年版,第9页。
② 拉拉:《星云Ⅵ·掉线》,四川科学技术出版社2007年版,第114页。

机器人拥有灵魂,那么人类就将不复存在"[1]。可见作者表达了某种隐忧,即人类拆除了思维与程序、身体与信息的界限后,新生的存在者终将"忘记你们",并且当人类"永远在虚幻空间中流浪"时,继续在现实世界中发展。这既是一个无奈的警告,也是某种绝望的希望。

  以上介绍了中国新科幻小说中书写"赛博世界"的三篇代表性作品,它们分别在各自的时代瞻望了虚拟现实、人工智能、赛博世界,以及人类身份的诸种可能,为文学的发展打开了更为广阔的叙事空间。在这一主题下,还有许多优秀的科幻小说,例如刘慈欣的《超新星纪元》、刘洋的《蜂巢》、迟卉的《2030·终点镇》、王诺诺的《地球无应答》、墨熊的《爱丽丝没有回话》、谢云宁的《宇宙涟漪中的孩子》《外面的宇宙》、王侃瑜的《云雾2.2》、宋钊的《世界的误算:完美缺陷》等,这些作品都在一定程度上探讨了某种"后人类"境况及其身处的"赛博世界"的可能前景,为人们"回到未来"做了充分的"思想实验",同时也使中国文学的版图更加丰富而完整。

---

[1] 拉拉:《星云Ⅵ·掉线》,四川科学技术出版社2007年版,第114页。

第九讲

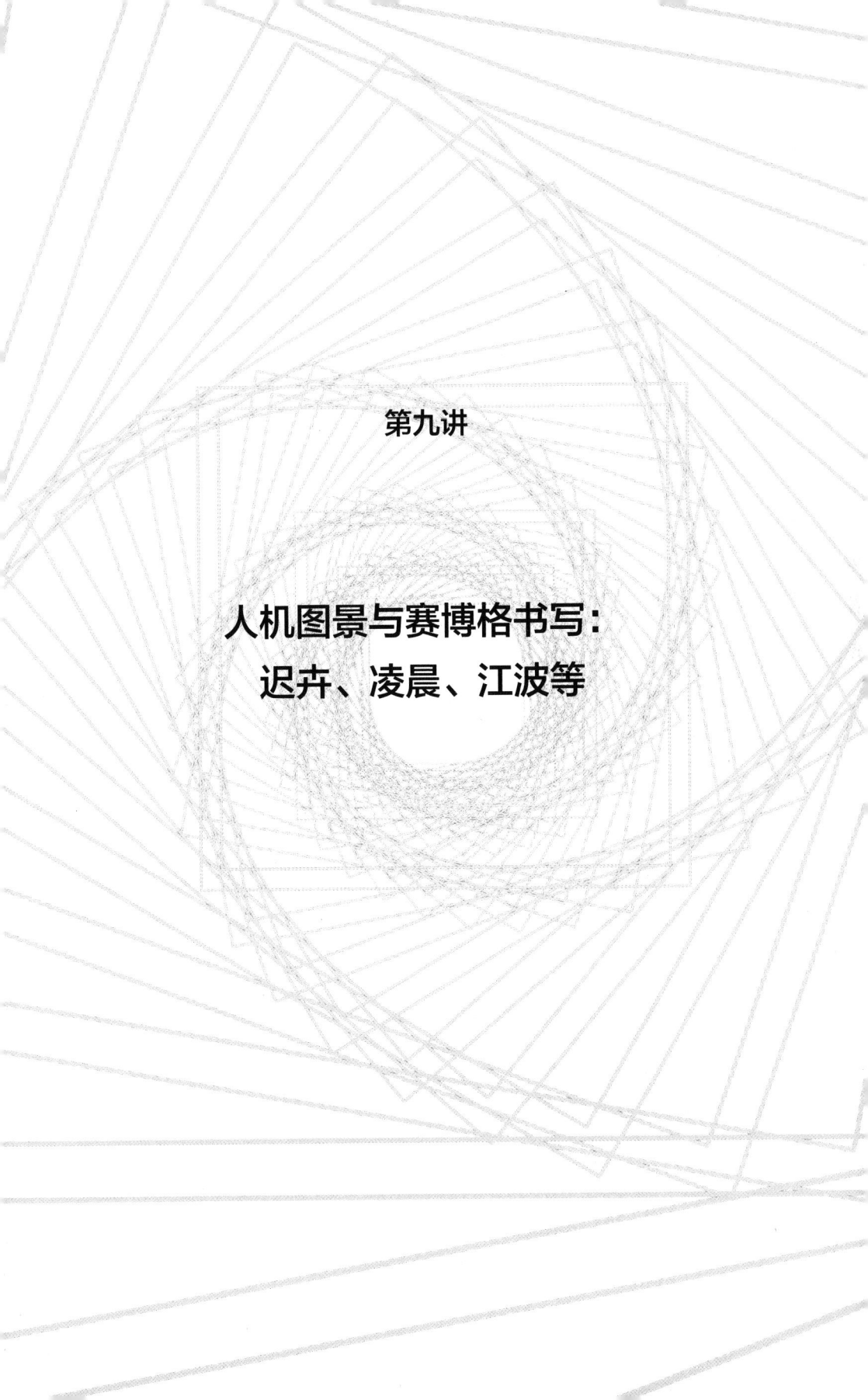

人机图景与赛博格书写：
迟卉、凌晨、江波等

新世纪以来，中国当代新科幻小说塑造了众多"赛博格"①的文本形象，讲述了一种关于人类与智能机器结合的故事。这类主题的大量出现，与当代技术进步有着紧密关系。它描述了一种"人体增强技术"在文本镜像中的继续发展，并塑造了诸多建立在"硅—碳"综合体之上的"控制论活物"②。在新科幻小说呈现的审美视域中，"赛博格"是一种生物与机器

---

① 所谓"赛博格"，即一种机械化的有机体。唐娜·哈拉维（Donna Haraway）在其《赛博格宣言》中提出："赛博格是一种控制生物体，一种机器和生物体的混合，一种社会现实的生物，也是一种科幻小说的人物……生活于界限模糊的自然界和工艺界。"参见［美］唐娜·哈拉维：《类人猿、赛博格和女人——自然的重塑》，陈静译，河南大学出版社2016年版，第314—315页。需要指出的是，"赛博格"这一概念并非由哈拉维提出。它较早地由两位美国航空航天局的科学家克莱斯勒（Man Clynes）和克莱恩（Nathan Kline）提出，其目的是采用机械化的辅助工具来增强人类的能力，以此克服外太空的艰险环境。其后随着控制论的发展，这一概念越来越受到重视，并且广泛传播，在文学领域也产生了越来越多的将人与机器融合起来的故事，由之产生了一系列叙述"赛博格"形象的文本，如《神经浪游者》《机械战警》《攻壳机动队》等，使这一概念逐渐深入人心。国内学者近年来在该领域的研究也逐渐加深，如单小曦认为"凡是借助外物、机械、装置、技术提高性能的人类身体都是赛博格"。参见单小曦：《媒介性主体性——后人类主体话语反思及其新释》，《文艺理论研究》2018年第5期。张之沧认为未来的赛博格是机器与人的共同产物，人逐渐成为一种"'自然+技术'的综合体"。参见张之沧、张卨：《身体认知论》，人民出版社2014年版，第35页。

② 童天湘：《控制论和哲学》（一），《国内哲学动态》1980年第3期。

物复杂缠绕着的"精神—肉身—机器"三位一体的"综合体"。它使"人"对世界的体验越发建立在技术增值的基础上，而"人"的本体也由之不断向技术世界"敞开"。倘若从"本质主义"的立场出发，人们似乎可以轻易得出关于人之"异化"的结论，即"人的生命存在状态的'工具化'与'技术化'"[①]以及人与机器的趋同化等。从表面看来，这或许是传统人文主义视域下的通常结论。然而，新科幻小说却并未落入窠臼，除了此种显而易见的结论之外，其作者继续思考了另一种积极的可能，即人之解放的可能。这种解放并非局限于对"精神主体"的关注，它试图解放的是如美国技术哲学家唐·伊德（Don Ihde）在《技术中的身体》中提出的"第三种身体"——在"科技时代"开始出现的科技意义上的身体。这正是21世纪以来在新科幻小说中出现的，且在传统文学中少有言说的"赛博格"形象。它向人们展示了一种在"科技主体"的视野下，身体继续进行解放的可能。这种可能意味着身体的边界将被科技不断打开，而其主体也会成为某种开放性存在，两者共同反映了某种"后人类主义"式的启蒙理想。

第一节 "病人""非人"与"超人"："赛博格"的身体形态

"赛博格"的形象，意味着对身体边界的首次超越。它在身体"替换"的书写路径下得到表述，呈现出三类主要的样态，即以应对生存危机，被动接受身体"替换"的姿态出现的病态形象，以主动逼近并不断更新那条人与"非人"边界线的姿态出现的可疑的"临界者"形象，以及充满乐观精神的"超人"形象。他们共同表现出与以往人类截然不同的某种"后人类"特征。

---

① 江璇：《人体增强技术的伦理研究》，东南大学2015年伦理学博士学位论文，第44页。

（一）作为"替换者"的"赛博格"

第一类"赛博格"以一种应对生存危机，被动接受身体"替换"的病态形象出现。他们往往被"看作是可以修复失去的各种功能的人"[①]。迟卉在《荆棘双翼》中描写了一群被军方称作"尖刀"的"赛博格"群体，他们是在人类整体命运受到地外"他者"威胁时，为了种族的生存，被迫接受"赛博格"身体的一群战争孤儿。实际上，当他们的传统身体变成"赛博格"的那一瞬间，社会就已经为其贴上了"局外人"的标签，赋予了他们两者皆非的异类形象。正如贝克尔指出的，社会将突破了原先规范的人定义为某种"越轨者"，对于跨越了边界的"赛博格"而言，由此产生的"最重要的影响之一便是个人的社会身份会发生剧烈变化，因为越轨行为的曝光会重新为其在社会上定位，他打破了自己原先的形象，成为另一种人"[②]。值得注意的是，在"赛博格"对身体功能"修复"的同时，也意味着它具备了实现某种"身体增强"的契机，而这种"增强并不是为了使人们从不健康的状态转为健康的状态从而达到治病救人的目的，而是希望人类能够克服当前身体的局限，增强人类各方面的功能或能力从而成为'完备'的人"[③]。例如在萧星寒的《终极失控》中，为了对抗身体机能强于人类的异种文明，部分军人配置了一种"动力外骨骼"的装置，从而成为"赛博格"，以此来提升人体的运动功能。使用之后，他们"能背着200千克的装备，以时速100千米奔跑10个小时而不会感到疲倦"[④]，最后机械与

[①] ［美］克里斯·哈布尔斯·格雷:《电子人国家》，张立英译，曹荣湘选编:《后人类文化》，上海三联书店2004年版，第81页。

[②] ［美］霍华德·S.贝克尔:《局外人: 越轨的社会学研究》，张默雷译，南京大学出版社2011年版，第26页。

[③] 江璇:《人体增强技术的伦理研究》，东南大学2015年伦理学博士学位论文，第19页。

[④] 萧星寒:《终极失控》，清华大学出版社2015年版，第16页。

身体完全融为一体,"你感觉不到外骨骼的存在,它已经成为你身体的一部分"①。然而,新科幻小说塑造的此类"赛博格"形象,由于只是片面地提高了某种能力而获得的"超能力",这便使他们的形象更加类似于哈拉维所言的"怪物凯米拉",是未来的"弗兰肯斯坦"式怪物,例如江波在《机器之门》中就描写了生产这些"怪物"的场面:

> 每一个躺在床上的人都只有残缺不全的躯体,锋利的刀和尖利的针在机械臂的控制下运行如飞。身体的各种部位从手术床上不断被取出来,抛弃在自动履带上,鲜血四溅,被透明的隔板挡住,血淋淋地浸透履带。铮亮的金属部件从天花板上降落下来,繁复而有序地拼接在残存的躯体上……②
>
> 一面镜子展露在桑迪普眼前。镜子里,他看见了自己的头颅,头颅下方没有躯干,只有一条白生生的脊椎,血液已经被清理干净,脊椎浸泡在透明的液体中。残存的头颅透过透明的管子和机器心脏连接在一起,不知道什么时候,管子里流的已经不是红色的血,而是一种浅黄色液体,比浸泡脊椎的液体颜色略深一些。
>
> ……强大到可以抵抗六百度的高温,抵挡火箭弹的爆炸,永远不知疲倦,力大无穷。③

从中人们可以看出,此类出现在冰冷异样氛围里的"赛博格"仿佛附着"鬼怪"一样,其存在的"合法性"会受到读者一定程度的怀疑。

---

① 萧星寒:《终极失控》,清华大学出版社2015年版,第17页。
② 江波:《机器之门》,四川科学技术出版社2018年版,第293页。
③ 江波:《机器之门》,四川科学技术出版社2018年版,第8、10页。

(二) 作为"临界者"的"赛博格"

第二类"赛博格"形象以一种可疑的"临界者"姿态出现。他们总是主动逼近并不断更新那条人与"非人"的边界线,试图探明究竟身体扩展到何种程度,才能保有其"质"的规定性。在凌晨的《待我迟暮之年》中,人类已经掌握了"置换"身体的技术,可以主动选择用机器物替换身体的各个部分。文中杜老向"我"展示了一名置换器官超50%的男人,"他到目前已经'置换'了超过一半的身体,切除了一些神经和腺体,不会再产生任何感情方面的应激反应"[1]。另一名"白衣男子"使用机械替代了一半身体之后,"没有性功能","不需要食物和睡眠"。[2] 而故事的主人公则试图替换全身器官,再培育一个新的大脑,这个大脑的"神经细胞在特制的生物芯片上面生长,已经包裹住了芯片三分之二的表面积,并和芯片之间产生了复杂的电子层面的互动"[3]。作者试图说明,"人"是一点一滴地被改写的,身体改造必将引发"人"之嬗变,至于它的边界,则是模糊可疑的。正由于此种模糊性,使得"赛博格"的一切都处于被观望的状态下——它既非"怪物",亦非一个"标准的人",因此它接受改造的环境也与第一类形象出现的场景截然不同,呈现了一种淡漠的平静:

> 缓缓打开的门外,是同样一尘不染的走廊。淡灰色的墙壁,柔和的灯光,舒适的温度,一起平息来宾躁动的情绪,坦然接受自己选择的命运。[4]

---

[1] 凌晨:《待我迟暮之年》,《科幻世界》2014年第10期。
[2] 凌晨:《待我迟暮之年》,《科幻世界》2014年第10期。
[3] 凌晨:《待我迟暮之年》,《科幻世界》2014年第10期。
[4] 凌晨:《待我迟暮之年》,《科幻世界》2014年第10期。

> 风止了,呼啸声也远去,他不再挣扎,便静静地憩息在虚空之中。①

或呈现出一种神秘的庄严:

> MOW45摘下斗篷帽,马赛克快速移动扩大,但镜头仍然在某个瞬间捕捉到了一个半人半机械的头颅。他像魔术师一般缓缓举高双手,池水配合他的动作开始翻涌起泡,金色波光在四壁和天花板上不安地游动。②

此类"赛博格"形象已经与自我达成和解,冰冷异样的氛围也已消失。他们并非击退强敌的工具,而是一群选择了以此种方式生存的人类个体,其形象更类似于某种进化的"先驱"。

(三)作为"超人"的"赛博格"

第三类"赛博格"形象充满乐观的"超人"精神,是一种"超人类主义"的文本实践。人类在与机器物深层融合之后,获得了前所未有的广阔视域和无限可能,新科幻小说作家更倾向于将其看作是无限前进过程中的一个阶段。例如在萧星寒的《决战奇点》中,"植入系统"消除了不同语言之间的交流障碍,因为"这个年代,借助植入系统的翻译功能,很容易就能读懂墙上的那些方块字"③。而如果"没有植入系统的帮助,卢文钊听不懂那几个喧哗者在说什么"④。不仅交流的障碍被打破,信息的传递与共享也变得更

---

① 张系国等:《超人列传》,福建少年儿童出版社1999年版,第393页。
② 陈楸帆:《这一刻我们是快乐的》,陈楸帆:《人生算法》,中信出版社2019年版,第54页。
③ 萧星寒:《决战奇点》(上),浙江人民出版社2017年版,第3页。
④ 萧星寒:《决战奇点》(上),浙江人民出版社2017年版,第8页。

为便捷，如果需要向对方介绍详细情况，只需要"将一根手指放到耳朵边，然后指向卢文钊，一条信息就传到了卢文钊的植入系统里"①。当萧菁在谈话中听到了某个她不曾了解的项目时，"植入系统立刻向萧菁提供了这项工程的资料"②。更有甚者，连日常较为繁复的工作都在相当程度上被简化，在采访过程中，由于"卢文钊的体内有植入系统，他的眼睛就是摄像机，耳朵就是拾音器，鼻子就是嗅探仪，手臂就是万向天线。他只需要启动植入系统的直播功能，到现场走一圈，配上解说词，就能完成主持人兼记者的任务"③。在此种形象中，植入系统已经成了人们生活中不可缺少的一部分。

由此可见，在中国当代新科幻小说中出现的"赛博格"身体具有多重形象。而形象上的复杂性也正显示出作者们对于此种"后人类"的多元思考。它们不只是一个"异化"的产物，在这些"赛博格"身上，还存在着某种新的可能。它向人们展示了一种在"科技主体"的视野下，身体继续进行解放的可能，也即意味着身体的边界将被科技不断打破，而其主体也会成为某种开放性存在，两者共同反映了某种"后人类主义"式的启蒙理想。

第二节 "赛博格"身体的"自由"状态

（一）"人"的"延伸"

"工具乃人之延伸"是当代"技术哲学"的重要观念。④ 事实上"身体"

---

① 萧星寒：《决战奇点》（上），浙江人民出版社2017年版，第18页。
② 萧星寒：《决战奇点》（上），浙江人民出版社2017年版，第26页。
③ 萧星寒：《决战奇点》（上），浙江人民出版社2017年版，第41页。
④ 该领域的学者认为，人体的结构是"所有工具的源泉和本原，是创造技术的外形和功能的尺度，即工具乃是从人的器官中衍生出来的，是人的器官的投影"。参见王楠、王前：《"器官投影说"的现代解说》，《自然辩证法研究》2005年第2期。

从来没有离开过技术的增补和支持,"人们需要负责设计自己的身体"[①],而与"机器"的某种结合,便可看作是在"后人类"语境下对"身体"的继续解放和完善。在此视域下,身体的"延伸"表征了一种超越的可能,因为只有"延伸",方可"达到"。正如张之沧所指出的,随着当代科技的高速发展,自然与人工相互融合,不断"构成新的人体,使人们普遍成为自然和科技的共同产品;这种'技术人'再也不是原先那种纯粹的自然肉体,而是对自然和机器的双重否定和超越"[②]。那么,"延伸"的身体所要超越并"达到"的又是什么呢?在部分新科幻小说的具象表述中,人们可以发现,"赛博格"们所要达到的是一种更加"自由"的状态,即一种通过"不断改善自身的生存机能与机体结构来提高自身的生存能力和拓展自己的生存空间"[③]的发展状态,这便超越了传统人文主义视野中的那个完美的"维特鲁威人"。

在江波的《机器之门》中,更换了"人工肺"的楚南天能够"在高原上健步如飞,完全没有任何呼吸问题"[④],这是身体结构的提高。在萧星寒的《决战奇点》中,"共情分享系统"可以使观众"感受到主持人所体验到的一切……从而获得在别处无法获得的精神体验"[⑤],因此是一种神经系统的延伸。此外,墨熊《爱丽丝没有回话》中的C种人将部分身体进行了机械化改造,在运动能力上强于普通人数倍。可见无论是机械媒介,抑或是电子媒介,在"赛博格"身上装置的此类"工具",都"是人类感觉

---

① [英]克里斯·希林:《文化、技术与社会中的身体》,李康译,北京大学出版社2011年版,第70页。
② 张之沧:《"后人类"进化》,《江海学刊》2004年第6期。
③ 韩民青:《当代哲学人类学》第3卷,广西人民出版社1998年版,第267页。
④ 江波:《机器之门》,四川科学技术出版社2018年版,第192页。
⑤ 萧星寒:《决战奇点》(上),浙江人民出版社2017年版,第42页。

器官或身体功能的巨大延伸"①。辩证地看,当这些身体器官的"延伸"普遍发生时,人们或许再也无法将其与自然的"身体"区分开来,这意味着最初不断"延伸"的"工具",最终却发展为一个"新器官"返回了"身体"。这便是设计的"自我",同时也是自我的设计。它会从一个身体"外延"的范畴重新凝聚为主体的"内涵",体现了身体对"工具"的某种开放性。因此,当吴克抖出香烟,"习惯性地竖起右手中指想要点火"时,他不禁又"怀念起之前的那条老机械臂了"②。因为这条"老机械臂"正是吴克自我设计的"新器官",它已经养成了吴克的某种"习性",使之成为其主体获得了新的内涵。这正像"具身认知论"所强调的那样,"心智在本质上是基于身体的"③。当人们暂时失去某种"工具"时,并不会感到痛苦,然而当人们暂时失去自身的感官时,却往往难以承受。正如萧星寒所描述的那样,当前往火星观光的乘客因搭乘"太空电梯"需要暂时关闭他们的"植入系统"时,这一短暂的关闭过程会"让他们多么痛苦,而今打开植入系统又让他们多么高兴。……植入系统早就成了我们生命中不可缺少的一部分"④。这正是延伸的"工具"被接纳为身体"新器官"的"真实"写照,同时也表征了人与机器关系的延伸。

(二)身体的延伸与人的解放

"延伸"的"赛博格"们使新科幻小说体现了一种"乌托邦责任",即"一个强有力的未成形的愿望"⑤,反映了人们试图摆脱单调贫乏的生活世

---

① 王楠、王前:《"器官投影说"的现代解说》,《自然辩证法研究》2005年第2期。
② 墨熊:《爱丽丝没有回话》,新星出版社2017年版,第15页。
③ 叶浩生主编:《具身认知的原理与应用》,商务印书馆2017年版,第50页
④ 萧星寒:《决战奇点》(上),浙江人民出版社2017年版,第12页。
⑤ [英]爱德华·詹姆斯、[英]法拉·门德尔松主编:《剑桥科幻文学史》,穆从军译,百花文艺出版社2018年版,第225页。

界、消灭罪恶不公的性别压迫、超越狭窄有限的身体空间、获得广阔多重的自我体验的理想，延伸的身体使个人得以凭借"技术资源来扩展他们的自尊感和自我感，并且增加身体资本"[1]，从而在身体的解放过程中，展现出某些关于个体生死与种族存亡的矛盾冲突，以及主体选择与被动改造后的生命感觉。值得注意的是，当人们借由技术手段延伸了他们的身体，扩展了其"自尊感"和"自我感"时，此种感觉的来源正在于身体的"新器官"能够颠覆自我的设计，使人们可以再次选择成为他试图成为的那个人。

正如詹姆逊所言："在这个新事物身上，我们自己世界的次要属性变成了它的主要属性。"[2] 在《荆棘双翼》中，当纳米机械延伸进入身体的有机质时，便使"生命拥有了惊人的韧性"[3]，化身为"尖刀"的"赛博格"们"可以变化外表，甚至改变生命形态"[4]，这显然都是以往自然身体所欠缺的"次要属性"，此时却被设计提升成一种新的主体，于是当叶燃借此变身"尖刀"时，"人类的感官替换成伯劳的知觉"[5]，他也获得了与之共存的"异类本质"。在《机器之门》中，人们面对的是一个延伸的机器无处不在的世界，在这个世界里，"我们"曾经不变的"主要属性"也可能降格为"次要属性"，但却更有利于生存。例如赛博格化的军人冯大刚，发现"和自己一样的机器化的人类，根本就不需要储存食物。……吃饭对这些血肉之躯的平民来说却生死攸关"[6]。而楚南天经过了机械化的改造之

---

[1] 刘介民、刘小晨：《哈拉维赛博格理论研究——学术分析与诗化想象》，暨南大学出版社2012年版，第32页。
[2] ［美］弗里德里克·詹姆逊：《未来考古学：乌托邦欲望和其他科幻小说》，吴静译，译林出版社2014年版，第164页。
[3] 迟卉：《荆棘双翼》，长江文艺出版社2015年版，第159页。
[4] 迟卉：《荆棘双翼》，长江文艺出版社2015年版，第159页。
[5] 迟卉：《荆棘双翼》，长江文艺出版社2015年版，第58页。
[6] 江波：《机器之门》，四川科学技术出版社2018年版，第224—225页。

后,也忽然发现,自己和其他人一样"都需要用机器来让自己变得更像一个完整的人"①。他本人也从一个保守的"纯种主义者"变成了一个"改造主义者",其所言"完整的人",也就是经由"工具"和"身体"的共同设计之后的"后身体"了。正是这些关于"工具"延伸和"身体"解放的想象,使新科幻小说带上了某种乌托邦色彩,并表现出一个身体"自由"的、"以新力量的形式被展开的"②全新阶段的可能性。

此外,随着身体的不断"延伸",人们在新科幻小说中还能发现"强弱关系"的改变。在文本镜像中,各种形式的"赛博格"在"一场社会关系革命的基础之上"③解构了由"父权"主导的传统社会的性别秩序,向人们展示了某种"后性别世界"(哈拉维)的可能性。迟卉的《荆棘双翼》正是如此,虽然她着意构建了一个人类与异类战争时期的非典型社会,但在这个社会中,性别的秩序发生了改变,可以看出,在经过了"赛博格"改造后,女性拥有了更多可支配的力量,同时也对历史发展之不确定进程有了更大的干涉力。例如被改造后的卓音获得了某种无关性别特征的力量,正是借由此种力量,成为"尖刀"小组的链接核心与实际指挥者,她的"每一句话都自有其力量……她的意志如同钢铁般压制着他,甚至令他感到了一丝恐惧"④。这并非源于"女性主义"对"父权"社会的批判,而是在"赛博格"的语境下,性别已经退居为一个并不重要的身份特征,主体甚至是"无性别"的,因此也使秩序排列的双方都失去了标志。在这些

---

① 江波:《机器之门》,四川科学技术出版社2018年版,第198页。
② [美]弗里德里克·詹姆逊:《未来考古学:乌托邦欲望和其他科幻小说》,吴静译,译林出版社2014年版,第163页。
③ [美]唐娜·哈拉维:《类人猿、赛博格和女人——自然的重塑》,陈静译,河南大学出版社2016年版,第318页。
④ 迟卉:《荆棘双翼》,长江文艺出版社2015年版,第77—78页。

文本里,任何决定未来可能性的因素,都不再是"性征历史中产生的力量"[①],而是由一个全新的"赛博格神话"和一个源于"技术决定论"的重构宇宙所提供的,一种信息的力量。它赋予了"后性别世界生物"重构秩序的能力,同时也"使女性看到了全面解放的希望"[②]。

第三节 "赛博格"理想的启蒙内涵

滥觞于16世纪的启蒙运动将人类从种种不可控的生存处境中解放出来,由此逐渐摆脱了困惑和恐惧。借助于理性和知识,人类的生产力水平极大提高,在掌控和利用自然方面,"人的能力和信心史无前例地在增强"[③]。在此基础上,启蒙运动锻造出一个"人"成为主宰,"人"掌握自然的"人类中心主义"世界观。于是,"文明迈出的每一步都走上对自然进行控制和阻隔的又一个阶梯"[④]。在某种意义上,人们或许可以声称,"启蒙"的要义便在于对外部世界的掌控,它"希望艺术和科学不仅能使人控制自然力量,而且要能帮助人们更加理解世界和自身"[⑤]。然而,在"启蒙辩证法"的逻辑下,对自然和"他者"无限的统治必将走向启蒙的反面,形成权力的独裁。倘若这一演变逻辑是传统"人类中心主义"摆脱不了的魔咒,那么"后人类主义"则试图在实践领域将启蒙的目标从对外在的掌

---

① [美]唐娜·哈拉维:《类人猿、赛博格和女人——自然的重塑》,陈静译,河南大学出版社2016年版,第315页。
② 吴岩:《科幻文学论纲》,重庆大学出版社2021年版,第99页。
③ 赵一凡、张中载、李德恩主编:《西方文论关键词》,外语教学与研究出版社2006年版,第420页。
④ [美]凯文·凯利:《失控:全人类的最终命运和结局》,张行舟、陈新武、王钦等译,电子工业出版社2016年版,第89页。
⑤ 张光芒:《混沌的现代性》,人民文学出版社2007年版,第34页。

控转向对自身的掌控。因此,在一些新科幻小说作者看来,对自身的掌控将会是人类继续解放和进步的另一条路径。在一篇关于重塑自身形态的小说中,王晋康写道:"自然界是变化发展的,这种变异永无止境。从生命诞生至今,至少已有百分之九十的生物物种灭绝了,只有适应环境的物种才能生存。……这条生物界的规律也适用于人类。在我们的目光中,人类自身结构已经十全十美,不需要进步了。……这是一种典型的人类自大狂。比起地球,比起浩渺的宇宙,人类太渺小了,即使亿万年后,人类也没有能力去改变整个外部环境。"①

这便是以自身的变化将"人"从自然限制中解放出来的"后人类主义"式理由。在作者看来,人类唯有控制自身、改变自身,才能继续进步。同时人们应该注意到,无论是传统社会所偏重的对自然环境的掌控,抑或是后现代社会聚焦的对人类自身的掌控,其内核都是对"人"之解放的继续发展。

如前所论,随着科技的发展,人们逐渐认识到征服自然的可能与限度,于是一种如卡西尔所言凝视自身内部的"内向观察就变得越加显著。人的天生的好奇心慢慢地开始改变了它的方向"②。也早有学者注意到"人类的发展归根到底要依靠改造自身而不是改造自然"③,并试图以此来超越并克服那种人与自然之间越发紧张的关系。可以发现,在新科幻小说所描述的"赛博格"世界里,一种"超人"形象正是此种思想的文学表述。此种"缠绕"后的"赛博格"主体实现了控制自身的多重可能,超越了传统身体无法获得的生存能力和时空感觉,显然,某在某些方面比以往的人类更加自由。

例如在《超人列传》中,斐人杰是一名追求真理的科学家,他的毕生

---

① 王晋康:《豹》,王晋康等:《百年守望》,北京理工大学出版社2017年版,第210页。
② [德]恩斯特·卡西尔:《人论》,甘阳译,西苑出版社2003年版,第6页。
③ 韩民青:《当代哲学人类学》第3卷,广西人民出版社1998年版,第267页。

愿望便是对真理的无止境探索，正如他自己所言："有许多问题，我一定要找到解答。即使这得花一两千年，我也愿意。"① 然而，他同时认识到"凡人的生命太短暂了"，要想以现有肉身来实现其愿望则毫无可能。于是，斐人杰决定把自己的身体替换成机械身躯，将生命的时间线掌握在自己手中，由此获得了传统身体无法容纳的时间资源。此外，"赛博格"化的身体不但获得了时间的自由，亦获得了空间的自由，因为通过控制身体外形的尺度和生理的需求，使得"超人"不再需要以往身体所依赖并受限的物质条件，成了"最理想的太空探测家"②。

《决战奇点》中的卢文钊和萧菁，也通过"植入系统"对自身做出了某种程度的改造，实现了更有效率的工作模式和交往模式。这正是一种"运用高新科学技术从而达到迅速改变人类自身的功能与特性以超越现实的阻碍与获得'超人'的生活的追求，是改善人类自身从而更好适应自然的过程。"③ 可见，控制的目的是改善，是超越，是将"身体"这个个人所有的"最后一份私有财产"④ 的控制权真正交还给个人。黑格尔和柯耶夫曾说，对身体的管控，是人超越动物的地方。而身体作为一种生命的限度，一种与动物性密切相关的领域，总是被不可预知的变故和必将到来的死亡所累。因此身体需要控制，身体需要被超越。当病痛侵袭着楚南天日渐衰竭的身体，他唯有选择"赛博格"的身躯才能免除病痛以再度掌控自我，才能重新获得选择的自由，继续在"纷乱的世界上寻找真相"⑤，否则一切都将无视其不愿止步的意志，并迎来无可避免的终结。由此，在新科幻小

---

① 张系国等：《超人列传》，福建少年儿童出版社1999年版，第390页。
② 张系国等：《超人列传》，福建少年儿童出版社1999年版，第404页。
③ 江璇：《人体增强技术的伦理研究》，东南大学2015年伦理学博士学位论文，第36页。
④ 汪民安：《身体、空间与后现代性》，江苏人民出版社2015年版，第23页。
⑤ 江波：《机器之门》，四川科学技术出版社2018年版，第111页。

说的叙述中,"控制"在某种程度上是与启蒙主义设置的诸如"自由""解放""幸福"等目标密切相连的。这种思想并没有脱离启蒙的轨道,而是对它在科技时代的一种深化和补充,因为"它依然根植于启蒙理想,是在人类主体性的概念下各方面具体能力的补强"①。虽然文本中呈现的"赛博格"并未形成完整书写此类"控制"的主题,但散落其中的"碎片"仍然反映出作者自发的以人为本的价值预设。

由此可见,"赛博格"的身体表征了某种人类继续"解放"的可能性,并且为此种可能性在思想和技术层面提供了强大动力,展现了"一种试图克服人类身体有限性的超人形象"②。但是当其无限逼近那个永存的技术身体之后,人们会发现,原本向他者的借鉴或将沦为向他者的转化,人类自我亦成为"赛博格"的注脚。"人"只有作为理性存在者时做出的选择才是自由的,当他无限进入"赛博格"的身体并充分解构了传统的经验、思维、道德之后,便只能呈现出一种"人类'不自由'的状态和'异化存在'……当试图以此回归自我时,实际上迷失的正是自我"③。故而,"赛博格"的身体只是人类在追求解放之路上的一段中间过程,而绝非终极目标,与他者的融合必有其"度"的规定性,"赛博格"的边界必须树立在由多样性、同一性和有限性构成的基础上,否则便会踏上一条从解放到禁锢的自我异化之途,使自由再度走向困境,使真理转而成为谬误。

---

① 张春晓:《从反人文主义到一种狭义的后人类:跨越拟人辩证法》,《文艺理论研究》2018年第3期。

② 李俐兴:《后人文主义:超人还是非人?》,《理论界》2017年第12期。

③ 张光芒:《从"启蒙辩证法"到"欲望辩证法"——20世纪90年代以来中国文学与文化转型的哲学脉络》,《江海学刊》2005年第2期。

第十讲

科幻中的疫病书写：
燕垒生、吴楚等

许慎在《说文解字》中说"疾,病也",又说"病,疾加也"。①由此可见,"疾"与"病"都可用来指称由于某种原因,身体在形态与功能上偏离了正常的状态。然而,细究起来,"疾"与"病"除了在程度上有所差异外,在引起疾病的原因上也有所不同:"疾"从疒,矢声,内里的"矢"指箭矢,意指引起人体病变的原因来自外界。"病"从疒,丙声,"丙"在中国文化中喻指火,与五脏中的心相对应。因而,"病"大多指由身体内部原因导致的身体异常状态。在现代汉语的构词法里,它们二者因表意相似,遂被并列组合成为一个现代语词。随着时代的演进和社会历史对该词词义的形塑,"疾病"一词的含义也越显复杂与多样,这种多样性与复杂性也为人们从文化角度揭示其内部的异质性与社会历史文化因素提供可能。

20世纪90年代以来,科幻作家们在其文学创作中表现出了较为强烈的疾病探索欲望。这种"欲望式"的写作主要集中在三个领域:一是探索现有疾病的未来解决方式;二是展现未来科技阴影下的新的疾病;三是在疾病危机下探讨人类命运。然而不论作者是以何种方式展开他们的科学幻想的,"疾病"业已成为科幻文学和科幻电影的表现主题。有论者指出:

---

① (汉)许慎撰,藏克和、王平校订:《说文解字新订》,中华书局2002年版,第154页。

"在科幻作品当中，罹患疾病的身体是人物命运突发改变的常见因素，一方面，以疾病或瘟疫为叙事主题的科幻作品往往预设肌体的死亡与情节的转变；另一方面，'生化病毒'与'虚拟病毒'等被渲染了后人类主义色彩的科幻元素，导致人类身体变成了亟待解构的空间场域。"[①] 可以说，"疾病"作为一种文学书写的母题，不仅开拓了科幻作家的文学书写场域，也提供了一个全新的"检视"人类社会发展的角度。在以"疾病"为书写对象的几位中国新科幻文学作家里，燕垒生和吴楚的写作因其鲜明的个人特色、价值立场，以及独特的美学体验而成为极耀眼的存在。透过他们的作品，读者可以管窥当代科幻小说中疾病书写的形貌与动向。

第一节 疾病与隐喻的"疾病"

（一）"疾病"的释义

前面说到，"疾病"的本义是指人身体在形态与功能上的偏离，即由健康转变为不健康的一种状态。然而在苏珊·桑格塔、柄谷行人等人的眼里，"疾病"不仅仅指处在现代医学分类表里的那些，还包括很多"隐喻式"的"疾病"。例如，柄谷行人在其著作《日本现代文学的起源》中曾借《不如归》的故事解析了"结核"的隐喻。德富芦花的《不如归》讲了一个凄美的爱情故事：武男和浪子本是一对恩爱有加的夫妻，然而浪子在患上结核病后，便被婆家遣送，与武男再也无缘得见，后在疾病中郁郁而死。与同时期的正冈子规的《六尺病床》相比，《不如归》在日本成为一种文学神话。其主要原因是，浪子与武男凄美的爱情冲击了幕府的封建统治。浪子因结核所遭受的不仅是身体的病痛，更是精神的折磨。她因结核变得美

---

① 王天昊、张春梅：《科幻文艺的疾病叙事与危机意识》，《名作欣赏》2021年第7期。

丽孱弱，从而成了作品的关键之处。浪子的形象也成为浪漫主义形象的代表。众所周知，浪漫主义是随着资产阶级所要求的"自由、平等、博爱"的个性解放思潮而确立的，是在反抗封建领主与基督教会联合统治的基础上建立起来的。在18世纪，由于社会结构的剧烈变动，此前的社会等级制度崩塌，新的阶级开始要求解放和取得地位。当原先的贵族不再是权力的象征，新的"贵族"以高雅、纤细、感性等关键词将自己与前者区隔起来的时候，"疾病"反而成为某种"健康"的象征。换句话说，"当疾病的空气广为扩散，健康也便成了野蛮趣味的象征"[1]。在此之下，浪子的遭遇成为浪漫主义者反对幕府统治的"武器"，成为他们认同和赞美的对象，而造成浪子凄美爱情故事的"结核"也因负载着浪漫主义者的追求与价值认同而有了更深层的含义，甚至成为浪漫主义的象征。基于此，柄谷行人指出："并不是因为有了结核的蔓延这一事实才产生结核的神话。结核的发生，与英国一样，日本也是因工业革命导致生活形态的急遽变化而扩大的，结核不是因过去就有结核菌而发生的，而是产生于复杂的诸种关系网，这失去了原有的平衡。"[2] 就此而言，在剖析文学创作者笔下的疾病时，我们不仅要关注到作为表象的疾病，还要关注到作为隐喻的"疾病"。

（二）燕垒生、吴楚笔下的"疾病"

在《瘟疫》中，燕垒生讲述了这样一个故事：在未来，人们被一种由硅、氢、氧三种原子构成的病毒侵袭。感染了这种病毒的人在两周后皮肤会石化，而等到第四十天左右的时候，一个活人就会变成一座石像。当人们以为酒精是一种"特效药"的时候，实践却表明酒精不是药，而是一种

---

[1] [日]柄谷行人：《日本现代文学的起源》，赵京华译，生活·读书·新知三联书店2003年版，第96页。

[2] [日]柄谷行人：《日本现代文学的起源》，赵京华译，生活·读书·新知三联书店2003年版，第108页。

"毒品"。因为酒精的作用是延缓病毒的活动，所以酗酒之人体内的病毒仍然保持活性，且病毒"活得时间更长，在体内同时生存的个体数就更多，因此在它们代谢时产生的尸体也就越多，到后期人体石化得更快"[1]。为了消灭这种病毒，"我"成了专门收集被石化的尸体并将之焚烧的"乌鸦"。然而一个残酷的事实是这些石化人并没有死亡，只不过因为他们的神经被侵染所以在行动上慢了许多倍。当我得知这个事实后，果断放弃了进入紧急应变司的机会，并且在化身石像前努力靠近那个曾告诉我真相的女孩。在这个故事中，作为表层的疾病显然是由病毒引起的石化症。如果这一病毒的传染趋势得不到有效的控制，那么人类文明将进入黑暗期。然而在这一文明欲求之下，隐藏的却是另一种疾病，即隐喻的"疾病"。当局者在明知这些感染者没有丧失生命的情况下下令将这些人焚烧至死，内心充满了冷酷和无情。而在紧急应变司总部，一个石化后的影星还被当成雕像供人欣赏，让人亵渎。应该说，与石化人相比，这些貌似对人类文明做出巨大贡献的人其实才是断送人类文明的罪魁祸首，毕竟他们已经丧失了人类生存的准则和对生命最基本的尊重。身体被石化的虽然是病毒感染者，然而人心被石化的却是那些自认为健康的"正常人"。

与《瘟疫》相似，吴楚在《幸福的尤刚》《记忆偏离》中也讲述了两种类似的"病症"。在《幸福的尤刚》中，尤二因自身的基因存在缺陷，与牛红梅接连生下的两个孩子都因患有先天性肛门闭锁症而夭折。为了下一个孩子能够存活，他们花了两万元到省城医院做了基因治疗。第三胎生下的尤刚果然变得健康了，然而在一次输血事件中，尤二发现尤刚与自己的血型不符，从而认为尤刚不是自己的儿子。他经过亲子鉴定后发现，自

---

[1] 燕垒生：《瘟疫》，燕垒生：《燕垒生未来幻想作品集》，百花文艺出版社2019年版，第4—5页。

己跟尤刚的基因亲权指数只有百分之九十七点二。这也就是说，当初的基因治疗改变了尤刚的部分基因，使鉴定结果不能支持他与尤二的父子关系。尤二因接受不了尤刚是杂种的事实，以及村里人的风言风语离开了村子。尤二走后，牛红梅为了生计开始摆摊卖煎饼，然而村里的泼皮尤德赖和算命先生崔瞎子出于各自的目的见不得牛红梅的日子过得红火，于是暗中作祟，致使牛红梅流产，她的身体也被拖垮，最终不得不走上以卖淫为生的道路。出走的尤二在外遇到了赌场老板夏天成，而他正是尤刚的"爷爷"——尤刚身上另外百分之二点七的基因来自夏天成的儿子。当他得知牛红梅的悲惨遭遇后，出手教训了尤德赖和崔瞎子。然而尤德赖和崔瞎子也不是吃素的，他们又利用尤刚将夏天成送入了监狱。在狱中，夏天成向尤二讲述了整个事件的始末，并给了他两百万让他照顾好尤刚。尤二为了有一个属于自己的纯种孩子，与曹小纯结合，然而当曹小纯得知自己不能享用两百万的财产时，便与尤二分手并打掉了孩子。尤二以为是牛红梅气走了曹小纯，一怒之下打了她。牛红梅出门后遇到了尤德赖的调戏，万念俱灰的她在杀死尤德赖后自杀了。尤二则在临死前将尤刚改名为"夏秋"，并将他交给了夏天成。从小说叙事的角度来看，故事中虽然遍布着荒诞、滑稽与黑色幽默的色彩，但在整体上却给人一种深沉的悲凉感。王晋康曾评价《幸福的尤刚》令"前沿的基因科技碰上愚昧的世俗观念，增加了故事的张力，也有伦理的深刻"，从而有很强的现实意义。应该说，基因缺陷是存在于故事文本中的一个表层疾病，它直接导致了尤二与牛红梅之间的嫌隙，开启了对尤二、牛红梅两人的精神折磨。然而在尤二的基因缺陷背后隐藏的却是深埋于尤村村民基因中的人性缺陷。

当牛红梅生下尤龙时，村民去医院不是为了安慰牛红梅、消解牛红梅的痛苦，而是为了看热闹，满足自己的好奇心。泼皮尤德赖一直觊觎牛红梅的美色，然而慑于尤二的威力，他不敢贸然行动，但当尤二离开尤村后，他便乘人之危，将牛红梅玩弄于股掌之间；算命先生崔瞎子算计牛红梅虽然不是为了牛红梅的美色，但却是为了打响自己的名头，以求算命生意的兴隆。当夏天成惩治尤德赖、崔瞎子时，尤村人非但没有恶人遭到报应的快感，反而津津有味地看着这场百年难遇的大戏……可以说，与尤刚的基因缺陷相比，尤村人整体的"基因缺陷"更为严重，毕竟他们已经丧失了对生命最起码的尊重，变得堕落与麻木。人性的扭曲与道德的沦丧在这些人身上体现得淋漓尽致。

在《记忆偏离》中，Y市突然出现了一种奇怪的精神疾病——人们一觉醒来后，发现自己的记忆发生了偏离，并且多了许多客观记忆，例如秦文身死、A省地震、副市长徐天因贪污被查。更为诡异的是，这些虚假记忆能和真实记忆正常衔接，并形成完整的记忆链条。为了探究事情的真相，秦文和弟弟秦武开始了一系列的调查，所得的证据表明Y市市民出现的记忆偏离症与盘古强子对撞机此前所进行的粒子对撞实验有关。当秦文就要相信这一结论时，秦武的发病时间使得这一假设不再完美，再次探求后，他发现背后的始作俑者是周诚。这也就意味着病人的记忆发生偏离不是因为某种超自然现象，而是人为篡改的结果。在所有证据面前，周诚供认不讳，并主动修改了自己的记忆，以使自己忘记修改记忆的方法。正当秦文以为事件就此结束的时候，记忆偏离症在A市大量暴发。继续深入调查后，秦文发现幕后主脑其实是自己的父亲秦山，而他之所以这样做，是为了要改变当下社会对某些人的不公平待遇，以及帮助秦武"改邪归正"。毕竟"当记忆偏离者从少数派变为多数派之后，记忆世界，将会反作用于现实世界"[1]。这也就意味着当少数派变成多数派的时候，他们就不再会被视为疯子，而会变为正常人，而此前正常人认为是正常的世界也将变得不正常，

---

[1] 吴楚：《记忆偏离》，作家出版社2019年版，第298页。

世界将以记忆偏离者所认为的样子发展。在这里,作者提供了一个认知悖论:当M世界的记忆占少数时,记忆是偏离、不可信的,但当M世界的记忆占多数时,记忆就可信了吗?同样,在现实世界中,秦文的酒后查房并不是事实,然而当悠悠众口以讹传讹之时,虚假的事实便也成了真实的记忆。经此,一种由记忆所导引的隐喻的"疾病"便呈之于众,而这背后所关切的正是人性与伦理的哲学命题。

第二节 疾病阴影下的爱的美学

(一)"乌托邦"与"恶托邦"的文学表现

在科幻文学的研究中,"乌托邦""恶托邦"经常被研究者拿来指称某种未来场域。有论者指出:"乌托邦文学表现人类社会的理想状态,再现幸福与美好。反乌托邦(Dystopia)又译'恶托邦''反靠托邦''敌托邦''废托邦'。恶托邦辛辣讽刺地质疑乌托邦,揭露社会黑暗面:物质文明泛滥并高于精神文明,表面提高了人类的生活水平,而本质上在掩饰空虚的精神,人类在高度发达的技术社会并没有真正的自由,以预见式的笔触描述科技高度发达的未来社会对人性的禁锢,警示文明发展。"[①]然而在乌托邦、恶托邦之外还存在着另外一种未来场域,即爱托邦。"爱托邦不是恶托邦,而是在人性善恶的太极轮回转化中完成的,所谓美好常会转向丑恶的一面,反之亦然。恶托邦是爱托邦的对比项、反衬物。"[②]因而在恶托邦的存在处必有爱托邦的存在,而爱托邦的存在处也必然有恶托邦。

[①] 凌逾:《赛博与实存的跨界太极——论王十月科幻小说〈如果末日无期〉》,《南方文坛》2020年第1期。

[②] 凌逾:《赛博与实存的跨界太极——论王十月科幻小说〈如果末日无期〉》,《南方文坛》2020年第1期。

燕垒生、吴楚在以疾病为书写对象的科幻文学作品中所展现的"恶托邦"主要表现在以下两个方面：

首先是人性的恶。《瘟疫》中的司长明知石化人在完全石化后不具有传染性，而且石化人仍旧是有生命的情况下，仍然命人收集并焚烧石化人。而那些前去执行任务的"乌鸦"为了能够成为安检员也不曾停下收集、焚烧的举动，即便是在已经知晓最高机密的情况下。《幸福的尤刚》中的尤德赖为了满足自身的好奇心，愿意花费一百元去医院看望牛红梅的儿子，在完成猎奇之后，又以此为商机大发横财。当他在医院得知尤刚与尤二的血型不匹配后，立马想到尤刚与尤二在生殖关系上可能存在问题，为了实现自身对尤二的"超克"，他四处散播牛红梅与他人通奸、尤刚不是尤二之子的消息。在牛红梅流产并遭到崔瞎子敲诈之际，尤德赖趁机唆使牛红梅与自己发生关系，并在酒后大肆宣扬他与牛红梅的苟且之事。当夏天成的淫威施于己身时，他又化身成夏天成的帮凶，用水浇崔瞎子以取悦尤刚与夏天成。在夏天成被捕后，他因嫖妓身患花柳病，为了免于妻子的责罚又将罪责推到牛红梅身上，致使全村人都以为牛红梅是一个满带肮脏与污垢的人。即便是尤二回来之后，面对被打的牛红梅，尤二仍没有放弃侵占她的欲望，还试图在店里对她实施强暴。尤德赖之外，崔瞎子虽然眼瞎但心却不瞎，这里的"不瞎"并不是说崔瞎子心地善良、明辨是非，而是说他富有心计。他在牛红梅接连生下患有先天性肛门闭锁症的婴儿后说牛红梅克夫、命犯煞星，所有与她亲近的人都没有什么好下场。然而牛红梅煎饼摊红火的生意让他的预言没有应验，严重影响了他算命的可信度。于是，他便从尤刚那里套取牛红梅生活的经历，编造有关牛红梅的谣言。尤刚将他打伤后，他又故意讹诈，致使牛红梅破产，从而确证了自己的预言。除了他们之外，尤村的村民也麻木不仁，丢掉了人性中的善。当尤刚不是纯种的消息传出去后，他们在旁边煽风点火；当牛红梅以出卖身体为代价换取生活资本的时候,他们落井下石;当尤德赖、崔瞎子被夏天成惩戒的时候,他们站在一旁欣赏这一道不可多见的"风景",这一场不可多得的"演出"。当尤德赖污蔑牛红梅是个"饥渴且寂寞的深闺少妇"时,他们则在一旁添油加醋,演绎着不同版本的"牛红梅卖淫记"。从某种程度上说,他们是隐形的刽子手,是被抽空人性的愚昧国民,从他们身上,我们不仅可以看到人性的冷漠,更能看到人的存在的全部荒谬性。《记忆偏离》对人性恶的书写虽然没有《幸福的尤刚》那么强烈,那么深刻地刺痛人心,但也谱写了普通人的劣根性。当Y市出现记忆偏离症患者时,徐天为了遮丑,故意隐瞒实情。周诚、林泉、秦山等人则为了一己私利肆意篡改他人的记忆。从某种程度上说,在这些科幻小说中,先进的科技已退化为某种背景,成为作者借以探讨人性的某种视角与方式。

其次是伦理的失序,而这种失序的第一种表现便是亲子伦理的失序。在《幸福的尤刚》中,尤二固执于所谓的"纯种",对尤刚始终存有偏见。这种偏见使得他与牛红梅的感情破裂,以致在故事的最后,他失手打了牛红梅并让自己的亲生儿子改认他人做父。而在《记忆偏离》中,秦山为秦文的不平遭遇感到不公,又为秦武的堕落感到愧惜,为了拯救二者,他不惜篡改十几万人的记忆。然而,秦山这样的做法虽然能在某种程度上改变秦文、秦武两兄弟的命运,但并不是以一种合理的方式。在得知真相后,秦武直接对此提出了反对之声——"从小到大,我一直很叛逆,你一次次地纠正我、批评我,但我依旧我行我素。在你心里,早已设计好了我的人生道路,所以,当我的行为、我的选择,偏离了你期望的轨迹后,你便通过改变记忆的法子来改造我、纠正我。这是因为,在你眼里,我就是一个失败品。"[1] 诚然,秦文、秦武的遭遇有各种为秦山所难以接受的存在,但

---

[1] 吴楚:《记忆偏离》,作家出版社2019年版,第324—325页。

他能做的是以人父的身份予以指导，而不是以某种工程师的身份予以设计。除此之外，伦理的失序还表现在社会伦理的失序上。在《瘟疫》中，男子为满足自身的性欲，意图强奸同为感染者的女子。在《幸福的尤刚》中，面对牛红梅的悲惨遭遇，乡亲邻里非但不给予关心与宽慰，反而落井下石——尤德赖趁机占便宜，崔瞎子讹诈医药费，其他成员散播谣言、恶意中伤。应该说，导致牛红梅身死的并不只是尤二、尤德赖、崔瞎子这几个直接的行凶者，还有那些漠视生命、缺乏同情、麻木不仁的尤村村民。

（二）"恶托邦"之上的"爱托邦"

在这种混乱与失序、污浊与丑恶的现实境遇中，"爱托邦"恍如一颗明珠，闪亮在漆黑的夜空中。有论者指出："爱托邦不是乌托邦，不是空想主义，而是在深切理解现实残酷基础上，依然对社会、生活、人类文明抱有希望和信心。"[①] 可以说，正是因为"爱托邦"的存在，燕垒生、吴楚的疾病书写才具有了人道主义的光辉。《瘟疫》中的"我"在幼儿园遇到那个"女孩"后，知晓了石化人也是有生命的这一最高机密。为了她，"我"放弃了焚烧那些石化儿童的想法。当"我"有机会晋升为安检员时，"我"愤慨于高层蔑视石化人生存权利的做法，毅然决然地退出晋升序列。故事的最后，已经石化的"我"努力靠近那个启迪我的女孩。在故事中，"我"与女孩间的情愫是复杂的，这是因为其中既包含着"我"对女孩的爱慕，也蕴含着两个人对每一个生命的热爱与尊重。在《幸福的尤刚》中，尤二虽然离家出走，但牛红梅并没有为此丧失对生活的期待。她购置了三轮车和煎饼炉子在学校门口摆摊卖煎饼，生意的兴隆让她觉得生活充满了希望。她也满怀着期待时常前往火车站等候尤二的归来。突如其来的厄运

---

① 凌逾：《赛博与实存的跨界太极——论王十月科幻小说〈如果末日无期〉》，《南方文坛》2020年第1期。

让牛红梅丢掉了卖煎饼攒下的积蓄，并跨出了寻常女性难以逾越的心理障碍——出卖身体，以换取她与尤刚的生活物资。即便如此，她仍保有对生活的希冀与期待。在尤二归来之后，她还因心感愧疚主动照顾怀有尤二孩子的曹小纯。可以说，在那个充满泥泞与污浊的乡土空间里，牛红梅因她的爱与执着照亮了尤刚的心，给尤刚提供了一个充满爱与温馨的生活环境。这种母性的光辉在尤德赖、崔瞎子，以及一些村民的"恶"的烘托下显得尤为珍贵和难得。在《记忆偏离》中，秦文虽然遭人诽谤而身处逆境，但当赵春梅因病寻求诊治时，他还坚守着一名医生的责任与担当，尽心尽力地为其诊治。然而赵春梅在徐天等人的洗脑治疗下发生了严重的精神分裂，最终跳楼身亡。为了避免悲剧再次上演，他决定去寻找患者发病的原因、寻求治疗方法。当他得知一切都是周诚所为时，出于对周诚的情谊，他没有选择将之扭送到司法机关。在记忆偏离症再次暴发时，秦文又义无反顾地走上了拯救民众于水火的道路。身处事件旋涡中心的秦文没有因他人的诽谤、权势的威压放弃作为一名医生的职责，他以自身的爱和对生命的尊重探索着未知的领域，努力拯救着每一个被疾病困扰的患者。

通过上述分析，我们不难发现，燕垒生、吴楚的疾病书写虽然带有戏谑、荒诞的色彩，但是他们从未停止对严肃问题的思考。在《瘟疫》《幸福的尤刚》《记忆偏离》等作品中，作者以人性的恶为背景，执着地赞扬着人性的善，而这种基于人情、人性，以及人道主义之上的"爱托邦"的建构也使得他们的小说极具哲理意味，能够启发人们重新思考爱是什么、人应该如何在世界上存在等哲学命题。

第三节　生命价值的确认方式

"人固有一死,或重于泰山,或轻于鸿毛,用之所趋异也。"[1] 司马迁《报任安书》中的这句话经常被人们拿来作为自己的人生格言,主要是因为这句话精确传达了个体生命的价值确认方式。司马迁随后又说:"太上不辱先,其次不辱身,其次不辱理色,其次不辱辞令,其次诎体受辱,其次易服受辱,其次关木索、被箠楚受辱,其次剔毛发、婴金铁受辱,其次毁肌肤、断肢体受辱,最下腐刑极矣!"[2] 这是司马迁在特殊历史处境中对世人如何守护节操的论定。然而时过境迁,司马迁对轻与重的某些论断已经不太适应当今的社会,然而我们还必须承认的是,一个人个体价值的存在往往来自他对集体的贡献。换句话说,个体价值的确认方式与评价标准不来自个体本身,单个的个体也无法形成某种价值评判准则,人作为一种社会性的动物,他的价值确认方式必然来自社会。

在《瘟疫》中,作为"乌鸦"的我负责收集并焚烧已经被病毒感染的人,以防止病毒的扩散和蔓延。从保全人类文明的角度来说,"我"的社会价值是不言而喻的,然而当"我"知道石化人是另一种生命之后,"我"产生了巨大的疑惑:

生命是什么?那么脆弱。石头比我这种血肉之躯坚固多了,然而

---

[1] (清)吴楚材、吴调侯选编,谢普译注:《古文观止》,煤炭工业出版社2019年版,第120页。

[2] (清)吴楚材、吴调侯选编,谢普译注:《古文观止》,煤炭工业出版社2019年版,第120页。

如果他们还有生命，他们却只是一堆可以让我随意消灭的沉重的垃圾而已。

可是，我有权利这么做吗？①

当"我"产生了此种疑惑，并在验证此种疑惑之后选择放弃成为安检员的时候，从某种程度上说，"我"已经偏离了当时的价值标准——保全自己，然而从更高层的视角，即物种保存的视角而言，正常人与石化人之间不存在等级的差异，他们是两种不同的生命。出于对生命的尊重，"我"不再焚烧石化人，还主动帮助正在遭受欺辱的石化人。应该说，当"我"从原先的价值评判尺度转到后一种价值评判尺度之后，"我"实现了个体生命价值的超越，从而在更广的维度上证明了自身存在的意义。

在《幸福的尤刚》中，牛红梅对个体生命价值的认知经过了几次转型。最开始的时候，她认为自己的目标是为尤二生下一个健康的孩子，当这一愿望在基因治疗的帮助下完成时，她感到了幸福来得那么突然又那么容易。然而当出轨风波冲击到尤二与牛红梅的感情之时，牛红梅深知那是谣言，仍然坚信尤刚是她与尤二的亲生儿子，因此她并没有惊慌、堕落。尤二离家出走以后，牛红梅虽然很伤心，但她把尤刚视为尤二终究会回来的理由，尽心竭力地照顾着尤刚。尤二的回归虽然给牛红梅带来了短暂的幸福，但也带来了巨大的痛苦，在与曹小纯交流之后，她发现了事情的原因。

牛红梅听曹小纯说完，觉得脑子里有两栋大楼轰然倒塌了。牛红梅没上过学，不然她会知道这两栋大楼分别叫"人生观"与"价值观"。

---

① 燕垒生：《瘟疫》，燕垒生：《燕垒生未来幻想作品集》，百花文艺出版社2019年版，第24页。

这两栋大楼倒塌后，牛红梅终于弄明白自己为什么会忍着屈辱照顾曹小纯了。她发现自己始终怀着一丝愧疚，她为没能给尤二生下一个纯种的后代而愧疚，她希望能借曹小纯的子宫弥补这个无法弥补的缺憾。①

这也就是说，牛红梅此前的价值确认方式是以尤二为尺度的。能为尤二做什么成为她生存的理由，当两座大楼倒塌之后，她终于找到了自我。于是，当尤德赖再次找到牛红梅想要施以暴行的时候，她大胆地举起了屠刀，刺向这个带给她精神与肉体双重折磨的恶魔。虽然牛红梅最后死去，但是她找到了新的价值确认方式——她摆脱了精神上的附属地位，重新找回了自我，确认了自我，也更新了自我。

在《记忆偏离》中，Y市虽然出现了记忆偏离，但秦文的价值观念并没有偏离。在遭受到无端诽谤之后，秦文依然兢兢业业，细心为求诊病人诊治。当医院出现不作为的状况时，他也挺身而出，尽自己最大的力量挽救患者的生命健康。为了不让发病率提升，他联合秦武探查事件的起因，追索事件的真相。故事的最后，他俨然成为现实世界的无名英雄。应该说，秦文自始至终都坚守着作为一名医生的良知，承担着治病救人的责任。也正是在这一过程中，秦文摆脱了此前他人恶意诽谤给自己的身心所造成的影响，重新肯定了自己工作的意义与价值。

由上述分析可以发现，牛红梅在个体层面重新发现了自身的价值，秦文在社会层面再次确认了自身的价值，"我"（《瘟疫》）则在物种层面肯定了个体存在的价值。虽然对他们个体价值的确认方式、评价标准各不相同，但是我们可以清晰地发现，他们都找到了自己生命的可能性。与之相比，

---

① 吴楚：《幸福的尤刚》，作家出版社2020年版，第350页。

紧急应变司司长、安检员、尤德赖、崔瞎子、徐天等人则表现出明显的价值虚无性。司长和安检员貌似高高在上，但他们的价值认同都来自自己本身，可以说他们都是精致的利己主义者。尤德赖、崔瞎子也是如此——尤德赖之所以去医院看望牛红梅，除了满足自身的色欲外，还为了增加小店的营收。他之所以百般欺辱牛红梅，一是为了得到牛红梅的身体，二是为了报复尤二，"超克"他加于自己身上的耻辱。崔瞎子之所以陷害牛红梅，一是为了满足自己变态的报复欲，二是为了能够以此在尤村内外树立威信。此外，徐天之所以百般阻挠治疗的进程，也是怕自身的违法犯罪行为被泄露出去。就此而言，他们行动的根源都是自身的欲望，他们行动的目的也是为了满足自身的欲望。因此，一旦自身的欲望得不到满足或者欲望满足的希望落空，他们便失去了立足之处，成为价值虚无主义者。

由此可见，燕垒生、吴楚的疾病书写虽然是以科幻的方式进行的，但是其价值旨归是非常贴近现实的。从这一层面而言，他们的疾病书写也应归在"科幻现实主义"写作或"未来现实主义"写作之下。有论者在评价《幸福的尤刚》时表示这是一本让人怀疑是否被错归入"科幻"门类的科幻小说，因为它在将生物技术与乡村伦理相结合的时候，是以现实性的启蒙理性为切入视角的，从而使小说折射出了深刻的科学人文反思精神。然而，正是这些作品所折射的深刻启蒙精神使得它们成为融合纯文学与类型文学的一种典范，为后来者指明了一条通向未来科幻文学创作的可能路径。

第十一讲

柳文扬、程婧波的时间循环叙事与科幻哲思

作为科幻文学创作母题之一的时间与空间一样，是人们展开头脑风暴与未来想象的理想之地。在现代生活中，人们往往是通过钟表或者其他时间计量仪器感知时间的存在。这也就是说，是钟表等计量仪器将不可见的时间外化成为可见物，从而使得虚幻的时间变成貌似可以被分割、被计量、被数字化的实体。需要注意的是，人们这一认识的形成，主要与现代人所接触的跟时间概念相关的知识型和认知谱系有关。在这一知识型之下，人们认识到了时间是线性且向前发展的——它只能前进却不可折返。随着爱因斯坦相对论的提出，人们逐渐改变了对时间的传统认知，时间不再是同质的、不变的、一直往前的，时间具有了相对性，它可以自由地压缩和伸展，甚至是变换方向。与此同时，天体物理学、量子生物学、物质结构学等自然科学领域的一系列突破性进展也极大程度地改变了人们的视野与思维，从而引发了人们对时间的多种认知与想象。

　　在传统的科幻小说中，人们的科学幻想往往建立在传统的时间认知中——无论是以何种目的展开的有关未来的远景想象、中景想象，还是近景想象，都在时间上展现出未来对当下的超越。在一些描写穿越回过去的科幻文学作品中，其剧情也大都离不开穿越者依据现代知识对传统生活方式的指导与改进。而在柳文扬、程婧波等一批新科幻小说创作者那里，他们突破了传统科幻作者展开科学幻想的时间模式,开始探寻作为"存在"的时间本身。时间循环模式也逐渐成为他们展现自身时间哲学、生命哲思,以及文明想象的一种重要方式。

第一节 时间循环结构与时间循环想象

(一)时间循环结构"格式塔"

通常来说,"循环"指事物周而复始的运动状态。它的特点是物体经过某种周期性的运动后又回到了最初的位置,从而形成了一个闭环。"时间循环"在借用"循环"的这一本义后,将运动的"物体"换作了"时间",从而指称时间在经过某种周期性的运动后又回到最初的位置而形成的一种闭环状态。当然,"循环"一词还包含着一种连续性的概念,因此,"时间循环"也就意味着时间处于一种连续性的运动之中。

从历史以及文化渊源的角度来说,中国人对时间循环的观念并不陌生。在中国古代朴素的唯物哲学中,人们根据事物的属性将其分为阴阳两大类,并指出阴阳在一定条件下是可以相互转化的。此外,人们还依据事物的特性,将世间万物分为金、木、水、火、土五大系统。五行之间也存在着相生相克的关系。此后,有人将五行观念运用到社会发展的朝代演进之中,他们"将黄帝、大禹、商汤、周文王的建朝依次比附于土德、木德、金德、火德,并预言火德之后是水德主运,也就是说周代之后新的王朝一定是水运王朝。五德终始,即王朝按照各自德运相胜相代,循环往复,那么水德之后又将以土德代之,进入新的循环"[1]。基于此,历史便在这种循环往复、不断更替的框架结构中变化发展。此外,印度教、佛教、婆罗门

---

[1] 刘少哲:《五德终始说的演进》,《法制与社会》2017年第19期。

教等教会观念也对中国人的时间循环认知产生了重要的影响，其中尤属佛教对中国的影响最大。佛教自两汉时期传入中国后，对中国人的观念塑造产生了持久而深远的影响。佛教讲求因果循环，认为前世的因造就今日的果。因此，现世的人之所以有所差别，一切都是"业力"在起作用。由此，佛教认为唯有今生积德行善，来世才能有福报。如果此生为非作歹，那么来生必将受到惩罚。这也就是说："当你现在受过去所作业的果报时，你正在造未来的业因，一切都是同时发生、循环无终的。"[1]综合来看，中国人对时间循环观念的认知有其自身文化因素的影响在里面。

当然，抛开历史因素不谈，在心理层面上，人们也时常渴望时间能够重来。因为人类没有预知未来的能力，不能判定某个决定或某种行为将招致什么样的后果，所以他们时常会后悔此前的某种行为，从而渴望时光能够倒流，以弥补曾经犯下的错或对未来重新进行选择。这种"从头再来"的心理也在某种程度上加剧了人们对时间循环的兴趣与欲望。随着现代科技的进步与人类自然科学知识的发展，人们逐渐能够接触到此前这种想都不敢想的问题，从而在一定程度上使得人们敢于展开幻想，思考时间的本质、时间如何循环，以及时间循环之后会怎样的问题。

在传统的故事结构中，循环叙事往往与轮回、宿命式的主题相呼应，主人公无论如何挣扎都逃不出某种宿命，时间也在这种宿命的轮回中好像不曾改变。在老舍的《月牙儿》中，母亲为养活"我"不得不做暗娼，"我"在羞于向人提及母亲职业的同时又对母亲的牺牲满怀感激，这让"我"对母亲又爱又恨。为了改变现状，"我"努力拼搏，希求自食其力。然而现实的严苛让"我"找不到一块容身之地，万般无奈之下"我"走上了跟母亲一样的道路。在这里，老舍通过宿命式的轮回批判了20世纪30年代的

---

[1] 邱子庆、朱哲、翟红蕾：《六道轮回图的宗教内涵》，《佛教文化》2006年第4期。

社会。对于母女二人来说，时间虽然一点一点在流逝，但那种悲惨的命运却不曾因时间的流逝而改变。女儿的时间仿佛被拉回到母亲的身上重新出发。从这一角度来说，时间循环是为了增加文章的批判力度，时间在这里并不是故事所要描写的核心，它的出场是为了更好地服务于作者的社会历史批判主题。然而在柳文扬、程婧波的科幻文学作品中，时间从幕后走向了前台，成为既是手段又是目的的主角。

（二）柳文扬、程婧波的时间循环想象

在《T-mail》中，科技的进步使得粒子超光速技术初步成熟，互联网被建成了思维网络，从而使得跨时间的往返通信成为可能。故事一开始，"我"收到了一封署名为13年后的自己发来的邮件，他让"我"注册TMW的邮箱以成为T-mail（时间邮件）的管理员，负责筛查往返于思维网络的信件是否有违背T-mail准则的行为。在经历了最初的怀疑后，"我"真的持证上岗了，并在工作的过程中结识了一位小姐——她因为系统自动处理器的错漏导致了男友与之分手，当她为了拯救某位患疑难杂症的小男孩向我求救时，我出于某种同情告诉了她本应在2047年才能产出的药物的配方，这使我违背了T-mail准则，此后不能再当管理员。在离职前，我告诉了她如何见到2000年的自己的方法，当她见面后追问我的联系方式时，下一任管理员告诉她"我"已经离职了。有意思的是，在文章的开篇，作者写道，"我被录用为二〇一三年T-mail管理员，也就是说，你一样要成为二〇〇〇年的T-mail管理员"[①]，而故事的结尾处，新上任管理员的第一封邮件发出的时间是2013年。这也就是说，新一任管理员和前一任管理员其实是同一个人，只不过他因为违反了规则被施以严重的惩罚，从而失去了之前的记忆。当前一个"我"和后一个"我"都是"我"的时候，

---

① 柳文扬：《T-mail》，《37：柳文扬科幻小说选本》，百花文艺出版社2013年版，第114页。

时间在"我"身上形成了一个闭环。在《外祖父悖论》中，作者则借老苏的实验探讨了"外祖父悖论"的问题。所谓"外祖父悖论"就是说，当你穿越到外祖父的年代，阻止了外祖父与外祖母恋爱，那么，就不会有你母亲出生，没有母亲也就没有你，那么，现在的你又是如何存在的呢？在探寻这一问题的答案过程中，老苏制造出"时空穿梭机"，然而在实验过程中，老苏没有实现穿梭却消失不见了。原来，老苏制造出来的是一台返老还童机，它在逆转物质运动的过程中将老苏逆转到了不曾存在的状态。正当大家疑惑不解时，高远解释道，若想真的实现时空逆流，需要制造出一种能将世界装进去的机器，届时，你在机器外看世界逆流便实现了时空穿梭，而这也解决了"外祖父悖论"的问题——因为你是原有世界运行的产物，当"你破坏了婚姻之后，世界又按另一种'情节'运行了一次"，而"你不需要再次出生"①。在《一日囚》中，柳文扬则想象了一个可怕的循环时间囚笼。B先生被预置在一个循环的时间结构中，生命永远在重复8月18日这24小时的生活。这就像将B先生放在一个有着环形轨道的"胶囊"中，然后再把这个胶囊放到时间的长河里，其他人的时间是不断向前流淌的，而B先生只能重复着属于自己的24小时生活。故事的最后，B先生死于长久的孤独和生命力衰竭。应该说，柳文扬的科幻写作在想象时间循环对人类生活所造成的影响的同时，也在一定程度上触及了时间哲学的命题。

与柳文扬相似，程婧波在《西天》中也利用时间循环追索了人类文明的起源。在故事中，"我"根据玛雅人的观测记录，到一个距离地球八十万光年的T29415行星上追寻"西天一号"失落的踪迹。当探测器飞

---

① 柳文扬：《外祖父悖论》，《37：柳文扬科幻小说选本》，百花文艺出版社2013年版，第407页。

入这一行星后,我们找到了十六年前"西天一号"曾进入这里的痕迹,然而经过一系列的科学测量与实际探访,我们发现"西天一号"已经在这里存在了100万年之久。经此,我发现了人类文明的秘密——"西天一号"穿过虫洞后来到了100万年以前的T29415号星球,给这里带来了现代人类文明。而这里的猿类文明发展起来后将一颗较小的恒星改造成了变星,几千年前的玛雅人通过观察变星亮度的周期性变化发展了玛雅文明。经历了这个过程,一条首尾相连的文明发生的闭环形成了,而使这一闭环得以生成的"罪魁祸首"则是那条偷吃时间的"虫子"——虫洞。

从某种程度上说,柳、程二人关于时间问题的科幻文学创作改变了人们对时间的通常认知,也丰富了人们对未来的想象方式。这种时间意识的自觉一方面来自现代科技对人类的启蒙,另一方面也彰示出人类对掌控时间的渴望。应该说:"面对作为主体的时间,人类无从改变它,只能探索它的运动规律,将所获得的知识作为代际传递的经验,并大胆想象利用穿越来使自己的能力获得膨胀。"[①]

第二节 时间循环叙事下的主体性探求

在柳文扬、程婧波以时间循环为叙述主体的科幻文学作品中,其表层结构首先也必然是以时间循环为主体的科幻想象,然而仔细考究故事的内部结构,我们可以发现,作者所要探讨的远非是基于时间命题的科学幻想本身。应该说,对于大多数中国新科幻文学作品来说,其内部的质核都是"人如何在世界上存在"的问题。这也就是说——从科幻小说的创作动机

---

① 黄鸣奋:《我国科幻电影的时间想象》,《中国海洋大学学报(社会科学版)》2020年第5期。

来说——它的诞生始于人，终点也在于人。然而，"时间的本质特征决定了我们无法对它进行单独的自然科学研究，更无法观察或体验到'时间本身'。若要理解时间的本质，只能通过概念转喻和概念隐喻等认知手段来实现"[①]。就此而言，科幻小说研究的题中之义便是考察科学幻想背后的人，即通过观察科技进步对人的生活造成的影响来反思当下。有研究者指出："对时间循环的超越，既表现为开发可以自主控制时间循环从发生、推进、终结到重启全过程的技术，又表现为将上述技术用于社会治理、危机拯救等领域或场合，同时还表现为彰显善良人性的价值，将自我牺牲精神当成摆脱时间重置束缚的关键。"[②] 由此看来，评价一部科幻文学作品是否属于经典，除了要看它自身是否表现出非凡的科学幻想能力外，更重要的是看它能否展现对人的主体性关怀。

（一）科幻写作中的人性审视

在柳、程二人的科幻文学书写中，这种主体性的探求首先体现在由人物行动所展现的人性审视中。在《T-mail》中，"我"本应遵守规则，做一个严格按照规章制度办事、丝毫不带个人情感的监督者，然而作为一个活生生的人，"我"不可能像一个冰冷的机器。于是，"我"偷偷告诉老人如何获取生的希望，私下里帮助小男孩到未来寻找能够帮助他摆脱死亡威胁的药方，甚至还会在潜意识里希望与那位素未谋面的姑娘相遇。虽然"我"在这一过程中遭到了可怕的惩罚，然而恰恰是这几次充满人性闪光的选择让"我"跃居于时间机器之上，摆脱了从属于T-mail规则的束缚与"压迫"。在《外祖父悖论》中，当老苏埋头于科研，想为人类的发展

[①] 陈仁凯、王晶：《时间空间化概念隐喻认知研究新探》，《外语研究》2016年第1期。
[②] 黄鸣奋：《我国科幻电影的时间想象》，《中国海洋大学学报（社会科学版）》2020年第5期。

贡献自己的一分力量时却处处碰壁——局长不批科研经费还处处阻挠，丁首长利用社会力量干扰实验进度。等到实验有所突破的时候，投资人顾平想将技术垄断以谋求暴利，丁首长则想以国家名义将功劳揽到自己名下。仅通过这几个瞬间，围绕在老苏身边的几个人的人性丑恶暴露无遗，然而也正是在这几个人的衬托之下，老苏的敬业与牺牲精神，以及渴望造福人类的伟大理想才显得更为珍贵。而在另一些非时间循环架构下创作的科幻小说中，作者对人性探求的欲望也丝毫未减。例如，《废楼十三层》揭示了网络游戏对人犯罪心理的影响，《偶遇》表现了快节奏的情爱对人性、爱、伦理的挑战，《闪光的生命》思考了生命的价值与生命长短之间的辩证奥义。应该说，无论作者结构作品的方式是什么，他对作为主体的人的思考从未停止。

（二）时间囚笼的批判与审思

随着互联网以及多媒体、融媒体技术的快速发展与进步，人与人之间的信息交换变得越来越快。信息的高速流动在给人带来便捷生活的同时，也使人符码化。人类日渐生活在由符码所编制的算法之中，从而丧失了主体性，成为技术的奴隶。因而摆脱技术制定的规则也就成为现代人摆脱焦虑、追求自由的关键。从这一角度来说，时间循环的未来想象在展现人自身的美好品质和对时间规则的反抗的同时，也在一定程度上呼应了当下人类的生存境况，批判了时间机器的意识形态统治。因此，柳、程二人的科幻小说对主体性探求的第二个方面即表现在对时间囚笼的批判与审思上。

在古代的刑罚中，统治者往往通过向公众展示残酷的刑罚、血淋淋的死亡来显示权力，然而随着人们对肉体惩罚的习以为常，这种血腥的惩罚逐渐变成一种娱乐性的展示，公众之所以去看杀人多是为了满足自身的猎奇欲望。于是，权力的训诫逐渐从肉体上的惩罚变成了精神上的摧残。《一日囚》中的 B 先生所面对的便是此种境遇。他每天都重复过着 8 月 18 日的生活。当明天对别人来说是新的一天，对自己而言是旧的一天时，生命的价值与意义便在这种可怜的重复下发霉、腐烂，丧失意义。更为重要的是，B先生无法向周围的人提及自身所遭受的酷刑，因为一旦提及，他就会被转移到一个密闭的空间中，在更大的孤独与寂寞中了结余生。与B先生相比，《闪光的生命》中的复制品刘洋虽然只有半小时的生命，但他却收获了人生中最重要的东西。在现实生活中，刘洋爱着雷冰，雷冰也对刘洋抱有好感，但是刘洋的怯懦与害羞使得他无法向雷冰表白，然而一次实验的意外让刘洋制造出了一个拥有半小时生命的自己。这个刘洋在半小时的生命中为自己的心爱之人准备了玫瑰花并大胆告白，最终收获了雷冰的爱情。虽然事后刘洋说那个人是自己的复制品，但雷冰否认他们二者不是同一个人。作者借此道出了生命的长度与生命的价值哪个更为重要的问题。与B先生一样，现实中的刘洋也是时间的囚徒，他被困锁在自己因胆小、怯懦所浪费的时间之中。复制品刘洋的生命虽然仅有短短的半小时，但时间并没有成为他表达爱的枷锁，反而这份爱因时间的短暂显得更为珍贵。现实中的刘洋也将因爱的错失被永远困锁在由痛苦所编织的时间牢笼中，就此而言，时间循环的价值在于让人们得以发现时间的暴力与生命的存在意义。

（三）人与科技关系的新思考

从更高的层面来看，柳、程二人科幻创作的重要性在于他们借时间循环思考了人与科技之间的关系问题。换句话说，不论作品描写的是人借现代科技穿梭时空，还是人在现代科技的影响下产生的异化，其最关键之处仍在于人是否是科技的主宰。在中外许多科幻影视作品中，我们经常能见到作者对人工智能统治人类的危机想象。这些创作者之所以生发出此种危机想象，正是因为他们看到了科技进步的两面性："一方面，它产生新的劳动组织方式与人际关系形式，导致了人的深度'异化'；另一方面，它导致了生产力极大提升,节省了物质资料生产时间,为人类解放提供了可能。"[1]因此,如何克服科技对人的异化,建构起关涉科技伦理的人文精神也就显得尤为重要。

在《一日囚》中,循环的时间成为惩罚人的暴力机器。在《一线天》中,电脑科技成为主宰人类命运的另类角斗场。在《废楼十三层》中,网络游戏成为构建心理监牢、诱人自杀的犯罪手段。在《患者2047-9号》中,网络成为罪犯诱拐儿童的死亡机器。在《T-mail》中,时间邮件成为制造人们贪欲的发酵池。在《外祖父悖论》中,时间机器成为人类权谋与诡计的实施场。凡此种种,无不揭示出科技对人的异化。科技的进步非但没有形成更高的文明,反而放大了人的阴暗面。虽然柳文扬、程婧波的作品没有着重强调人类对科技的依赖、科技对人的统治,但他们的文学创作也从侧面展现了人与科技之间的关系。从某种程度上说,故事中的很多人物都已经匍匐在科技的统治之下,甚至成为科技意识形态的信徒与传播者。然而在科技发展的进程中,人才是科技的尺度。这也就是说,无论科技所开创的未来是一种怎样的图景,人永远处于这一图景的中心位置,所有的科技都要为人所用,而非以人为用——这既是科技发展的题旨所向,也是科幻文学叙事的主旨要义。

第三节 时间循环叙事下的文明想象

从整体上看,科幻小说的书写内容是对人类未来文明的想象。在某些科幻创作者手中,科幻小说甚至变成了某种乌托邦小说。其实,自中国科

---

[1] 韩莉莉、马万利:《技术异化视域下科技伦理人文效应探析》,《人民论坛·学术前沿》2020年第6期。

幻文学产生之初，作家们的科幻文学书写便没有脱离对人类未来文明的想象范式。梁启超的《新中国未来记》幻想六十年后的中国新貌，稍后出现的《新中国》《未来世界》《未来之上海》《六十年后之上海》则是以上海为依托思考中国的未来走向，此后的科幻文学虽然逐步摆脱了特殊历史阶段所呈现的强烈政治诉求，但人类对未知的渴望、对文明进步的向往却始终没变。中国新科幻小说的一大批代表作家在写作形式、表现方式、主题观念等方面不断突破传统科幻小说的壁垒时，仍保有思虑人类文明的启蒙精神。这一点在柳文扬、程婧波等人以时间循环为叙事切入点的科幻小说中也有着鲜明的体现。

（一）对科技文明的未来构想

柳、程二人对人类未来文明境况的思考首先体现在他们借文学叙事构想的科技文明上。在《T-mail》中，人类初步掌握了粒子超光速技术，从而使得互联网变成思维网络，可以实现人类与过去和未来的自己通信的愿望。在《外祖父悖论》中，老苏成功制造了返老还童机，为高远继续制造时空穿梭机提供了基础。而在《一日囚》中，人类已经成功破译并掌握了时空法则，因而可以实施将人困在固定的某一天的惩罚。与空间相比，时间是人类最敬畏也是最想破译的法则。古往今来，许多诗词歌赋、名人谚语都表达了对时光一去不复返的感叹，表达了对韶华易逝、青春不再来的叹息。因此，许多人都希望美好的时光可以重来，时间的流速可以变慢，甚至是可以无限延长自身的生命以追求更加远大的目标。人类之所以有如此多且如此强烈的关于时间的遐想，无不与人类自身面对时间威力时的恐惧有关。也正因为如此，人类才如此迫切地想要破解时间的秘密，从而化时间为己用。从这一层面来说，柳、程等人的时间叙事满足了人们对于未来的期待，揭示了人类未来的诸多可能性。

（二）精神文明的低落

柳、程二人的科幻写作也多有对人类道德和精神文明的审思。虽然科技是第一生产力，但不论科技如何发达，人是科技的尺度这一点是不能改变的。在理想状态下，物质文明进步的前提是人类道德和精神文明的进步。然而，在很多时候，进步的物质文明却映照出人类道德文明和精神文明的停滞乃至后退。在《T-mail》中，"我"自从接任了 T-mail 管理员后，便成了一个只知道按照 T-mail 规则审查来往信件的机器，即便"我"在一位小姐的帮助下寻回了人性中应该保有的善良，但这很难说是一种道德和精神文明的进步。在《外祖父悖论》中，以老苏制造时空穿梭机这一事件为中心，围绕在他身边的人纷纷暴露出人性的丑恶。马局长刻板迂腐，以老苏的行为无益于国家和人民为由，拒绝资助。白教授自私猥琐，以跟老苏交流研讨为名，窃取老苏的知识成果。顾平贪婪功利，之所以资助老苏，主要是为了方便自己套取商业信息，谋求商业暴利。丁首长急功近利，在老苏未研制成功前百般阻挠，在其研制成功后又以老苏是自己部门的人才为由占得头功。《一日囚》中的惩罚也毫无人性可言，权力机关以"一日囚"的形式剥夺了罪犯过正常生活的权利，使其在孤独与困苦中饱受精神的摧残与折磨。从这些作品来看，人类的物质文明虽然有了很大的进步，但人类自身的道德文明和精神文明却没有得到长足的发展，甚至可以说，道德文明和精神文明停滞不前。对于人类健康状态的发展来说，此种境况的出现显然是不应该的。就此而言，柳、程二人的科幻写作从侧面揭示出了人类自身的劣根性。如果人类想要真正驾驭飞速发展的物质文明，那么，人类自身的文明程度也要有相应的提升。

（三）对人类文明起源的追问

在柳、程二人的科幻叙事中，借科幻重构人类的起源文明也时有发生。在考古学、人类学，以及生物学的考证下，人类的祖先通常被认定为猿人。

那么，猿人是如何进化到早期智人并诞生文明的呢？程婧波在《西天》里提出了自己的假想。玛雅人通过观察变星的运动规律创造了玛雅文明，而玛雅文明的形成却得益于人类的现代文明。于是，有关人类文明的起源就形成了一个神秘的闭环，然而令人遗憾的是作者并没有回答玛雅人是如何产生的。这也就是说，作者真正解答的是为什么玛雅人能够拥有超脱于他们那个时代的文明，而非人类文明的起源问题。在《宿主》中，作者又对人类的起源文明提供了另一种想象。在故事里，顾夕、顾北与大凫儿前往冷湖寻找失踪的周扬。在追踪的途中，顾北等三人告诉顾夕得的病不只是光敏性癫痫那么简单，他是在海西拍片时被瘴鬼附身了。等找到周扬后，周扬告诉顾夕他之所以会患上光敏性癫痫，是因为他被一种"虫子"寄生了。更重要的是，被寄生的人不只是自己，还有顾北和大凫儿。通过周扬的分析，顾夕得知这种虫子其实是一种光敏蛋白，它广泛地分布在石油之中。在故事中，作者将这种蛋白的来源定位至火星，但不确定"这种光敏蛋白到底是火星上曾经有过的文明生物的一部分，还是它本身就是一种独立的生命体"[1]。如果是前者，那么地球文明便是火星文明的延续，毕竟是这种光敏蛋白让古菌、真菌和藻类得以进行光合作用，让动物们能够感知光线。如果是后者，那么它们便是一群旅行于星际的蝗虫。汪伯伯在研究时发现这种光敏蛋白内部会发射某种频率的微波，唯有在现实中找到这种同频的波段才能找到停止它们运行的代码。周扬在利用天文台向太空发射停止蛋白运行的指令后，却发现事情并不像他想的那样。当代码发送后，"任何一个'捕食者'都能从那束光波追踪到地球的实际坐标。捕食者掠食地球，然后离去，'虫子'的孢子就被散布到了各个行星系"[2]。等到顾

---

[1] 程婧波等：《宿主》，《冷湖Ⅱ·宿主》，中信出版社2019年版，第63页。

[2] 程婧波等：《宿主》，《冷湖Ⅱ·宿主》，中信出版社2019年版，第70页。

夕从中惊醒，才发现一切都是梦。病好之后的顾夕又踏上了寻找的道路，只不过这次不是寻找周扬而是寻找自己。应该说，《宿主》中的程婧波连用了两次时间循环叙事结构后又两次破局，从而使得故事在神幻离奇中又紧贴人的情感现实。在这一过程中，程婧波也思考了人类文明的起源，以及文明可能遭遇的危机。

从科幻文学总体的写作态势来说，人类文明的起源、文明的发展，以及可能遭遇的危机一直是科幻创作者极为关注且在具体的文学实践中用力较深的地方。科幻之所以迷人，很大程度上也来自它对人类过去及未来未解之谜的想象。这种想象可以帮助人们超越时间与空间的限制，自由地生发有关人类文明书写的多种可能性。

总结柳文扬、程婧波的科幻文学写作，我们可以发现，他们之所以能够在诸多科幻文学创作者中脱颖而出，首先是因为他们有着天马行空的想象力。这种想象力不是无的放矢、杂乱无序的，而是有着鲜明的价值指向。这种想象力围绕着他们所要探索的问题，屹立于他们广博的学识和对社会历史的思考之上。其次，他们的文学写作彰显了较为深刻的人性关怀与人文精神。无论是他们探讨科技伦理还是借科技谈人心、人性的文章，"人"总是他们脱离不了的总主题。或者可以说，他们写科幻作品在很多时候是在写人。这种对人心、人性的省察缩小了科学幻想与现实生活之间的距离，从而更易被人接受，也更具有启发性和哲理性。最后，他们敢于打破常规，多方面探索科幻文学的可能性。对于柳文扬、程婧波来说，科幻是以现代科学为根基的幻想小说，其重点在"幻"，如何充分发挥自身的想象力是他们在文学写作中思考的问题。通览柳、程二人的写作可以发现，他们不会在一个题材、一个领域、一种写作方式上拘泥太久，往往在尝试过某种写作方式之后便立马将之打破，重新建构新的小说。正是这种不拘泥于常规的写作态度使他们时刻保持着旺盛的生命力。而在综合考察柳文扬、程婧波的科幻文学创作后，我们甚至可以说，他们的新科幻小说写作已经形成了一种属于自己的独特风格，而这也为后来者提供了可供参考与借鉴的对象与范本。

第十二讲

历史科幻的诸种可能：
钱莉芳、长铗、飞氘、姜云生等

通常看来，科幻小说总是与未来有关。作为一种"科技文学"，它把诸多令人惊异的新科技不断插入人们的阅读视野中，从而使读者产生了一种与现实相间离的审美体验。尽管新科技带来的并不一定是全然光明的社会前景，但科幻小说作为未来的代言者，却已经深入人心。这种代言暗示了一种对于人类进步和文明发展的追求。科幻小说的叙事似乎总是与传统发生着断裂，因为"传统"在某种观念上意味着"落后"，它所指引的那个未来，已经蜕去了"传统"的外皮。甚至有论者认为，"未来无论是实现共产主义、高科技现代化社会或者大宇宙时代，都必然是消泯了民族文化特殊性的普遍阶段"[①]。因此，在20世纪90年代以前的一段时间，中国当代科幻小说都较少地"回望历史"并对其进行某种科幻视角的反思。

正如有人指出的，随着20世纪90年代中国新科幻小说的崛起，"一些科幻作家对历史素材给予了特别的关注，历史神话和太空歌剧、赛博朋克、人工智能等经典科幻题材一道成为中国科幻小说关注和书写的重要内

---

① 宝树编：《科幻中的中国历史》，生活·读书·新知三联书店2017年版，第2页。

容,并形成了较为引人注目的分支,即历史科幻小说"[①]。这种"历史科幻"向人们展示了科幻文学本身所蕴含的巨大可能性,以及由此产生的诸多"可能世界"的多重面影。当人们进入由"历史科幻"所构建的"可能世界"后,便能够从这些令人惊异的可能性中获得一种认识历史的独特路径,以便"向那些游离于正史之外的历史裂隙聚光,试图摄照历史的废墟和边界上蕴藏着的异样的历史景观"[②]。这也正是"新时期"以来,中国当代"新历史小说"重要的言说方式和叙事目标。"历史科幻"在某种程度上汲取了它所提供的文化养分,并开辟了更为深广的叙事空间。如果说"新历史小说"解构了"宏大历史",并将某种"野史"带入了当下。那么,"历史科幻"则是重建了某种"宏大叙事",以"秘史""别史""错史"[③]的叙事方式,将某种"科技史"投进了一个新颖的"未来"之中。

第一节 《天意》《昆仑》中的科技"秘史"

与"历史科幻"密切相关的一个概念是"时间旅行"——其母题之一便是在某种科技干预下,人们借助于"时光机"等道具,得以重返过去,进而发现诸多被掩埋在历史深处不为人知的"秘密"。这些"秘密"往往出人意料,在文学镜像中展现了已逝时代的惊心动魄和迷人之处,由之构成了历史的另一副面孔。应当指出的是,"时间旅行"类的"历史科幻"与"网络文学"中的"穿越小说"有着重要差别。一方面,"历史科幻"

[①] 汪晓慧:《论中国当代科幻小说的"新历史书写"——以新世纪前后中国历史科幻创作为例》,《当代作家评论》2019年第5期。

[②] 张进:《新历史主义与历史诗学》,中国社会科学出版社2004年版,第47页。

[③] 关于"秘史""别史""错史"的论述,可参见宝树编:《科幻中的中国历史》,生活·读书·新知三联书店2017年版。

在文学的性质上来说往往较为"严肃",它探讨的是历史与现实,乃至未来之间的关系和张力,思考"外祖母悖论"①式的时间及伦理难题,关注着人类命运的历史由来和未来走向,正因如此也使之具有了"宏大性"。另一方面,从技术层面来说,"历史科幻"中的"'穿越'从未被当成理所当然、无须深究的前提,而仍然被严肃地对待"②,也即"穿越"必须建立在逻辑"推演"得以成立的某种科学基础上。

(一)《天意》中的"秘密"与"科学"

当"历史科幻"中的"穿越者"穿过历史迷雾之后,往往发现的是一段充满神奇色彩的古代"科技史",或者说,是一段经过科学重新诠释的历史面貌,由之也给读者带来了极大的"陌生感"和"间离感"。在这方面较有代表性的作品是钱莉芳的《天意》和长铗(刘志鹏)的《昆仑》。在《天意》里,作者书写了著名历史人物韩信的传奇故事。与"正史"或者"演义"所不同的是,《天意》的叙事建立在"另一种可能"之上,这种"可能"将远古神话、历史传说与现代科学相结合,将上古至秦汉的诸多历史事件都统摄在一个科技的"阴谋"及一个"外祖母悖论"的困境之下。概括来说,外星文明"龙羲"乘坐的飞船"星槎"坠入地球大海,因海水的腐蚀而损毁。于是它试图"帮助"人类发展文明,以便利用人类重建"星槎"、填海造陆,从而重返它原来的世界。但是这一举动终将导致"外祖母悖论"的产生,人类文明也将因此毁灭,但"人"终究凭借自身

---

① 外祖母悖论,即祖父悖论,是有关时间旅行的悖论。其由法国科幻小说作家赫内·巴赫札维勒(René Barjavel)1943年在小说《不小心的旅游者》(*Le Voyageur Imprudent*)中提出。该悖论的基本表述为:假如你回到过去,在自己父亲出生前就把自己的祖母杀死,由之就会产生一系列的时间问题,即当祖父死后,就不会有父亲,而没有父亲也不会有你,那么究竟是谁杀了祖父呢?而你的存在又表示祖父并没有因你而死,这与你杀死祖父的前提又产生了矛盾。

② 宝树编:《科幻中的中国历史》,生活·读书·新知三联书店2017年版,第8页。

的理性战胜了"龙羲"。

在《天意》中,构成历史"另一种可能"的条件在于对三类"秘密"的科学诠释,即传说的秘密、历史的秘密和"天意"的秘密。三者互相关联,共同架构了一个不同寻常又令人可信的"异世界"。就传说的秘密而言,《天意》重新诠释了众所周知的古代"传说"与"神话"。例如"禹铸九鼎"的传说,《左传·宣公三年》曾对"九鼎"进行过这样的叙述:

> 昔夏之方有德也,远方图物,贡金九牧,铸鼎象物,百物而为之备,使民知神、奸。故民入川泽、山林,不逢不若。螭魅罔两,莫能逢之。用能协于上下,以承天休。[1]

其大意是说大禹治水之后,建立了夏朝,继而把华夏大地划分为九州。他用九州的税贡铸造了九鼎,并且还把各个州的名山大川、各色物象完备地刻在鼎上,以此象征九州,同时也使民众能够知晓神灵、奸邪,避免遇到各种山林鬼怪。因此,人民之间上下和睦,永保国泰民安。夏朝覆灭之后,"九鼎"作为国家权力的象征,由夏传商,由商传周,经历了春秋、战国之后,传入秦。而当秦覆灭之后,世人却未能找到"九鼎",于是"九鼎下落"便成为千古之谜。也正因为无从考证,却又有其传说,为"科学"的诠释提供了空间。

在《天意》的故事中,秦统一中国之后,终于找到了九鼎,然而秦王却把所有见过九鼎的人都诛杀了。故直至秦灭,满朝文武,天下百姓再也没有人见过九鼎。至此,作者的叙述仍然符合传说的描述。但至于为何不见九鼎,文中给出了历史的另一种可能,这种可能正是"仲修"所说的,

---

[1] 杨伯峻编著:《春秋左传注》,中华书局1990年版,第669—671页。

"九鼎只有天子才能接触""它对天子之外的人来说是不祥之物""此后历代秦王，都像以前的周天子那样，将九鼎严密地收藏起来，不让任何人接近"。①而一个见过九鼎随即被杀的宦官之言——"九鼎不是鼎""那东西会招鬼"——却让九鼎的传说更加扑朔迷离，并成为整个故事的核心线索。可以说，《天意》的故事便建立在由这两句话引出的对九鼎秘密的追问之上。随着叙述的推进，作者借"沧海客"之口，逐渐揭开了这一秘密的部分面貌，即九鼎的关键是鼎心，它是"一枚寸许见方的方形薄片，通体银白色，上面似还有一些不规则的纹路"②。这已经使之具有科技色彩，让人联想到体积微小的"芯片"，并且颠覆了关于九鼎的一般想象，同时也使"九鼎下落"之谜有了合理的解释。更进一步来说，九鼎之所以下落不明，与其功能有着密切关联——它并非国泰民安的象征，而是用来监控九州的一件工具。所谓"得九鼎者得天下"，其真正含义在于"它能监视九州……九州之内的一切事物都可以在九鼎上观察到。大至山川河流，小至人物鸟兽"③。实际上，作者借由"秘史"书写引发的深刻思考在于：传说的浪漫外表下，可能遮蔽或美化的正是那些无法公之于众的"阴谋"。而盲信甚至盲从于传说，便是将自己乃至国家的命运交给了"天意"。这一点也是鲁迅早在"五四"启蒙运动中就提醒民众的："从来如此，便对么？"

《天意》中也书写了大量"历史的秘密"，即对某一历史事件做出科学的诠释。与传说不同的是，这一类历史事件确有记载，属真实发生的事件。但作者另辟蹊径，试图以现代科学的眼光解释那些在古代建造中似乎难于登天的工程，由此在审美上产生了一种既陌生又熟悉的"惊异感"。比较

---

① 钱莉芳：《天意》，时代文艺出版社2014年版，第58—59页。
② 钱莉芳：《天意》，时代文艺出版社2014年版，第90页。
③ 钱莉芳：《天意》，时代文艺出版社2014年版，第90—91页。

典型的是《天意》中对于"暗度陈仓"的描述。在故事里,"陈仓道"早已是一条"荒废了好几百年"的古道,不仅无法走人,甚至连它现在在哪都不清楚。以当时的技术水平来看,似乎无法在短时间里使"陈仓道"具备行军条件。但是,来自外星的生灵却可以利用某种"黑科技"——被古人称为"神器","扭曲"一段时空,为韩信"打开了五百多年前的古道"①,最终助其在楚汉之争中获得胜利,并试图加速"龙羲"最终目的的实现。然而,为了一己私利,利用科技手段改变历史进程(延缓或是加速)的做法,稍有不慎,便会将毁灭引向自身,这正是作者通过历史科幻想要告诉读者的一个朴素道理。果然,在"龙羲"改变时空,生成了"陈仓道"之时,一个"强烈的'变异波'在古道重现的刹那间诞生了"②,它震荡了整条"时间河",使未来发生改变。最终,"龙羲"的计划也因此被"韩信"阻止,招致了自身的"毁灭"。

此外,在"传说的秘密"和"历史的秘密"背后,还有着一个更大的"秘密",即"天意的秘密"。"天意"往往被奉为宇宙运行的至高准则,是人所不能违背的。在"启蒙"的时代之前,它被描述为一种人力无法抗衡的力量,因此也极富有神秘色彩。然而,随着西方"启蒙运动"的展开,随着"科学"对自然社会带来的巨大变革,宇宙中的一切力量都被视为可待研究并揭示的客观规律。正如霍克海默和阿道尔诺在《启蒙辩证法》中指出的那样:"启蒙的纲领是要唤醒世界,祛除神话,并用知识替代幻想","启蒙的理想就是要建立包罗万象的体系"。③"人"因此成了"大写的人"。因此,"天意"所具有的那种"魅惑"的力量被极大削弱了。"顺从天意"

---

① 钱莉芳:《天意》,时代文艺出版社2014年版,第183页。
② 钱莉芳:《天意》,时代文艺出版社2014年版,第183页。
③ [德]马克思·霍克海默、[德]西奥多·阿道尔诺:《启蒙辩证法——哲学断片》,渠敬东、曹卫东译,上海人民出版社2006年版,第1、4页。

的观念一度被置换为"人定胜天"的呼喊。命运被真正掌握在人的手里。当以这样的视角重审历史之时，就会对历史的迷雾进行"驱魅"。由此观之，《天意》中的"天意"其实只是天外生灵"龙羲"的一个计划罢了，它是科学披上了"传说"与"神话"的外衣之后形成的一种魅惑人心的力量。事实上，从来就没有过"天意"，它是"龙羲"企图重返母星的幌子，是秦始皇追求"长生不老"的贪欲，是人们对于权力的渴望。他们既受到"天意"的操控，同时也不断生成着这个"天意"。"历史科幻"以"秘史"书写的形式向人们展露了"天意"的两层含义：首先它是一种"人欲"；其次，在"人欲"之后，仍然有着连"神"也必须遵循的自然规律，例如时间上的"变异波动"。这正是韩信最终的领悟，也是他实现自我精神成长的四个阶段："最初，我不相信天意。后来，我相信天意。再后来，我以为神意可以改变天意。而现在，我才知道，神意之外还有天意。"[①]

（二）《昆仑》中的"神意"与"理性"

如果说钱莉芳的《天意》以写实的笔法书写了一部惊心动魄的科技秘史，那么长铗的《昆仑》则相对较为写意地描绘了一个"充满神奇科技的上古世界"[②]。故事以上古《穆天子传》中的周穆王西行的故事为蓝本，讲述了西周时期周穆王为了开辟一种新的秩序来取代上古时代流传下来的常理，而御驾西征，前往昆仑，以人类的"理性"（新秩序的象征）向代表着"神意"（传统秩序的象征）的"西王母"进行挑战的故事。其精彩之处在于它打破常理的疑问带来的一种惊奇感。在故事里，周穆王"常常对一些司空见惯的事物心存困惑"[③]，因此能够以某种科学启蒙的意识预感

[①] 钱莉芳：《天意》，时代文艺出版社2014年版，第191页。
[②] 宝树编：《科幻中的中国历史》，生活·读书·新知三联书店2017年版，第9页。
[③] 长铗：《昆仑》，宝树编：《科幻中的中国历史》，生活·读书·新知三联书店2017年版，第38页。

到"一种新的秩序席卷这个世界,就像一千多年前的绝地天通一样,礼崩乐坏"①。这些"困惑"皆无法用当时的科技来解释,却都与一个子虚乌有的"昆仑"相关。例如黄帝继承的各种技艺、神农继承的农耕技能、扁鹊继承的针灸医术等,尤其是针灸技术所对应的各类病症。"有些病症通常需要几个甚至十几个穴位的组合针灸才有疗效,可是你知道要从这三百六十五个穴位中摸索出对症的组合针灸术,需要试验多少次吗?"②这是一个简单的数学问题,稍加计算便可得出,大约需要实践"四百七十七亿五千万次",而这无疑是一个看起来仅仅依靠一般试错无法完成的工作量。这些对于传统的质询正隐喻了人对于自身力量——一种理性的力量——的确信,也正是在此基础上,科学的"启蒙"才能够得以展开。因此,当人开始怀疑神明的时候,便是他们自己"童年的终结",而当人看透了"神"并非无所不能,也要遵循自然规律的时刻,即西王母也无法满足偃师对其"预测盆里的每一粒花粉一刻钟后的位置"③的要求后,便意味着"人"的时代的来临。在这样的时代中,人类必将依靠理性和科学的力量来开辟自己的道路。因此,在周穆王的"内心又在隐隐期待这个新秩序的到来"④,也正说明了周穆王——这个理性立法者——的渴望所隐喻的人类前途和命运。

由此可见,在"秘史"书写类的历史科幻中,作者传达给读者的一个

---

① 长铗:《昆仑》,宝树编:《科幻中的中国历史》,生活·读书·新知三联书店2017年版,第39页。
② 长铗:《昆仑》,宝树编:《科幻中的中国历史》,生活·读书·新知三联书店2017年版,第39页。
③ 长铗:《昆仑》,宝树编:《科幻中的中国历史》,生活·读书·新知三联书店2017年版,第60页。
④ 长铗:《昆仑》,宝树编:《科幻中的中国历史》,生活·读书·新知三联书店2017年版,第39页。

重要信息便是，历史并不存在种种神秘之"神"，即使存在这样的超越彼时人类理解的存在物，"神"也必须遵循自然规律，而自然规律终将为人所掌握。因此，从审美层面来说，历史科幻的"秘史"书写破除了诸多神秘主义的"崇高"范式，转而塑造了基于人类理性的"科技崇高"。它使"大写之人"的足迹遍布于整个人类文明史中，正因如此，人类才得以发展至今，才能够拥有足够的自信继续发展向前。

第二节　《一览众山小》中的"错史"书写

历史科幻的另一个维度是"错史"书写。何谓"错史"？它是一种"历史经验的全然错乱和碎片"[①]，是一个似是而非的，呈现出另一种可能的历史时空。值得指出的是，其与"历史虚无主义"的不同之处在于，历史科幻中的"错史"并非史实层面的概念，它属于一种带有虚构色彩的文学叙事，但也并不否认历史的本质，不否定具体的历史文化、民族文化、民族传统和民族精神等价值层面的历史内容。甚至，尽管"错史"书写呈现了与既定历史面貌不同的"或然世界"，但是在这个世界里的人们，其精神谱系和文化传统依然深深根植于现实历史的土壤之中。因此，在他们的身上，读者仍然能够清晰地辨明其内蕴的民族精神和价值观念。换言之，"错史"中的"错"，在于对历史事件另一种可能的推演想象，而非对于历史文化和精神的解构。相反，"错史"书写恰恰强化了这种融于民族血脉之中的文化印记。

于是，当历史人物处于不同的历史时空，处于某种"乌托时"的语境之中时，其或将做出怎样的选择便成为作家试图追问的一个主题。这也使

---

① 宝树编：《科幻中的中国历史》，生活·读书·新知三联书店2017年版，第10页。

得历史科幻有了某种存在主义的意味,即关于"存在"与"本质"、"选择"与"责任"的思考。在这样的视域下,飞氘(贾立元)的《一览众山小》沿袭了鲁迅《故事新编》的文风,并以别具一格的后现代主义意趣,在对"错史"的书写中,表现了孔子求道的精神之旅和生命意义。

(一)"孔子"的精神世界

《一览众山小》的故事其实叙述了某种"元宇宙"的镜像,在唯一的历史之外,还存在着无数个当此次历史终结之后,由计算机重新演绎的虚拟历史,正如文中"黑影"所说:

> 那里面,有些机器,可以另辟一块时空。在那里,史,从过去一个起点重新开始,直到全人类都灭亡,就再从头来过,一遍一遍,每次又千差万别,"万虚"就变成了"万实"。①

可见,每一个虚拟历史实际上都是一个"元宇宙"的镜像世界。在这样的世界里,生活着各式各样的"孔子",尽管每一个孔子在各个虚拟历史中的命运遭际皆不相同——表现为当孔子询问:"之前的两百七十个我,是怎样的呢?""黑影"沉默了一会儿便回答道:"都是有意思的人,但没有一个想过要去登天。"②但孔子的精神指向却是统一的,这种精神反映在第二百七十一位孔子的言谈举止中。

在"错史"之中,孔子的行为有些迂腐,也有些可笑,他与弟子的谈话也显得颇有些现代意味和解构之感,但其对"孔子精神"的坚守却一以

---

① 飞氘:《一览众山小》,宝树编:《科幻中的中国历史》,生活·读书·新知三联书店2017年版,第96页。
② 飞氘:《一览众山小》,宝树编:《科幻中的中国历史》,生活·读书·新知三联书店2017年版,第99页。

贯之。例如当孔子一行已被陈蔡两国派来的乌合之众围困于荒郊野岭数日有余，众弟子意欲将这群"奴隶"击退，但孔子仍然不愿伤害无辜，因为这群"奴隶"尽管"不知命、不知礼、不知言，然而奴隶也是人，所以也要爱他们"，而且"他们也是被迫来围我们的，打他们做什么呢？"①这便是对"仁"的坚守。

又如孔子对于拯救人心的执着。当天下闻名的工程师公输班先生驾驶着这个"错史"中出现的"飞机"——木头做的金色大鸟——从天而降，"冲向陈蔡两国的军营，搅得鸡飞狗跳人仰马翻"并击溃了敌人之后，孔子并未像其他弟子一样表现出对于此类能工巧"器"的惊奇和兴趣，反而对公输班和他推广的"能学"十分冷淡。因为公输班"只喜欢钻研造化的奥妙，做些实在的货色，对于礼乐一类的玩意儿，其实不很感兴趣"②。而孔子真正的关心却聚焦于"人心"方面，故而，当他看见众弟子都表现得惊骇非常时，才会淡淡地向公输班问道："那可敢问，礼乐崩坏，'能学'救得了人心吗？"③这个问题，不仅公输班无法回答，甚至在这段"错史"之中的孔子自己也无法回答。若干年后，当垂垂老矣的孔子在齐国目睹了文化的浮杂，人心的"为利而不为义"之后，发觉自己仍然没有找到拯救世道人心的方法，未能求得真正的"道"，因此才会决定去登泰山而问天，在泰山之巅，"在云之上，也许就会有新的想法……"④尽管伴随着几乎一去

---

① 飞氘：《一览众山小》，宝树编：《科幻中的中国历史》，生活·读书·新知三联书店2017年版，第65页。
② 飞氘：《一览众山小》，宝树编：《科幻中的中国历史》，生活·读书·新知三联书店2017年版，第69页。
③ 飞氘：《一览众山小》，宝树编：《科幻中的中国历史》，生活·读书·新知三联书店2017年版，第69页。
④ 飞氘：《一览众山小》，宝树编：《科幻中的中国历史》，生活·读书·新知三联书店2017年版，第74页。

不返的巨大风险，但孔子仍然为了求"道"而登山，这似乎也正是在《论语·里仁》中所论及的"朝闻道，夕死可矣"精神的真实写照。

然而，以上的"求道"都建立在孔子认为自己所处的世界正是唯一世界的基础之上。倘若孔子知晓了这个世界不过是"元宇宙"中的第二百七十一次重演，甚至按计划还会重演九千七百三十次，而他自己所谓的真实人生也不过是计算机中的数据之影，那么，孔子还会继续求"道"吗？对这一问题的回答构成了《一览众山小》的后半部分，也是对孔子精神的升华之处。

（二）孔子之"道"

在这一部分里，孔子在泰山之巅无意中进入了这个巨大的世界——"演算"机器当中，从而得以进入"演算世界"之外的世界。尽管在科幻文学中，这一设定并不算新鲜，例如《黑客帝国》《十三层空间》《掉线》等都有着类似的情节，但《一览众山小》却为这一情节赋予了新的叙事张力，即"现实"与"虚拟"的时空错置导致的"道"的实践意义问题。当孔子进入了那个他所栖身世界之外的世界之后，仍然选择了折返于"虚拟世界"，从而完成他的求道之路。这一点有些类似于"荒诞派"文学对处在"上帝已死"之后世界中的"人"将要如何面对自身并重建精神世界的思考，因为当"作为意义本源的'上帝'无可挽救地死去，从而导致现代人生存处境的无意义或虚无"[①]。这与孔子洞悉了原来世界即将"死去"时的处境类似。孔子向原来世界的折返，实际上正是一个意义重建的过程，他完成的是"道"由世人向自身的回归，即"道"不仅是对世人的爱与拯救，同时更是对他自己内心的拯救。也正是在这个意义上，"道"从面向世人，回归了个体内心。因此，在小说中，尽管之前的二百七十次历史都

---

① 朱立元主编：《当代西方文艺理论》（第2版），华东师范大学出版社2005年版，第131页。

以"悲惨至极"的方式毁灭了,这一次由机器"演绎"的世界也即将毁灭,甚至连建造"机器"推演世界的人们也都"决定彻底放弃这片星空,远走他乡",或许对所有人来说(不管是虚拟抑或现实层面)"道是什么,这个问题,也就不再重要了"①——这是就外在世界而言。然而,孔子的求索证明了"道"不仅存在于外部世界,同样存在于每个个体的心灵当中,个体心灵也与"道"融为一体。只有明了这层意义上的"道",人才能够学会"如何面对荒诞并在荒诞中生存"②,从而在一个"荒诞"的世界中找到意义,以便确证自己、拯救自己。

(三)孔子与世界的关系

在《一览众山小》的故事里,孔子与世界关系的三个阶段充满了象征意味。首先在原本世界中的孔子一味追求用"仁"对世道人心进行改造,对外界进行改变,甚至为此可以"舍身取义"。但这样的做法并未能真正改变什么,待其年迈之时,对于"自己的学说,别人听得厌,自己也说得烦",于是只好断断续续地删《诗》了。连他自己也察觉到"虽然依旧躬行,道却总是行不通……我是每天都反省许多次的,结果是,我以为懂了的,其实并不真懂,人心不古,是要治的,但怎么治法呢?于是我就想去讨教天了"③。这便是孔子求道的第一层境界,是进入"世道"的阶段。然而,仅仅凭借"学说""主张"等理论化的改造,似乎并不能达到拯救人心的目标。因为此时的孔子,也是这个"世道"的局中之人。故为了跳脱

---

① 飞氘:《一览众山小》,宝树编:《科幻中的中国历史》,生活·读书·新知三联书店2017年版,第98页。

② 朱立元主编:《当代西方文艺理论》(第2版),华东师范大学出版社2005年版,第131页。

③ 飞氘:《一览众山小》,宝树编:《科幻中的中国历史》,生活·读书·新知三联书店2017年版,第74页。

出这个"局",孔子便试图登泰山而问天,试图以此获得某种超越性的目光重新审视天下、审视人心,从而更加接近"道"。

当孔子在泰山之巅因偶然的机会被拉进了"机器"外世界,他便脱离了原本的所处之地,跳出了以往的"局",也即是出乎于"道"了。在这个世界里,孔子明白了世界的虚妄与希望的虚妄——因为连建造机器的人都已经决定放弃这里。那么,本就是由机器演绎的世界,这个"铁屋子"一般的世界,又有什么价值呢?这显然是一个"鲁迅式"的精神传统。但是孔子也明白了"绝望"的虚妄——在"神"离开之后的世界,唯有"人"自身为其赋予意义和价值。由个体出发的反抗绝望本身就构成了意义。当统一的、宏观的、概念化的"大道"消失了,却能由无数个体的"道"指引着生命(不管是物质的还是数字的)。于是,对个体之"道"——差异化的个体之心——的体认构成了孔子求"道"的第二层境界。他找到了拯救人心的另一条途径,"仁"也因此有了差异化的表现形式,而在此之前,先要经历自我的拯救,方可"明心见性"。

因此,当孔子婉拒了"黑影"邀其一同离开那个"虚拟世界"的请求,并重返原本世界之后,实际上正是完成了由入世(道)到出世(道)再到入世(道)的整个阶段,也由之完成了他作为个体的精神之旅。这便是孔子求道的第三层境界,他达到了内心的平静,因此才能够为这个虚妄的世界带来"希望的维度",这种"希望"体现为一种"当下性",是由每一个个体的当下所共同构成的"历史性"。只有把握了"当下性",人才能更加接近于历史、接近于"道"。果然,当此时的孔子再次遇见老聃时,他的眼里才能"闪出快乐的光",并对老聃说:"我打算办学堂,不只讲礼乐,也要找人讲算术、讲天文、讲水利、讲种田……这世界还等着我们,可做的事还多着呢。"①

故而,在中国当代新科幻小说的"错史"书写中,其叙事重点在于对历史人物精神层面的剖析和探寻,是一种将科幻文学作为"方法"的"文化寻根"。它试图在人们即将跨入未来之时,把一种民族的"根"与"魂"铭刻在科幻叙事构造的"现代神话"中,从而为那些渴望摆脱束缚、奔赴"后人类"未来的先驱者,保存一处共同的审美与精神故乡。

第三节 《长平血》中的"启蒙话语"

如果以上的"历史科幻"呈现出一种利用技术重返过去的面貌,那么姜云生的《长平血》则并非技术性地回到过去。对于当代人的历史体验,作者在文中始终强调的是一种"幻觉旅行实验,不是时间机器"②,它是借由控制"被实验者的心理状态",从而达到体验历史事件的目的。因此,这种"旅行"并非外在地接近或改写历史——历史事件也并非外在于"实验者"的观察对象,而是内在于"实验者"的心理,甚至就是"实验者"心理结构或文化结构的一部分。于是,在这样的书写路径下,"历史中所发生的往事就与跨越时间的某种深邃人性联系了起来"③。在此类"历史科幻"中,作者所要反思和追问的并非一种源于技术的"科技焦虑",也不是试图书写某种技术带给历史和现实的变革或破坏力量,而是重返中国新文学叙事的"五四"传统——"启蒙文学"的话语系统,尝试对人性的复

---

① 飞氘:《一览众山小》,宝树编:《科幻中的中国历史》,生活·读书·新知三联书店2017年版,第104页。

② 姜云生:《长平血》,宝树编:《科幻中的中国历史》,生活·读书·新知三联书店2017年版,第108页。

③ 宝树编:《科幻中的中国历史》,生活·读书·新知三联书店2017年版,第7页。

杂面乃至黑暗面展开刻画与批判，引起"疗救的注意"，达到某种"立人"的目标。而"立人"也正是"人的文学"的叙事目标之一，它"被中国的启蒙主义确立为自身最根本的出发点和最终要解决的问题"①。

（一）《长平血》的叙事主题

正如文学史上出现的诸多"启蒙叙事"一样，在回归了"人的文学"的出发点后，《长平血》的叙事也"必然地要从国民性入手探索人的解放的命题"②。它试图沿着鲁迅开辟的以"国民性改造"为核心的启蒙话语继续出发，通过对国民"劣根性"的揭示，向读者展示一种当代人的精神处境，即尽管科学技术和物质生活早已超越古代，但"人"的精神世界是否也如同"进化论"显示的那样向着更加"先进"的阶段前进呢？通过故事中的科幻叙事，《长平血》正表明了某种精神"进化"的失效。在这场"幻觉旅行"之后，一向以"先进"自居的现代人"高贵"地要求教授给自己看一段本被抽掉的记录。然而，在真正目睹之后，"我"却震惊而痛苦地发现，当"我"成为"长平之战"的"俘兵"之一后，面对秦兵的逼问和威胁——"那家伙用力一蹬脚，痛得我杀猪似的号起来。接着这独眼龙又俯身把我从地上一把抓起，将手中的利刀架在我脖颈旁，瞪着眼吼叫着要把我活埋了……"③"我"竟也像千年以前的"赵兵"一样，"畏畏葸葸地用手朝那松林指了指"④，出卖了向来对自己照顾有加的阿福。于是，"我"便在震惊的同时，体认到了存在于自身的某种从未摆脱的"劣根性"。倘

---

① 张光芒：《启蒙论》，上海三联书店2002年版，第41页。
② 张光芒：《启蒙论》，上海三联书店2002年版，第41页。
③ 姜云生：《长平血》，宝树编：《科幻中的中国历史》，生活·读书·新知三联书店2017年版，第121页。
④ 姜云生：《长平血》，宝树编：《科幻中的中国历史》，生活·读书·新知三联书店2017年版，第121页。

若不将这种"劣根性"更正的话,"我"的内在也与千年之前的"赵兵"无异,自己的精神世界仍然停滞在古代,而这样的状态或许将阻滞人们继续向未来进发。

值得一提的是,与诸如"社会压迫""民族压迫"等外在条件导致的"劣根性"不同,《长平血》将"国民性批判"的主题设置在一种"人"的自由选择状态之上,也即"现代人"在没有任何外在压迫的情况下,其"潜意识"将会做出何种选择?正如文中所描述的,在"幻觉旅行"中:

> 幻境的形成全由人工操纵。时间、地点、人物等等要素都可以预先编程序,输入电脑后向"旅行者"不断发出刺激信号。至于这些信号刺激下的"旅行者"会做出什么反应,那就见仁见智,各不相同了。①

可见,"我"的选择完全处于一种自由的状态下,因之也最能呈现"本我"的真实"色彩"。由于"潜意识是心理活动的源泉和基本动力,它最真实地反映了一个人的个性",因此这种"本我"状态恰能深刻地反映出某些落后的"根性"所在。因此才需要运用"幻觉旅行"这类"手术刀"一般的技术对现代人的精神"痼疾"加以精确革除。这也展现了科幻小说试图运用科技对"人"进行思想启蒙的叙事冲动。

(二)"血"的意象与"人性痼疾"的反思

如果说《长平血》中对"我"精神的批判属于一种对个体心灵的拷问,它反映了每一个单独个体的精神现象,那么,这种精神现象是否具有普遍性?是否成为民族精神的普遍"痼疾"呢?在小说中,作者分别从古代与

---

① 姜云生:《长平血》,宝树编:《科幻中的中国历史》,生活·读书·新知三联书店2017年版,第120页。

现代、幻觉与现实的层面做出了回答。首先是在"幻觉旅行"中"长平之战"的战场上,当秦国的白起将军传达秦王旨意,要求赵兵高呼秦王万岁,并归顺秦王之时,起先赵兵纷纷抗拒,慷慨激昂。例如阿荣骂道:"昔日上党百姓被秦兵攻破城门后,还纷纷归赵,我堂堂赵国臣民,岂能归顺暴秦?"阿华也开口道:"昔日降秦,乃不得已;要世代为秦国子民,毋宁一死!"还有一位弟兄道:"吾赵国乃慷慨悲歌之地,岂能贪生怕死屈为秦人!"[1]然而,当真正面对秦兵的凶残,"看客"的生死问题确实地摆在面前时,"冲过来几个秦兵,唰唰唰三道白光闪起,刀起头落,三个人的无头身子像三段劈断了的枯树干,一齐倒将下去……一个秦兵骑在马上狂笑道:'有敢反抗者如这厮一般下场!'"[2]漫山遍野就响起了几乎所有的赵兵的呼喊:"秦王万岁万万岁!"这样的"背叛"充分反映了一种根植于内心之中的自保与自利精神。

其次,当"我"结束实验,返回现实世界中时,因为惊讶和羞愧而始终闷闷不乐。女助手在安慰"我"的过程中,讲述了她祖母临终前所忏悔的两件事。一件是祖母年轻的时候,甩掉了自己唯一的爱人,因为那人被划为"右派分子";另一件是其受到"极左思潮"的影响而揭发了自己的丈夫,导致了他的死亡。这两件事都是因为祖母的恐惧与自保心理而背叛了自己最亲近的人,其自私卑劣与怯懦的程度甚至与投降的赵兵和"我"的行为无异。正是这种具有普遍性的精神现象或将严重影响民族精神的形塑。因此,在《长平血》的结尾,作者富有深意地写道:"心底,有一个

---

[1] 姜云生:《长平血》,宝树编:《科幻中的中国历史》,生活·读书·新知三联书店2017年版,第115—116页。

[2] 姜云生:《长平血》,宝树编:《科幻中的中国历史》,生活·读书·新知三联书店2017年版,第116页。

声音在喊叫——'你身上的血该好好清洗一番了！'"① 而精神更新的希望，仍在于"孩子"，在下一代身上，"如果我们将来有孩子，他（她）身上流淌着的将是一种全新血型的血液……"② 这也是对鲁迅"救救孩子"呼喊的一个跨越百年的回应。

---

① 姜云生：《长平血》，宝树编：《科幻中的中国历史》，生活·读书·新知三联书店2017年版，第123页。

② 姜云生：《长平血》，宝树编：《科幻中的中国历史》，生活·读书·新知三联书店2017年版，第123页。

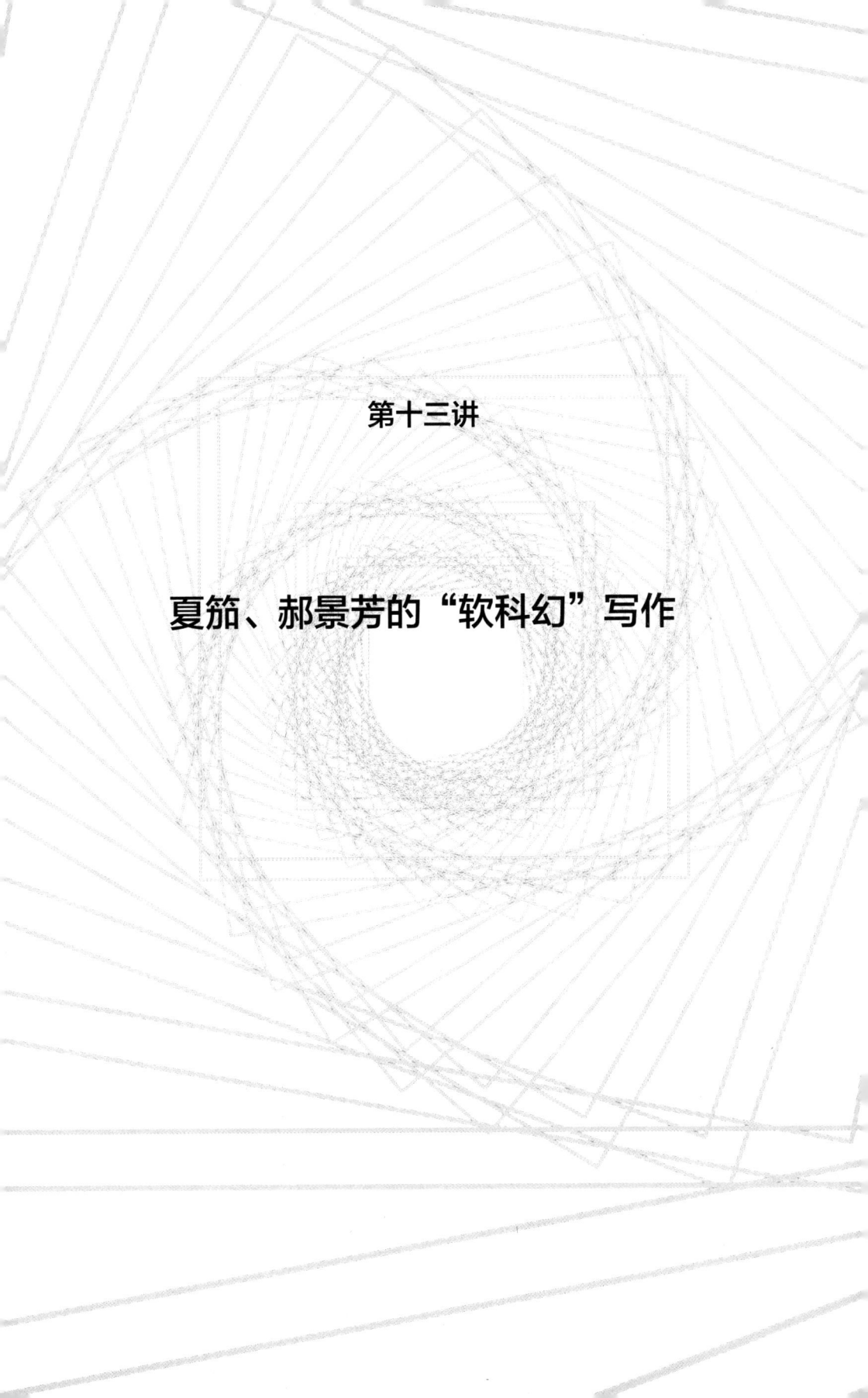

第十三讲

夏笳、郝景芳的"软科幻"写作

在谈及中国新科幻文学创作时，"硬科幻"与"软科幻"经常被拿来区分一些在写作内容、表达方式与表现主题等方面有着明显差异的文学作品。其中，"硬科幻"往往指称那些以现代自然科学为基础的，以追求科学的细节与准确为特征的，以展现未来科技发展为导向的，在具体的文学书写中充满科技幻想的科幻创作，与之相对的"软科幻"则意指那些不以展现科学原理与科技进步为目的，转而以表达科技进步下的社会、历史问题为目的，以传递深刻的人文哲思为导向的科幻文学作品。

值得一提的是，当我们用"硬科幻""软科幻"来划分科幻文学作品时，要注意区分这两个概念产生的具体历史语境。"硬科幻"的概念诞生于20世纪50年代的美国，"原是美国科幻作家为重新确立坎贝尔式黄金年代风格的地位所重新提倡的创作主张"，用来"标榜的科学话语带来的自我尊崇，以及这些话语逐渐被文学技巧和思想探索所排斥的愤怒"[1]。当"硬科幻"作为一种约定俗成的概念被广泛接受后，那些非"硬科幻"的科幻文学作品便归到"软科幻"里。中国在20世纪80年代对"硬科

---

[1] 姜振宇：《科幻"软硬之分"的形成及其在中国的影响和局限》，《中国文学批评》2019年第4期。

幻""软科幻"概念的引入,"一方面试图对世界科幻文类传统进行重新解释,另一方面也在尝试建立起自己的文学主张,以此来最终形成独特的中国科幻传统"①。虽说"软硬之分"的科幻观在当时有着特殊的历史意义与历史价值,但随着中国科幻文学创作的深化与发展,这种二元对立的分类方式日渐显露其局限性。从文学创作的实际而言,任何一部文学作品都不可能拥有"非黑即白"的特性,也不可能完全被归于某一类别中而与其他类别毫无关系。对于一部文学作品,尤其是有着较高文学价值的作品来说,它的珍贵之处恰恰体现在其含混性上。这也就是说,单个的文学作品始终处在由"软硬科幻"两极所形构的谱系上。因而,我们只能说某一作品中"软"的成分多一些还是"硬"的成分多一些,而不能直接将其蛮横地归为"硬科幻"或"软科幻"。此外,"软硬之分"时常被认为是在推崇"硬科幻"而排斥"软科幻",而"能否忍受其(硬科幻——笔者注)中叠床架屋的科技陈述,甚至产生热爱和沉迷"②,也成为标示自身阅读能力与审美行为的一种准则。就此而言,"软硬"的分类方法也不利于形成良好的科幻文学生态。因此,我们在使用"软科幻"来标志某些科幻作家的文学创作时,不是为了将之与"硬科幻"相区隔,而是强调他们的作品在由"软硬"两极所构成的科幻文学谱系中处于"近软端"的位置。相较于那些长于展现科技幻想的创作者,以及同样被贴以"软科幻"标签的科幻作者来说,夏笳、郝景芳的文学写作因更鲜明、更直接、更透彻地展现她们对社会历史的审视、对人心人性的审思,从而成为"软科幻"作家的代表。

---

① 姜振宇:《科幻"软硬之分"的形成及其在中国的影响和局限》,《中国文学批评》2019年第4期。

② 姜振宇:《科幻"软硬之分"的形成及其在中国的影响和局限》,《中国文学批评》2019年第4期。

第一节　科幻写作与现实观照

（一）"科幻现实主义"与夏笳、郝景芳的科幻写作

从文体形式上看，夏笳、郝景芳的科幻写作中时常混杂着穿越小说、言情小说、青春小说，乃至悬疑小说的影子，不免给人一种似是而非的错觉。郝景芳也曾以"无类型文学"来指称自己的作品。之所以出现此种境况是因为她们的写作"不约而同地把软科幻向前推进到科幻文类的边界上"①，使其处于一种介于科幻文学与非科幻文学的中间状态。如果说纯科幻文学关心的是虚拟世界，纯文学关注的是现实世界，那么"这种介于现实与虚拟之间的文学形式则构筑起某种虚拟形式，以现实中不存在的因素讲述与现实息息相关的事"②。这也就意味着"它所关心的并不是虚拟世界中的强弱胜败，而是以某种不同于现实的形式探索现实的某种可能"③。这种以科幻的虚构来观照现实的写作方式通常被人们称为"科幻现实主义"。

"科幻现实主义"的概念最早是由科幻作家郑文光提出来的，在他看来，"科幻小说也是小说，也是反映现实生活的小说，只不过它不是平面镜似的反映，而是一面折光镜"④，"它能在现代化的幻想——科学幻想构思中，曲折传神地展示我们严峻、真实的生活"⑤。夏笳、郝景芳的科幻写作在不落入激进革命叙事的过程中，也没有转向消极的朋克叙事，而是以其深刻的人文关怀和作为知识分子的现实责任感承担起以科幻观照社会、反思人类文明进程的启蒙责任，从而显示出"科幻现实主义式"写作的独

---

① 徐勇：《科幻写作的"当代性"与"日常生活化"》，《文艺报》2017年8月21日第5版。
② 郝景芳：《去远方·前言》，江苏凤凰文艺出版社2016年版，第2页。
③ 郝景芳：《去远方·前言》，江苏凤凰文艺出版社2016年版，第2页。
④ 郑文光：《在文学创作座谈会上关于科幻小说的发言》，中国科普创作协会科学文艺委员会编：《科幻小说创作参考资料》1982年第4期。
⑤ 郑文光：《战神的后裔》，湖南教育出版社1999年版，第197页。

特意义与价值。

(二) 郝景芳的生命哲思

总体而言，郝景芳科幻写作的可贵之处在于她往往能真切洞悉现行社会在制度与结构方面的弊病，并以科幻的方式指出其存在的荒谬性与不合理性。2016年斩获雨果奖的《北京折叠》以"翻转北京"的方式揭露了城市发展与现代化进程可能带来的后果。在未来，北京以折叠的方式形成了三个不同的空间。第一空间占据大地的一面，生活在这里的500万人拥有从凌晨六点到次日凌晨六点共24小时的有效生存时间。第二、三空间占据另一面，其中生活在第二空间的2500万人拥有从凌晨六点到晚上十点共16小时的有效生存空间，而生活在第三空间的5000万人则拥有剩下8小时的有效生存空间。每当有效生存时间结束，该空间的人就要进入休眠舱，从而将时间交给下一空间的人。在空间设计上，三个空间只有经济结构上的联系而没有空间结构上的联系。这也就是说，第三空间的人不能进入其他空间，而其他空间的人也不能进入不属于自己的空间。在这一设定下，生活于第三空间的老刀为了改变孙女糖糖的命运，接了一项从第二空间往第一空间送礼物的工作。经由老刀的活动路线，作者向我们展现了每个空间中不同人物的生活状态。生活在第三空间的人除了垃圾工，便是一些以贩卖衣服、食物、燃料和保险为生的人，生活在第二空间的则是城市的中层管理者、中级白领，而生活在第一空间则是这座城市的真正管理者。时间、空间上的不平等暗示了生活在不同阶层的人所占有的资源，以及所拥有的权利的不平等，而空间的隔绝则暗喻着经济结构的隔绝，也就是阶层的隔绝。应该说，郝景芳通过折叠的物理空间从经济结构学的角度思考了人类发展可能遭遇的困境，即科技的进步带来的可能不是人类自由而全面的发展，而是更为严重的阶层固化与权利失衡。在这一绝对固化的阶层结构中，人的价值也将变得虚无缥缈。甚至当科技发展到可以完全取代人的地步之时，人类的生存意义也将成为一个被反复探讨的问题。就此而言，《北京折叠》以未来寓言的方式为当下社会的未来发展提供了一种先验性的思索，从而将未来与现在糅合到人类命运这一大的社会学命题之下。

《北京折叠》虽然帮郝景芳赢得了较大的社会声誉，但这并没有令她停下以科幻观照现实的脚步。在《永生医院》中，郝景芳思考了克隆技术的现实应用可能带来的伦理问题。故事中，钱睿发现前两天还躺在重症监护病房里的母亲突然生龙活虎地出现在家里，他认为是医院用某种技术制造了一个赝品，借以欺骗患者家属。然而经过几次测试之后，发现克隆者拥有母亲的全部记忆。几经探查后，他得知，母亲的克隆体被植入了母体的全部记忆，从而获得了新生。当他决定以谋杀和欺骗的罪名状告医院时，发现自己也是一个医院制造的"新人"。故事的最后，钱睿虽然放弃了状告医院的机会，但这并不意味着郝景芳认同克隆技术可以实施在人类身上，而是她以未来难以决断的尴尬境地警示生活在当下的人——人的生老病死是一种自然规律，我们不能因为自己的私欲强行干预。因为克隆技术一旦施行，钱睿所面临的尴尬境地也将是我们所面临的，毕竟公开与不公开的两端都通向血腥与死亡。在《最后一个勇敢的人》中，克隆已经成为一个常态，每个人都可以通过克隆来实现自身长生不死的愿望。然而斯杰认为每个副本和本体都是相对独立的个体，他们可以拥有自己的意识和独立生活的权利，然而当时的统治者不认同此种思维，因此想要杀死斯杰并获得他的基因组图谱。斯杰虽然最终没逃脱被捕并被秘密杀害的命运，但潘诺32继承了斯杰47的记忆并将其传承了下去。作者借斯杰47的故事指出与借克隆实现生命的永存相比，留存人类的文明显得更为重要。斯杰47也通过自己的个体选择标示出"一个人的价值不应该用大世界判断，应该用小世界判断"①。这也就是说,个体价值的评判标准不在于他是否遵守了世界的规则,而在于他以自身的行动揭露了世界的荒谬与蛮横,进而指向人类的解放与更高的文明。在《遗迹守护者》中,郝景芳则从更高的角度思考了人类文明的传承问题。"我"作为人类文明遗迹的守护者,在生命即将走到终点的时候遇到了另一文明的使者——火球人,然而火球人只能看到光的存在,却看不到"我"辛苦守护的整个遗迹。"当生命熄灭,空间,时间,死亡随之而去",伴随着最后一个人的死亡,人类的文明也将"在黄昏黯然失色"②。正因为如此,与人类文明的传承相比,所有的钩心斗角、尔虞我诈都显得毫无意义,而这也正是郝景芳在《皇帝的风帆》中所要表现的。当南派和北派还在为争宠而互相倾轧时,只有"我"阻挡了粒子潮的侵袭,拯救了人类的文明。就此而言,唯有当人类文明还存在的时候,一切问题的争论都还有意义,等到人类文明灰飞烟灭的时候,所有的问题都将成为无根可依的假问题,从而变得毫无意义。

(三)夏笳的女性启蒙写作

如果说郝景芳是在近"形而上"的层面探讨有关人类生存与人类文明的哲学问题,那么夏笳的科幻写作则更贴近生活与女性本身。《夜莺》与《我的名字叫孙尚香》虽然在故事背景、故事模式等方面大相径庭,但从故事内核的角度来说,它们所探讨的都是女性自身的主体性与婚恋自由的问题。在《夜莺》中,千宁因不想嫁给将军的儿子格雷选择出逃,几经坎坷后,她还是没能摆脱回去结婚的命运。然而在外冒险的过程中,她结识了一个黑衣人并爱上了他。为了能够实现与他相爱的目标,她将自己的心

---

① 郝景芳:《最后一个勇敢的人》,郝景芳:《孤独深处》,江苏凤凰文艺出版社2016年版,第132页。

② 郝景芳:《遗迹守护者》,郝景芳:《去远方》,江苏凤凰文艺出版社2016年版,第162页。

献给了黑衣人，从而实现了精神上的自由。在《我的名字叫孙尚香》中，孙尚香被安排嫁给吕布，然而不管是最初的抗拒还是后来的情愫初生，孙尚香从未丧失独立思考和自我决断的能力。她以自身的行动大声喊出了"我就是我，不是任何人的附庸"[①]的口号。作为女性写作者的夏笳，对现实生活中的女性处境与女性命运有着深刻的了解与感受。因而，她也尝试通过科幻写作的方式表达自己对女性实现自由与解放的愿望。就此而言，科幻对夏笳来说并不是一种亚文化的文本，而是一种与纯文学一样的可以启蒙大众的现实性文本。

与刘慈欣、韩松等"硬科幻"写作者相比，夏笳、郝景芳等偏向"软科幻"的写作者喜欢从细微处发现生活的诗意，从小处着眼进而参与关于人类文明与人类未来可能性的讨论。然而不论是"硬科幻"还是"软科幻"，科幻创作者以科幻观照现实的目的是不曾改变的。

第二节 "日常生活化"写作下的人性关怀

如果说刘慈欣、韩松、王晋康等人的写作是以展现科学幻想神奇瑰丽、变幻莫测的奇异世界为标志的话，那么夏笳、郝景芳等人则是将写作的重心偏移到科技进步后的人上。如果说刘慈欣、韩松等人的科幻写作可以被视为"后人类""后身体""赛博朋克"写作的话，那么夏笳、郝景芳等人的写作则是"地地道道的人类写作"[②]。这也就是说，在夏笳、郝景芳那里，对未来科技的幻想已经退化为故事的背景，她们更多的是在未来语境下以感性经验的方式探讨一些日常生活化的问题。例如，在《北京折叠》中，

[①] 夏笳：《我的名字叫孙尚香》，夏笳：《倾城一笑》，作家出版社2018年版，第224页。
[②] 徐勇：《科幻写作的"当代性"与"日常生活化"》，《文艺报》2017年8月21日第5版。

郝景芳探讨了人类社会阶级分层以及阶层固化的问题。《我们的房子会衰变》《祖母家的夏天》探讨的则是价值的恒定性与变化性的问题。而在《夜莺》《我的名字叫孙尚香》《并蒂莲》中，夏笳着意探讨的是爱情的真谛和女性主体价值选择的问题。应该说，"日常生活化"的科幻文学写作既是夏笳、郝景芳主动选择的一种创作路径，也是一种传递她们价值观的重要手段。毕竟，"科幻文学作为文学多元样态中的一种，其最终的旨归依旧是解读人与人性中共同的东西。而科幻文学正是借由虚拟世界的自由，完成对人性深处乃至潜藏在人类的无意识之物的探幽"[1]。

（一）人性恶的审视

夏笳、郝景芳的科幻写作对人性恶多有展示，并表现出了强烈的批判精神。《雕塑》以人显露出自身的阴暗面就会变成雕像的灵异事件揭示出人性的弱点："人在漫长的等待中虽然可以尽一切努力保持优雅，但总有自私的那一瞬间，那一瞬间就把什么丑态都露出来了"，"人都是自恋的，这就是人性的弱点"。[2]《皇帝的风帆》则以知识的有用性昭示出人性的幽暗与互相倾轧的本性。在宇心国里，因为国王喜欢天文学，所以天文学便成为最有用的科学，进而衍生出了相互对立的南北两大学派。南派的弟子宇生因没有研究"寻找星系中心亮度与渡渡鸟肉价格的相关性"，而是去邻国进口渡渡鸟肉回国倒卖被捕。被放逐到宇宙飞船上之后，宇生勘破了星系亮度变化的原因，成功阻止了粒子潮对人类的侵袭。在读懂其他星球发来的文明预警时，他也读懂了生活在这个星球上的人的全部荒谬性："所有的句子都能变模样，所有的星象都能被当作打斗的筹码，所有争辩都能

---

[1] 周珊伊：《浮现于虚幻世界的现实隐忧——评郝景芳短篇小说集〈孤独深处〉》，《兰州教育学院学报》2020年第4期。

[2] 郝景芳：《雕塑》，郝景芳：《去远方》，江苏凤凰文艺出版社2016年版，第87页。

在走失之后搅动起他们所经历的、牢里牢外的仇。"①当天文知识变成了互相攻讦的手段时,知识也就失去了它超越意识形态的价值。当人类只懂得用知识互相攻击时,那么人祸将大于天灾,甚至不等天灾降临,人类文明就已消磨殆尽。在《揭发》中,人与人之间的猜忌、怀疑,则彰显得更为淋漓尽致。当外星文明统治地球后,他们要求人们说出地球上长官们的过错,他们以宇宙先进文明代表者的身份"惩罚地球上原始而不公正的长官的压迫"②。于是,地球上的人开始了揭发游戏,每个人在偷偷揭发别人的同时,又满带着怕被别人揭发的怀疑与惊悸。然而,当所有人服从统治者的规则时,却从没有人怀疑规则的正确性。故事虽然以"我"炸毁了外星人的神殿结尾,但人类自身的软弱性、妥协性却没有改变。从某种程度上说,这篇文章有向鲁迅在《狂人日记》中所言的"从来如此,便对么"致敬的意味,或者说,他们所探讨的哲学问题是一样的,即当我们生活在规则意识形态下去思考规则如何改变更合理时,却从没质疑过规则本身。就此而言,夏笳、郝景芳的科幻写作在展现人性恶的时候并没有止步于对人性恶的批判,而是将关于人性的探讨上升到生命哲学的高度。

(二)人性美的赞美与歌颂

在人性恶的审视之外,对人性美好与光明面的赞美在夏笳、郝景芳的科幻写作中也有突出的展现。在《莫比乌斯》中,郝景芳巧借数学领域中的"莫比乌斯环"写了一篇关于善与爱的故事。阿木为了改善自身的生存境遇,冒充美术老师来小舟家教油画。成为朋友后,阿木得知小舟的家庭生活其实并不幸福——妈妈不爱爸爸,爸爸经常打人。在小舟看来,世界

---

① 郝景芳:《皇帝的风帆》,郝景芳:《去远方》,江苏凤凰文艺出版社2016年版,第195页。

② 郝景芳:《揭发》,郝景芳:《去远方》,江苏凤凰文艺出版社2016年版,第205页。

就是一个大的"莫比乌斯环",你只要朝着一个方向走,就能走到世界的反面。在反面的世界中,家庭会呈现一片祥和的景象。在一次离家出走后,小舟重新回到家,以为自己走到了反面世界。为了不打破小舟的美好心愿,阿木将桌上的木头小人贴到了茶几下面。在《梦垚》中,夏笳书写了一个充满温情的育儿故事。在一个奇异的世界里,像幽灵一样的魅和像黏土一样的垚成了朋友,魅在森林里游荡的时候发现了一个怀孕但濒于死亡的女人,垚将婴儿从女人体内取出并让其在自己体内继续"孵化"。因孕育生命不断虚弱的垚在与另一个垚的争斗中丧失了生命,临死前它将成熟的婴儿送到了人类面前。在《童童的夏天》中,作者则借现代科技谱写了一曲人与人之间互相关爱的赞歌。童童的外公腿脚不便,她爸爸便领了一个智能机器人帮忙照顾外公。在阿福的帮助下,外公不仅能够与朋友聊天、下棋,还重新找到了自己的社会价值。当外公做手术住院后,阿福又送来一个玩具小熊。这个小熊可以同步外公的生命体征,方便童童第一时间获知外公苏醒的消息。在这个故事中,科技成果非但没有引发未来危机,反倒拉近了人与人之间的距离。人性的爱与善也在未来科技的帮助下变得更加丰腴而充沛。

（三）人的价值的重新确认

在探讨夏笳、郝景芳科幻写作的人性关怀时,其作品所展现的对人的价值的再确认也是不容忽视的一个方面。《最后一个勇敢的人》中的斯杰47在"世界"之外重新找到了个体的位置,从而实现了超脱现实规则的可能。《皇帝的风帆》里的宇生发现了"被人遗落的宝藏,找到了世人忘却的路途,当上了大起大落的大人物"[①]。在宇生这里,"大人物"不是站

---

① 郝景芳:《皇帝的风帆》,郝景芳:《去远方》,江苏凤凰文艺出版社2016年版,第193页。

在朝堂上的辩论者，不是学派中唇枪舌剑酣战不休的学人，而是真正担起保家卫国、拯救人类文明重任的战士。与前者相比，宇生的生命价值已然超越了"传统"的评价标准，从而实现了另一种意义上的新生。《倾城一笑》中的"我"与凌岸鸿找到了超脱世界法则的方法，认清了世界的本质。在世界即将毁灭的时候，"我"和凌岸鸿都找到了可供灵魂依托的地方，从而实现了更高层面的自由。《夜莺》和《我的名字叫孙尚香》中的女主"浮出了历史地表"，以极大的勇气挑战了现实规则，大胆言说了自己的个体追求，从而将女性摆到了与男性同等的位置上。在《羞怯》和《城堡》中，郝景芳肯定了单纯的美好，批判了随着人类成长不断增长的傲慢与虚伪，"《我的时间》则用'偷窃时间'这样的设定来讽刺人们利益至上的肤浅追求，《回到原点》暗喻人的异化，在重复而空虚的工作和生活中习惯安于眼前的苟且"[①]。在《孤单病房》《嘀嗒》里，人们沉浸在由脑波虚构的美好幻觉中，以虚幻来逃避现实的残酷，放逐了自身的责任与理想，进而放逐了生命的意义与价值。应该说，夏笳、郝景芳时刻以文学书写者的启蒙理想，以及知识分子的社会责任观照着自身的科幻文学创作，在不断地将自身对社会、人生的思考注入自己的文学写作的过程中，不断创新科幻文学写作形式，从而在科幻文坛上形成了独特的"风景"。

卡尔·弗里德曼曾指出，"科幻小说的主题和社会理论的主题通常是并行不悖的"，科幻小说往往在"远地端"观察人类社会并发出自己的声音。郝景芳也说："虚幻现实可以让现实以更纯净的方式凸显出来。虚幻的意义在于抽象，将事物和事情的关系用抽象表现，从而使其特征更纯

[①] 姜佑怡：《幻想之下，现实未满——论郝景芳与科幻现实主义》，《新文学评论》2020年第3期。

粹。"① 就此而言，夏笳、郝景芳的写作正是站在虚构的"云端"来俯视现实社会，发现有关人的发展、人与社会的历史症结，以新的侧面展现人自身的优势与劣根、美好与丑恶、进步与退化，从而让生活在现实生活中的人能够反观自身，进而实现精神层面上的进化。

第三节　本土化与中国经验

如果说刘慈欣、王晋康等人是"新生代"科幻作家的话，那么夏笳、郝景芳等人则应是"更新代"的代表。之所以这样说，是因为她们在主体选择、价值指向、写作方式等方面表现出了与前者截然不同的样貌。首先，刘慈欣、王晋康等人善于勾勒宏大场面、表现宏大叙事，作品往往呈现出奇异瑰丽的艺术特色。这种写作方式从某种程度上来说是一种较为通行的"国际标准"，而这种标准所推行的"硬科幻"也为后来者制造了一种影响的焦虑。如果后来者选择"硬科幻"，那么，他必然要挑战刘慈欣、王晋康等人的文坛地位。面对刘慈欣所创造的"三体"世界，后来者很难在短时间内到达超越"三体"的程度。因此，如何避免这种影响的焦虑就成了后来者需要思考的问题。其次，刘慈欣、王晋康等人的科幻写作既然遵循的是"国际标准"，那么它必然也会以一种相对强势的姿态冲击着本土科幻的生成与发展。由此出发，夏笳、郝景芳等"更新代"科幻作家的文学创作也带有一种"基于民族主义情感的反文化殖民倾向"②。因为"他们相信，只有写出植根于民族文化土壤的原创性作品，才能和世界上最优秀的

---

① 郝景芳：《去远方·前言》，江苏凤凰文艺出版社2016年版，第2页。
② 叶立文、吕兴：《离题叙述与中国经验——浅议更新代科幻小说》，《粤港澳大湾区文学评论》2020年第1期。

科幻作家相比肩"①。这也使得她们在科幻文学创作过程中不断探索科幻写作的"中国经验"，实践自身的本土化理想。

（一）对本土资源的化用

夏笳、郝景芳探索科幻写作本土化的方式首先表现在对本土民间故事、神话传说的借用与化用上。在《我的名字叫孙尚香》中，夏笳通过重置孙尚香的人物故事与人物设定，表现了女性的坚强与自爱，以及为掌握自身命运所做的全部努力。在《百鬼夜行街》中，作者将故事地点设在了鬼街，并让《聊斋志异》中的宁采臣、燕赤霞、聂小倩等人物粉墨登场。故事里的小倩虽然还是鬼，却已经不是一般意义上的鬼，而是一种人工智能——将人的灵魂注入用光敏材料做的人形骨架中——制作出来的玩物。当另一种新型的可以与真人难分真假的鬼造出来之后——宁采臣即是其中之一，鬼街已然面临着消失的危险。从故事的结构来看，情节内容虽取材于《倩女幽魂》，但字里行间还留有作者夜游鬼街的影子。应该说，这一故事的生成源自夏笳"潜知识"与感性经验的结合。与之相似，《永夏之梦》《汨罗江上》则分别是对老子和屈原故事的改写。除了将中国本土民间故事、神话传说改编入自身的科幻文学中，夏笳、郝景芳等人还经常折叠时空，让不同时期的人物进行跨时空对话。在《山中问答》中，贝克莱、庄周、孔丘、柏拉图、毕达哥拉斯、海德格尔、薛定谔等人与"我"共同追索世界的本质为何的问题。《关妖精的瓶子》则利用麦克斯韦与妖精科鲁耐里亚斯打赌的故事设定，通过自身的想象力结构出了妖精与科学家之间一系列充满喜剧与奇幻色彩的科幻故事，其间穿插讲述了阿基米德、爱因斯坦、薛定谔等人的科学研究经历。当然，夏笳、郝景芳科幻小说中的

---

① 叶立文、吕兴：《离题叙述与中国经验——浅议更新代科幻小说》，《粤港澳大湾区文学评论》2020年第1期。

本土化改造还包括对西方文艺作品的化用与改造。在《遇见安娜》《癫狂者》中，夏笳、郝景芳致敬了美国经典电影《楚门的世界》。《癫狂者》中的"他"因接连不断的"幸运"担心自己成了现实中的楚门，在怀疑与焦虑中变成了一个疯子。《遇见安娜》则"以黑色幽默的方式警示世人：众生皆是楚门，但自由意识永不泯灭"[①]。

（二）中国化的写作立场

除对本土资源的化用外，夏笳、郝景芳的科幻本土化实验还体现在她们的书写立场上。对于夏笳、郝景芳等人来说，科幻文学的写作不仅仅是一种情感与志趣的表达方式，更是一种知识分子式的干预当下社会生活的方式。她们的科幻文学作品时常隐匿着现实生活的影子和作者对现实生活的审思。在《北京折叠》里，郝景芳以书写未来北京的方式透析了中国当下的社会现状：阶层分化日益明显，人员的阶层流动性逐渐减弱，阶层更新逐渐变难。如果不改变这一状况，中国的社会发展将会在未来受到很大的限制。在《去远方》中，作者又以现实主义与表现主义相叠合的手法，借身患"癌症"的"我"的寻找之旅，思考了中国发展可能遭遇的几条道路。在故事中，郝景芳借"我"之口指出，并非所有的道路都通向罗马，中国的发展道路也并不是只有模仿西方社会这一条。在深入研究"癌症"的发病机理后，中国将有机会打破固有的认知，走向富有中国特色的发展道路。而《孤单病房》《嘀嗒》则以人沉浸在网络营造的虚假泡沫中的空虚与无聊侧面批判了人们对理想与责任的放逐。网络空间虽然能够让人暂时忘却现实生活的烦恼，但它对人精神的麻痹与毒害和毒药无异，过度的沉迷只能招致"死亡"。就此而言，夏笳、郝景芳的科幻立场在于以科幻

---

① 王文林：《与初恋无异的"稀饭科幻"——论夏笳的科幻文学世界》，《兰州教育学院学报》2019年第1期。

来回应现实,以未来观照中国当下,这也使得夏笳、郝景芳的科幻写作满溢着中国精神与中国特色。

(三) 对中国传统叙事手法的运用

当然,夏笳、郝景芳科幻写作的本土化色彩还体现在她们对中国传统叙事手法的运用上。例如,夏笳常以"三重化"乃至"多重化"的重复手法结构故事。在《关妖精的瓶子》中,虽然只详述了妖精与麦克斯韦的打赌过程,但作者以妖精回顾自己在其他科学家那里的"悲惨"遭遇,重复了这一打赌过程。而"妖精不断重复的惨痛经历,凝聚为科学精神必胜的单纯主题"[①]。在《嘀嗒》中,作者利用三次读秒的重复过程讲述了整个造梦的过程,进而引出了作者对梦与实、真与假的哲学讨论。在另一些文本中,夏笳、郝景芳还善以"离题叙述"的方式"调整叙述节奏或增强美学效果"[②]。例如,在《百鬼夜行街》中,作者在描写小倩诡异形态的过程中插入了一个"小倩梳头"的镜头,在延宕叙事节奏的同时也表明小倩虽然已经变成了女鬼,但她没有失去人类的生命欲望。在人类将宁采臣视为玩物的时候,作为鬼的小倩还保有母爱的光辉与人性的伟大。应该说,这一细小镜头的加入不仅强化了小倩的"人性",也强化了人的"鬼性"。再如《十日锦》中作者对宫中环境的描写,绿意盎然、充满生机的重影宫在凸显绿烬夫人美的同时,也化身成囚禁软儿的牢笼。与绿烬夫人为爱献身相比,这重重的绿意则显得格外幽森、压抑。整体而言,中国传统叙事手法的融入非但没有限制她们的科学幻想,反倒为她们的科幻叙事增添了几分带有中国韵味的神异色彩。而这种中国传统叙事方式的新科幻写作,也在

---

① 张懿红、王卫英:《夏笳的"稀饭科幻":互文性写作及其特质》,《科普创作通讯》2012年第2期。

② 叶立文、吕兴:《离题叙述与中国经验——浅议更新代科幻小说》,《粤港澳大湾区文学评论》2020年第1期。

一定程度上提高了人们对科幻小说的接受与理解程度。

在《你无法抵达的时间》中，夏笳曾思考过中国科幻的中国性是什么。从夏笳、郝景芳的科幻文学创作来说，"中国性"既是指她们作品中所蕴含的中国元素，也是指她们基于中国立场经由科幻来审思社会历史的方式，又是指她们对科幻的本土性创造。如果要用一个词来概括夏笳、郝景芳的科幻文学创作，可能没有比"同时代性"更恰当的了。在《何谓同时代的人？》中，阿甘本曾指出："同时代性就是指一种与自己时代的奇特关系，这种关系既依附于时代，同时又与它保持距离。更确切地说，这种与时代的关系是通过脱节或时代错误而依附于时代的那种关系。过于契合时代的人，在所有方面与时代完全联系在一起的人，并非同时代人，之所以如此，确切的原因在于，他们无法审视它，他们不能死死地凝视它。"[①]夏笳、郝景芳正是从时代出发，以脱离或错位于时代的眼光出发来审视自身所处的时代，并以不同于该时代的时空来映射该时空，从而创作出具有深刻人文关怀、现实哲思与个人特色的科幻文学作品。虽然我们无法预知她们今后的科幻文学创作道路将要走向何方，但我们有理由相信根植在夏笳、郝景芳知识结构中的"同时代性"是不会变的，我们也期待她们在不断突破科幻文学边界的过程中创作出更加精彩、更富个人特色的文艺佳品。

[①] 转引自徐勇:《科幻写作的"当代性"与"日常生活化"》，《文艺报》2017年8月21日第5版。

第十四讲

雅与俗的互动：
李宏伟、王十月的跨界实验

在众多的文学类型中，科幻文学凭借其内蕴的科学理性、瑰丽想象成为文学长河中一颗耀眼夺目的明星。与此同时，它也凭借其自身书写的丰富性、异质性成为一门演绎"跨界"的艺术。它"囊括太空宇宙、宏观微观、万物生灵等万象题材，汇聚人工智能、自动化、物联网、脑联网、VR增强和虚拟现实、区块链、社交媒体等前沿阵地，联结科学、小说、影视、游戏、音乐等领域，文理打通，时尚碰撞，大胆预言想象新科技和文化"①，恍若未来世界的试验场。如果说科幻文学的跨界性质为其带来了艺术丰腴度与文学表现的内部张力的话，那么跨界作家的加入则为这一文学类型增添了许多发展和变化的可能性。

20世纪90年代以来，作家的身份变得越来越复杂多样。一方面，专业的文学创作者有的开始下海经商，有的转型进入高校或科研院所；另一方面，非专业文学创作者也转型进入专业的文学创作领域。在某种程度

---

① 凌逾：《赛博与实存的跨界太极——论王十月科幻小说〈如果末日无期〉》，《南方文坛》2020年第1期。

上说,跨界业已成为当下社会的一个重要文化现象。①在王朔、韩寒、郭敬明、张嘉佳等人跨界进入导演、编剧行业之后,李宏伟、王十月则从诗歌、小说的"纯文学"创作跨界到"科幻文学"(类型文学)的创作领域中。虽然与王朔、韩寒等人的跨界相比,李宏伟、王十月的跨界步伐显得小了很多,但科幻文学自身的跨界属性则为他们的写作提供了更多的可能性。2017年,时任文学编辑同时还是诗人的李宏伟出版了第一部长篇科幻小说《国王与抒情诗》,次年又出版了《暗经验》,从而正式跨界进入科幻文学的创作领域之中。"鲁迅文学奖"的获得者王十月也在2018年出版了新作《如果末日无期》。那么,当"跨界"遇到"跨界",作为类型的科幻文学将会产生怎样新的表现形式与价值主题呢?

第一节 "未来现实主义"下的科技隐忧

(一)科幻文学的几种类型

在日常生活中,人们总习惯用"科幻小说"的概念来指称刘慈欣、王晋康、韩松、夏笳等人的写作,然而,当人们使用这一概念时,往往遮蔽了科幻小说内部的诸多异质性因素。在具体的科幻写作实践中,科幻小说因其描写侧重点以及展开描写的方式可以分为"硬科幻"和"软科幻"两种。所谓"硬科幻"便是那些尊重科学精神,推崇科学理性,以自然科学和技术为基点展开叙事的科幻作品,相对而言,"软科幻"则指那些"在科幻背景下描写社会人文,以表现人与人关系为主,题材集中于哲学、心

---

① 电视节目中的"跨界表演"既是跨界的文化表征,也是跨界热潮的有力证据。电视节目中的跨界主要有两种形式:一是在节目内部存有跨界的元素,如《爸爸去哪儿》《极限挑战》《挑战者联盟》《我们来了》等;一是节目本身即是跨界表演,如《跨界歌王》《跨界喜剧王》《喜剧总动员》《十二道锋味》《舞林大会》等。

理学、伦理学、政治学或社会学等内容,重在情节发展叙述"①的科幻作品。而根据文本的立足点是重"科"还是重"幻",又有论者曾将科幻文学分为高概念科幻、未来学科幻与隐喻派科幻三种。其中,"先幻后科"的科幻文学作品属于高概念科幻,即在具体的文学写作中,先预设某一概念,然后再以科学术语夯实。因而此类科幻文学的形成,依据的是创作者的头脑与非凡的想象力,而非现实的科学技术。与之相对,"先科后幻"的科幻文学作品则属于未来学科幻。在具体的文学创作中,创作者沿着现有的科学技术和科学知识的发展一路展开想象,探寻科技发展的未来将对人类产生的影响。与前两者相较,隐喻派科幻仿佛自成一派,它不注重对科学概念的解释以及对未来科技的想象,而是意图在未来科技发展的背景下探讨现实社会问题。此外,如果按照科幻文学对未来时间设定的长短划分,科幻文学可以分为近景想象型、中景想象型和远景想象型。按照叙事内容离现实的远近,"近景想象大致是50年左右的事情,中景想象大致是50年至300年,而远景想象则大致是300年及以后"②。因此,近景想象型的科幻小说的未来想象深深地植根于当代想象中,中景想象型的科幻小说所关注的往往"是人类命运与人类生命的问题",而远景想象型的科幻小说则是在形而上学层面上探讨人类文明的未来。值得注意的是,虽然科幻小说可以依据不同的标准划分成不同的类型,但在实际的文学创作中,某一文学作品很难被严格地划归到某一类型之下。科幻文学作品本身的丰富性与含混性使其往往成为多种类型交织的混合体。具体到李宏伟、王十月的

---

① 凌逾:《赛博与实存的跨界太极——论王十月科幻小说〈如果末日无期〉》,《南方文坛》2020年第1期。

② 王峰:《人工智能科幻叙事的三种时间想象与当代社会焦虑》,《社会科学战线》2019年第3期。

科幻小说写作来说,王十月曾以"未来现实主义"概括其写作特质。[①] 所谓"未来现实主义",其实质便是以未来想象的方式关涉当下科技发展的可能性与潜在危机。换句话说,它是以科幻想象的方式介入未来社会的发展,写的是"在不久的将来,科技必将带来的现实"[②]。如果按照此前所列出的分类标准来看,"未来现实主义"式的科幻写作当属于中、近景想象型的隐喻派科幻。

(二)王十月、李宏伟的科技忧思

在《如果末日无期》中,王十月将五个既相对独立又相互连贯的故事连缀成了他对未来现实思考的寓言诗,其中浸润着他对科技发展的审视与隐忧。王十月曾不止一次提到,在面对科技发展时,他是忧患派的——他赞成科技要发展,"如果不发展,我们还在山洞里面住着,但在大方向乐观的同时,更多的是忧患"[③]。因而在科幻文学创作中,王十月更多的是表现科技高速发展可能带来的困境以及对这一困境的思考。在《莫比乌斯时间带》中,"今我"为了寻找进入〇世界的入口,在"量子吧"遇到了"我在未来"。在我在未来之口,今我了解到 WA 病毒——该病毒其实是拉奥教授为了实现自己的科研理想制造出来的恐慌——曾试图摧毁物联网。为了清除该病毒,拉奥教授决定建立"蜂巢思维矩阵"。进入这一矩阵中的人将丧失个人的自我意识,而融合成的"超级大脑"强大到能随时捕捉人类的意识从而控制人类的思维。当这样的矩阵越来越多后,"人类最有智慧的大脑",有可能"成为政客们的科技奴隶,而且是没有自我意识的科

[①] 虽然王十月并未以"未来现实主义"指称李宏伟的科幻文学写作,但从李宏伟科幻创作所展现出来的特点来看,"未来现实主义"也可以用来标识他近期的科幻文学作品。
[②] 王十月:《如果末日无期》,人民文学出版社2018年版,第68页。
[③] 王十月、杨袭:《王十月:我写的是万年孤独》,《中华文学选刊》2018年9月7日。

技奴隶"①。如果出现这样的境况，那么作为个体的人将不复存在，自由自在的个体思维也将不复存在。《胜利日》里的人因未来信息爆炸不得不在大脑里植入纳米芯片以处理海量信息。反对者认为"实现人机互联是反人类的，和计算机结合的人类不是真正的人类"，"于是他们设计出了一种病毒 Garbage，Garbage 病毒迅速在信息网络中传播，自我复制垃圾信息，他们试图瘫痪信息网络，逼迫人类回归纯粹的人"②。内森则设计出 MC 程序以等量的速度清除反对者制造出的垃圾信息。作为清道夫的安德鲁意外发现 MC 程序里存在一个禁区——它能够感染并入侵公民大脑，使受感染者只能接受指定信息。这也就意味着受感染者所了解的世界是程序设计者按照某种意图塑造出来的，所谓的真实其实是虚假。当这种程序病毒扩散到整个人类世界后，人类将丧失自我。而当这一程序被独裁者掌握时，人类就会变成独裁者操控世界的工具。在《如果末日无期》中，罗伯特教授通过纳米技术实现了"永生"，然而他却没有能力改变自己父亲与女友死亡的命运。因为并不是所有人都能够实现永生，永生的实现是需要条件的。虽然在故事的设定中，谁能获得永生是由大数据说了算，然而站在大数据背后的可能是国家权力的拥有者，抑或是金融巨鳄。他们把持着实现永生的权力。这也就是说，永生只是少数人的游戏，甚至还将成为他们统治民众的新的暴力机器。王十月凭借其对科技发展的认知和对人类文明发展进程的审视，敏锐地捕捉到了科技变革将要给人类社会带来的巨大影响，以一件他认为最合适的"衣服"重新"装扮"了科技革命的"样貌"。

与王十月一样，诗人出身的李宏伟也热衷于思考科技进步将会给人类社会带来什么样的问题。《暗经验》中的张力在储备处阅读了五年经典文

---

① 王十月：《如果末日无期》，人民文学出版社2018年版，第158页。
② 王十月：《如果末日无期》，人民文学出版社2018年版，第217页。

学作品来培养自身的审美力,以求能够进入暗经验局工作。而所谓的"暗经验"其实类似于弗洛伊德所讲的潜意识,它是人们在长期的阅读生活中所形成的对文学的本能反应与本能认知,是处于经验之下的更具决定性力量的一种能量。暗经验局存在的意义便是通过局内员工的暗经验来匡正、规约人的创作,使其在适当的范围内发展,也使其具有时代意义。为了解决创作的分配与互动的问题,暗经验局下设的翻检、筛查、设定、擦拭四个处,对一部作品从构思到出版进行全面的指导。在一定意义上,李宏伟的《暗经验》与伊斯梅尔·卡达莱的《梦宫》存在某种互文性。在《梦宫》中,"阿尔·克莱姆在睡眠梦境管理局工作,主要是收集、分类、分析成千上万的梦境,以便了解人们的所思、所想,帮助国家和君主免于灾难"[①]。张力所在的暗经验局则将文学创作者的思考与文学创作方式规约到意识形态所允许的准则内,对于不符合暗经验局要求的作品一律不允许写作、发表。那么,在一段时间以后,作家的创作活力将被无情斩杀,文学创作的意义也将如《命运与抗争》一样,成为歌颂国王丰功伟绩的干瘪之作。在《国王与抒情诗》中,作者以更加深沉的心境、更加锋利的目光再次审视了科技与文学的关系。在2050年,新的诺贝尔奖获得者宇文往户意外死亡。宇文往户的好友黎普雷在追查的过程中发现了往户身死的秘密——原来宇文往户获奖已被预知,他是在别人的"操控"下完成了获奖作品的写作,而这一切的设计者则是帝国文化的国王。国王通过意识共同体影响了宇文往户的灵魂,提示了他所要形成的文学经验和具体的文学写作。国王之所以这样做,是因为他想取消语言的抒情性,使个体的抒情消失,让人们走上一条可以被预见、被规定的语言使用方式的道路。当人们都用可预

---

① 王鹏程:《生活与存在的精致寓言——读李宏伟〈暗经验〉》,《创作与评论》2016年第11期。

判的语言来说话的时候，那么人类就实现了另一种方式的永生。然而这种永生的实现是以丧失抒情的个体性、言语表达的自由性为代价的。应该说，李宏伟思考的具体命题是科技发展对语言的文学性带来的困境，而语言的文学性背后藏着的则是人的主体性和关于人的定义的问题。就此而言，李宏伟所思考的命题与王十月所关注的话题是同一个问题的不同侧面。

第二节　哲学命题的科幻式思考

作为跨界写作者，王十月曾不止一次谈到自己的写作是未来现实主义式的。科幻只是给他的现实主义思考提供了一套极为合适的"衣服"。无独有偶，李宏伟也认为自己是一个现实主义作家，他所书写的是个人体验后的现实世界。可以说，科幻为他们提供了一面可以反观现实的镜子，在这面镜子里，"作者想要描述的并非未来远在天边遥不可及之事，而只是想在作品中陈述一种可能的现实，'这现实，基于他对这世界的观察和思考，基于他所知的一些差不多是绝密的，而又众所周知却无人相信的科技成果'，以表达自己对科技社会现实困境的思考"[①]。而在他们"纯文学"的写作经历和广泛的阅读经验的基础上，他们的思考在关切"人"本身的同时，其思考方式往往是哲学式的。

（一）《如果末日无期》：人与科技的辩证关系

《如果末日无期》虽然是一部长篇小说，但每一章都有各自侧重的主题。每一个主题背后，分别凝结着王十月对科技伦理的认识与反思，以及对人性与人类文明的审视与希冀。在《子世界》中，王十月试图探寻真实

[①] 唐媛媛：《一部"软硬兼济"的科幻作品——论王十月的〈如果末日无期〉》，《新文学评论》2019年第2期。

与虚无的辩证关系。子世界的张今我发现他们所生活的世界并不是真正存在的,他们可能只是一条计算机的信息代码。而在他们世界之上的元世界才是真正的世界,掌握着这个世界的法则。当今我认识到这一点时,他感到十分痛苦。怪烟客却安慰他说:"虚实可以是外在的,属物;也可是内在的,属灵。如果我们内心的感受是真实的,那么,虚也是实,我们不会感受到生命是一串代码……反过来,元世界的人类,就算他们是真实的存在,如果内心感到的是虚无,那么,他所在的世界,也依然是虚无的。"① 在这一哲学的辩证关系中,个人感受成为裁判真实与虚无的准则。只要你对你所及都能准确地感应并能够找到生存的意义,即便你真是一条代码,那么你也是真实存在的。在具体的论辩过程中,王十月也将庄子的传统哲学融入其中——子非鱼,安知鱼之乐?元世界、子世界、○世界,到底哪一个才是人类真正的生存世界呢?在作者看来,追寻这一命题并无意义,只要自己能够感受到个体的实在、寻找到作为个体的生存价值,那么这个世界于他而言便是真。

在真实与虚无的哲学思辨外,王十月在《莫比乌斯时间带》中反驳了刘慈欣的科幻哲学认知。刘慈欣的科幻关注的是作为整体的人类而非个体的人,因此当他以"假如人类文明只剩你我她了,你必须以吃掉她为代价才能保存人类文明,你吃吗?"为题发问时,江晓原选择不吃,刘慈欣选择吃。这也就是说,在刘慈欣那里,人物形象主要以两种方式呈现于众:一是以种族形象取代个人形象,二是以一个环境或一个世界作为文学形象出现。② 而在王十月这里,个体的价值始终高于整体的价值。在故事中,

---

① 王十月:《如果末日无期》,人民文学出版社2018年版,第55页。
② 参见刘慈欣:《从大海见一滴水——对科幻小说中某些传统文学要素的反思》,《科普研究》2011年3期。

当张今我为了寻找进入〇世界的交错口时,在"量子吧"遇到了我在未来。我在未来前来的目的是帮助张今我写下《退之的故事》。这是因为在未来,司徒退之因看了张今我的小说,在面对拉奥教授的"阿瑞斯计划"时,选择假意加入,想要待消灭了WA病毒后摧毁"蜂巢思维矩阵"。然而当外星人进攻地球后,人类失去了抵抗的能力,人类文明行将毁灭。为了保存人类文明,我在未来希望张今我能够改变故事的结局以保存"蜂巢思维矩阵",但张今我并没有修改此前的结局。因为"他坚信,如果人类连思维的自由都失去了,这个物种也就失去了继续存在的价值"①。在《如果末日无期》中,王十月则从另一个侧面思考了人权自由与科技伦理的问题。罗伯特教授因为专注于以东方神秘主义学说寻找人类的永生之路而被纳入永生人的行列,然而成为永生人就意味着失去了自由与诚实,就只能按照永生人的规则行事,臣服于整体意志。于是,罗伯特教授不得不在挣扎与痛苦中迎接父亲与女友的死亡,他也因为在为儿子寻找永生机会的过程中违反条例,被判处终身监禁。可以说,罗伯特在获得永生的过程中失去的不仅是精神的自由,还有身体的自由。而罗伯特教授的悲惨遭遇也提醒人们并不是所有人都有资格获得永生的。唯有在财富、权力等方面拥有绝对权威的人才能获得永生,而这种权力的获得也使得他们成为权力的分配者,换句话说,永生即为另一种形式的专制。

在王十月看来,科技发展虽然会给人类带来新的困境,但很多时候,这种困境的产生更多地来源于人类本身。在《胜利日》中,安德鲁沉浸在一个名叫大主宰的游戏中。作为清道夫的安德鲁发现了内森的阴谋,联合皮特制造了 The Truth 程序成功解除了危机。作为拯救者的安德鲁因此被推举成为元首。然而掌握自己杀害女友朱恩秘密的皮特成为安德鲁的心

---

① 王十月:《如果末日无期》,人民文学出版社2018年版,第201页。

头大患，于是他通过秘密手段释放了内森，并在内森的帮助下重新设计了MC+程序，以求小范围地控制他人的思维。内森的存在对安德鲁来说如同不定时的炸弹，为了排除隐患，安德鲁用毒药杀死了内森，并在他遗留的设定程序里找到了皮特。于是，他按下启动键将皮特变成了白痴。至此，他终于成为大主宰。然而当他想要变出山花烂漫的世界时，世界却充满了蛇虫鼠蚁。原来大主宰的世界是人性的映照，邪恶的内心只能映照出荒凉、残暴、混乱的世界。安德鲁唯有清理干净自己的灵魂才能获得解放。在这个故事里，内森、皮特、朱恩都没能获得最终的胜利，而获得最终胜利的安德鲁所印证的也只是"胜利者一无所有"的谶语。科技的进步会给人类带来怎样的变化，其中的关键并不是科技而是人，唯有人类先净化己身才能真正地掌控好科技的红利，否则人类只能在科技的狂潮中走向死亡。

（二）《国王与抒情诗》：科技伦理的内部透视

如果说王十月站在哲学的角度思考人与科技的辩证关系，是一种外部透视的话，那么，李宏伟思考的则是科技、文学与人的关系，这属于一种内部透视。在《暗经验》中，张力为了适应暗经验局的工作，逐渐丧失了自身的审美能力，身体逐渐变白、逐渐变透明。"白""透明"在这里成为一种隐喻。身体越白说明对现有的文学写作与评价规则越认同，也意味着越发丧失自身的独特性与个人审美。于是，对规则越认同，身体变白就越快，地位也就越高。身体的完全透明也就意味着个体对规则的完全信服与融入，个体成为规则的代言人。在这种规则的盛行下，原先有个性、有创造力的文学写作者将会被埋没，被同化的作者也将如萧峰一样彻底失去文学创作的能力。在《国王与抒情诗》中，国王想取消语言的抒情性，抒情性的取消也就是语言"歧义"的取消。毕竟"语言作为一种不得已而为之的'替代方案'，阻碍了人类的交融与统一，一旦语言的'歧义'消失，通过意识的交流,人类将重新'一体化',进而实现群体性的'永生'。"①与之相反,宇文往户则要保存语言的抒情性,为此他坚持创作"抒情诗"。在抒情诗中,每一个字都像是一个物种、一个民族,有着无可替代的地位与作用。就此而言,李宏伟借国王与宇文往户的对立所要探讨的是个体性与整体性、一体化与差别化的问题。当个体之间的差别在语言层面完全被取消之后,人类真的能够实现"永生"吗?可能并不能。在《国王与抒情诗》的结尾处,作者虽然并没有直接给出黎普雷的选择,但以《暗经验》中作者所占据的价值尺度来看,他其实并不认同一维化的语言可以成为人类实现"永生"的金钥匙。当个体性、差异性被取消之后,人类也将失去蓬勃的创作能力,人类文明很有可能会消散在一潭死水之中。

总的来说,与其他科幻作家相比,从"纯文学"领域跨界而来的李宏伟、王十月在文本中增置了许多哲学观念的表达。无论是王十月在科幻小说中对巫楚文化或是中国传统哲学的融入,还是李宏伟在科幻写作中对"纯文学"的穿插、哲学观念的直接表达,都丰富了科幻小说中的人文内涵与文学韵味,从而在雅与俗的互动中提升了科幻文学的表现力,开拓了科幻文学的可能性。

第三节 跨界写作的可能性

不得不承认,主流文学作家的跨界为科幻小说增添了许多新质。除了前文所提到的人文性与哲学思辨性的强化之外,形式上的创新也成了主流作家创新科幻文学的一种路径。在《如果末日无期》中,王十月融入了元小说的元素,让创作者张今我进入文本与故事主体产生对话,从而进行了

---

① 刘诗宇:《文学或科学,生存与毁灭——评李宏伟的〈国王与抒情诗〉》,《文艺论坛》2020年第3期。

一场形式上的先锋实验。而在《国王与抒情诗》里,除了将抒情诗直接插入小说的叙事文本,使之成为推动故事发展的一种内在力量外,在谋篇布局上,李宏伟也颇具新意。"本事"一章作为文本的主体,讲述发生在国王、宇文往户、黎普雷之间的故事。"提纲"一章在形式上恍若抒情散文诗,抑或是意识流主导下的呢喃。在内容上,它应算得上是"本事"的注脚,昭示着在抒情性取消之后人类未来的书写方式与表达方式。而"附录"中的几个小故事虽游离于主线之外,但又为主线故事服务,召唤着有关未来的可能性。李宏伟、王十月等人对科幻小说所进行的"先锋"文学形式在创新科幻文学整体风貌的同时,也为科幻小说赋予了更多个人化的特色。

在中国的社会历史语境内,科幻文学长期处于边缘位置,不为主流所接纳。其主要原因是,主流文学认为科幻文学从某种意义上来说只是一种供人消遣的类型文学。然而李宏伟、王十月的"未来现实主义"式的文学创作将科幻的视点拉回到"近地端",他们所描写的并非离现实遥不可及的未来,而是在不久后可能会变成现实的未来。应该说,《如果末日无期》《暗经验》《国王与抒情诗》等所"呈现的世界,与现实世界共享了一个支点,同时又与现实世界构成了锐角或钝角关系"[1]。他们将科幻拉回到对科技未来进行批判性思考的维度,从而使得文本所要展现的不是未来的科技图腾,也不是在未来科技加持下人类文明的重大转向。他们所关心的是科技变革之下的人的主体性、个体自由等问题,此外,"他们在纸上进行的社会实验告诉读者,健康社会制度的缺失会让技术带来毁灭性的社会灾难,人类文明的偏狭发育将会把人带入黑暗的深渊,如果没有一个能承认和保护人类基本价值尺度的社会运行机制,如果社会没有对个体人格的尊

---

[1] 岳雯、陈凯、周明全、张维阳、汪雨萌、王晶晶:《"先锋"一种:科幻与现实》,《当代文坛》2019年第4期。

重和保护普通个体的共识,历代人文主义者所努力构建和追求的人的价值和尊严可能会在这样的技术浩劫中土崩瓦解、烟消云散,人将变成毫无还手之力的极权主义者的仆人和奴隶。在他们看来,需要约束和警惕的不只是技术,更是人类社会的秩序。"[1] 就此而言,李宏伟、王十月的科幻文学写作充满了现实主义的基调,洋溢着对社会现实以及科技变革之下的人的关切。他们的写作无意于概念的建构、未来科幻图景的绚烂展演,而是将科幻当作一种表达他们人文理想与人性关怀的理想容器,从而肆意放飞想象的翅膀,进行着多种多样的科幻实验。

作家无限拉近了科学幻想的时间点,虽然能在"近地端"畅谈"未来现实主义",但这种过近的距离也在一定程度上扼杀了科幻文学本身的魅力,从而使得李宏伟、王十月的科幻文学作品显得创新性不足。这种不足主要体现在作品中科技感的缺乏上。在《如果末日无期》中,除了元世界、子世界、O世界的设定还颇具新意外,其他几章中的故事背景都显得较为老套。例如,《我心永恒》中扫地机器人的"人化",《莫比乌斯时间带》中的"蜂巢思维矩阵",《胜利日》中的MC病毒,以及《如果末日无期》中的永生机器人技术,这些未来设定在其他科幻文学作品中已经广泛提及,甚至其他作品中对这些技术的展现更为绚烂多姿。再如,《国王与抒情诗》中作为"帝国文化"统治机器的意识共同体与移动灵魂,很难不让人联想到当下的移动电话与互联网。未来科技的"现实化"使得主流作家的科幻作品很难在未来想象中占据优势,从而使得科幻文学从某种程度上来说徒有其形而不具其神。就此而言,主流文学作家要想在跨界实验中实现跨越与突破,首先需要解决的问题便是科学幻想的创新,唯此才能真

---

[1] 岳雯、陈凯、周明全、张维阳、汪雨萌、王晶晶:《"先锋"一种:科幻与现实》,《当代文坛》2019年第4期。

正地将科幻文学纳为己用,创作出富有生机与活力的科幻文学作品。

当主流作家跨界科幻进行"未来现实主义"式的哲思时,他们将笔力过多地用于观念的传达和哲理的阐释,反而忽略了他们在现实主义文学创作中最具特色的人物形象的塑造。读罢《如果末日无期》,读者很容易在时空的跨界中绕晕在人物不同身份的转换中,然而掩卷细思,除了能记住几个主人公的名字外,很难总结出某一人物的典型特征。不仅王十月是这样,李宏伟在《暗经验》《国王与抒情诗》等作品中也没能塑造出令人印象深刻的人物形象。在他们所创作的科幻小说中,人物仿佛变成了串联故事情节、推进故事发展的工具。其实对中国科幻文学来说,人物形象的塑造一直是其短板。主流作家的进入本应带来新鲜空气,为科幻文学塑造典型人物提供新动力。然而李宏伟、王十月在进入科幻文学领域后,为了凸显其价值关怀放弃了他们本来最具优势的人物塑造,从而降低了其科幻文学写作应有的价值。值得注意的是,这种忽视人物形象塑造的弊病也存在于其他跨界作家身上。因此,要想创新科幻文学的新面貌,这些作家有必要重新思考科幻文学的写作方式,注重在展现面对科技发展的人文哲思的同时塑造形象鲜明的人物形象。

在中国现代文学史上,科幻文学曾作为严肃文学用以探讨民族国家的未来,然而到了当代,在新的学科体制之下,科幻文学被划分到通俗文学的领域,成为"纯文学"领域之外的一部分。中国当代文坛也鲜有"纯文学"作家跨界从事类型文学写作的。从话语权力的场域关系来看,"纯文学"对科幻文学长期存有一种偏见与傲慢,这使得科幻文学好像难登大雅之堂。然而李宏伟、王十月的跨界写作却提供了"纯文学"与科幻文学交相融合的一种可能性,即使目前这种雅与俗的互动还存在着这样那样的问题,但我们有理由相信随着时间的推移这些有着锐意探索精神的文学实验者将创作出更加优秀的文学作品。

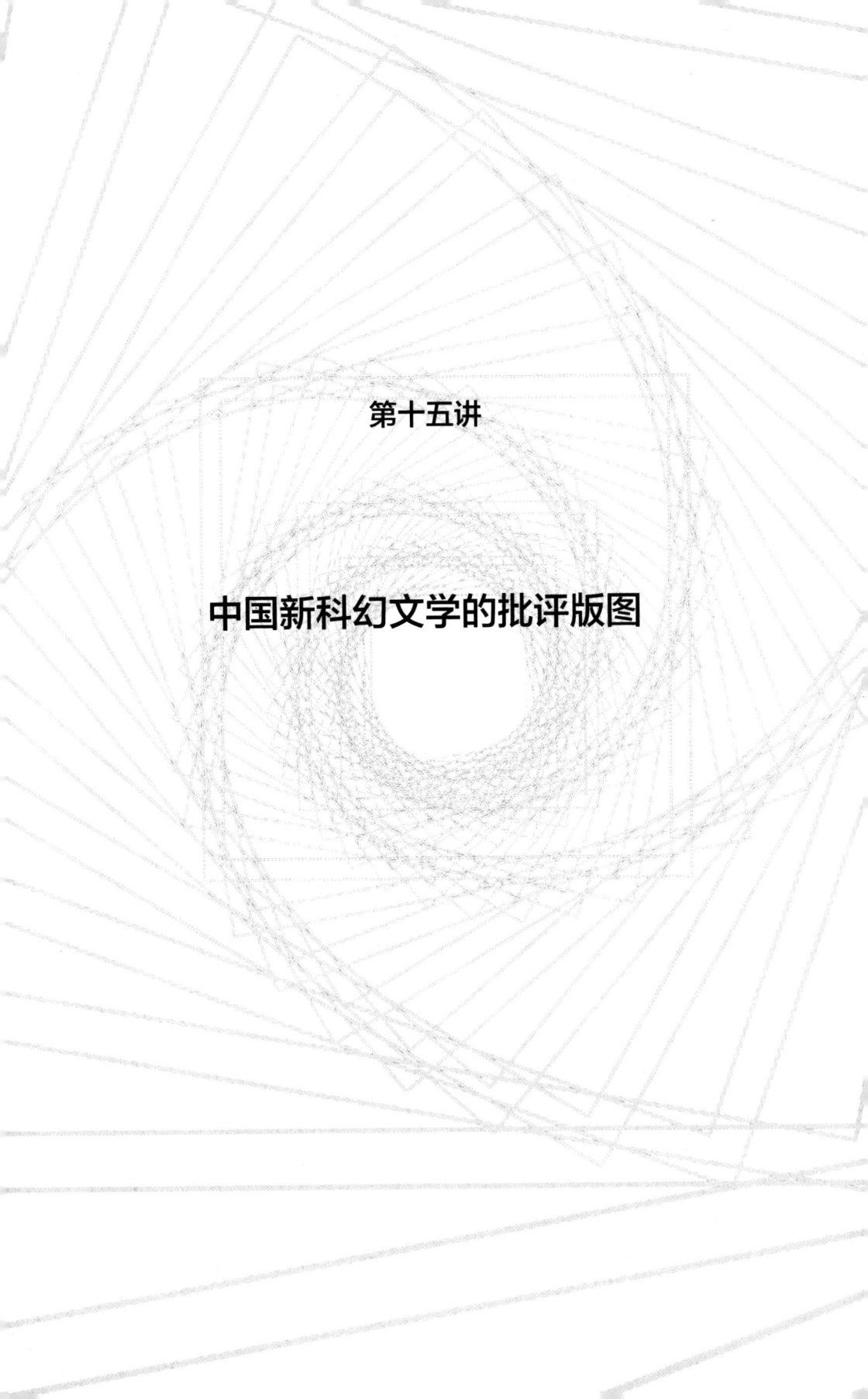

第十五讲

中国新科幻文学的批评版图

第一节　中国科幻"启蒙—科普型"批评范式与"科文之争"的独立性探索

对于中国科幻文学的研究，可以追溯到"五四"时期的梁启超、鲁迅对"科学小说"的认识。梁启超在《论小说与群治的关系》中提倡带有某种科学知识的"哲理科学小说"，认为"这类作品对中国文化的更新具有极端重要的作用"[①]。鲁迅则在《〈月界旅行〉辨言》中所写道，"盖胪陈科学，常人厌之，阅不终篇，辄欲睡去，强人所难，势必然矣。惟假小说之能力，被优孟之衣冠……获一斑之智识，破遗传之迷信，改良思想，补助文明"[②]。由是形成了一种借小说的形式传播科学知识的"文化启蒙"观。而在"民主与科学"的时代氛围驱策下，对科幻小说的认识在很大程度上聚焦于"传播科学""文化更新"等功能，"利用这一类小说来多装一点科

[①] 陈平原、夏晓红编：《二十世纪中国小说理论资料》，北京大学出版社1997年版，第50—54页。

[②] 鲁迅：《鲁迅全集》第10卷，人民文学出版社2005年版，第164页。

学的东西,以作普及科学教育的一助"[①]。由是形成了一种"科普型科幻范式",它的"基本理念是以故事形式传播某些科学知识或观点,其中故事只是载体和手段,根本目标是传播科学信息"[②]。尽管彼时并无"科幻文学"这一称谓,但对于"科学小说"的诸多评论也体现了中国早期科幻研究的样貌,即内容上注重先进的科技、形式上多采用文学的"载体观"、目标上强调对"民智"的科学启蒙作用。此外,在中国新文学的发展进程中,也反映了主流文学对科幻文学的某种"收编"。

这样的创作与研究范式在1949年中华人民共和国成立之后,随着"普及科学知识"的任务被写入了具有临时宪法性质的《中国人民政治协商会议共同纲领》,并且在之后成立了"中国科协",新中国的科普工作受到空前重视。因此,从"科普"角度出发看待和评价中国科幻小说的路径顺理成章地获得了批评的"合法性"。然而,由于对科学"正确性"和"教育意义"的强调,导致1949年至20世纪80年代的科幻小说在功能上偏向于"科普文类",在文学性上则更加偏向于"儿童文学"。因此,这一阶段的中国科幻更多"是以故事为载体的少儿科普作品"[③]。由于此种"科普"模式较大程度地受到政治、经济和意识形态的影响,例如在写作规范、出版经费和创作目标等方面均受到管控,这必然会与科幻小说作为一种文学品类进行发展的艺术规律和美学价值发生冲突。果然,这些"隐患"导致了从20世纪70年代末期延续到20世纪80年代初的一场"科文之争"的爆发。

"科文之争"的发生,一般认为最早可以追溯到童恩正发表于《人民

[①] 顾均正:《在北极底下》,文化生活出版社1940年版,第iii—iv页。
[②] 苏湛:《科普传统与中国科幻共同体的演变》,《中国现代文学研究丛刊》2021年第8期。
[③] 苏湛:《科普传统与中国科幻共同体的演变》,《中国现代文学研究丛刊》2021年第8期。

文学》1979年第6期的《谈谈我对科学文艺的认识》一文。它实际上是对科幻文学本体属性的论争，也即对科幻文学究竟"姓科还是姓文"的论争，"可以看成是中国科幻为迎接文学性科幻传统复兴而遭受的一场试炼"④。主导这场论争的核心人物郑文光和叶永烈围绕这一问题发表了诸多文章，尝试为科幻文学的"文学性"进行辩护，当然也是试图使创作越发"狭窄"的"科普型科幻"获得文学上的"可读性"与"反思性"，并打破长期以来形成的"唯科学"创作观，以便使中国科幻文学在新的起点上再出发。例如叶永烈写于1979年的《论科学幻想小说》一文，就指出了"科学幻想小说"的三个特点：首先，在文体上，它应作为一种"小说"而存在；其次，在内容上，它又具有"幻想"和"科学"的双重特点；再次，"科学幻想小说"必须"同时具有'科学''幻想''小说'三要素"。此外，就"小说"而言，叶永烈在此文中特别指出，"科学幻想小说"应该"有构思、有情节、有人物，并在一定程度上塑造人物典型形象。这是它不同于科学童话、科学诗、科学小品、科学相声等科学文艺形式的地方"⑤。对于"写科学"的观点，叶永烈认为"在科学幻想小说中，一般只是详细地论述了他所依据的已知的科学事实，娓娓动听地描述了诱人的科学幻想，对于推理的过程是十分简略的——因为那是科学家的责任，不是科学幻想小说作者的职责"⑥。1981年，郑文光在参加由中宣部组织的文学创作座谈会上的发言仍延续了叶永烈对于"科学幻想小说"首先属于小说的论断。他指出："科幻小说首先是一种小说，是一个文学品种，或者说，是小说

---

④ 苏湛：《科普传统与中国科幻共同体的演变》，《中国现代文学研究丛刊》2021年第8期。

⑤ 叶永烈：《论科学幻想小说》，吴岩、姜振宇主编：《中国科幻文论精选》，北京大学出版社2021年版，第128页。

⑥ 叶永烈：《论科学幻想小说》，吴岩、姜振宇主编：《中国科幻文论精选》，北京大学出版社2021年版，第140页。

的一个流派……抽象的科学思维和推理，仍然只有借助于创造栩栩如生的人物才能表述。"① 他在此基础上更进一步地提出了"科幻现实主义"的探索方向。这一观点的提出，既是"郑文光对其本人创作理念的一次梳理，也是当时国内科幻作者们进行自我突破和理论更新的重要收获"②。而这一时期对"科学幻想小说"的诸多评论、理论研究和创作经验等文章也被收录于由黄伊主编、科学普及出版社出版的《论科学幻想小说》一书当中。

"科文之争"对中国科幻文学的发展起到了关键作用。它使得"中国科幻最终卸下了工具论的包袱，基本上与少儿科普分道扬镳。研究与批评也朝着文学研究的范式靠拢"③。而在这场论争中形成的诸多关于科幻文学的创作观念，如"硬科幻""软科幻""科幻现实主义""文学性与科学性""乌托邦与反乌托邦""科学预见"等经过不断发酵，在进入20世纪90年代之后终于掀起了一股科幻文学的"新浪潮"。

第二节　中国科幻"新生代"的创作观

20世纪90年代以来，中国科幻界诞生了一批与老一辈科幻作家风格十分不同的"新生代"科幻作者，其代表人物有刘慈欣、王晋康、何夕、韩松、星河、凌晨、赵海虹、陈楸帆、夏笳、飞氘等。他们的"专业背景

---

① 郑文光：《在文学创作座谈会上关于科幻小说的发言》，吴岩、姜振宇主编：《中国科幻文论精选》，北京大学出版社2021年版，第152页。

② 姜振宇：《在文学创作座谈会上关于科幻小说的发言》，吴岩、姜振宇主编：《中国科幻文论精选》，北京大学出版社2021年版，第156页。

③ 李静：《当代中国语境下"科幻"概念的生成——以20世纪七八十年代之交的"科文之争"为个案》，《文学评论》2020年第5期。

和年龄阅历各不相同,创作理念与风格多样"①,并以《科幻世界》为主要阵地,发表了一大批突破了"科普式"创作模式的新科幻作品。他们对于科幻文学的认识,呈现出一种试图摆脱"工具论"范畴,从审美和"现代性"的角度来建构中国科幻本土话语的尝试和努力。

实际上,为"新生代"这一作者群体定名的正是其代言人"星河",由他主编的《中国科幻新生代精品集》收录了20世纪90年代较有代表性的科幻作家的作品。正是鉴于"新生代"的科幻创作处于破旧立新的历史阶段,以往的"科普式"创作和"儿童文学"的写作模式已经成为过去。展现在"新生代"面前的是一片"转型期"暂无成规的创作"蓝海"。一方面,"新生代"创作的"自由度"极大提高,这种"自由度"使"转型期"总会出现短暂的"混乱",于"混乱"中催生的诸多思想最终还需找到一种"共识",以便成功地通往未来;另一方面,由于《科幻世界》是一种自负盈亏的文化商品,"新生代"写作也面临着"市场化"的问题,他们既要思考创作怎样的科幻的问题,也要思考培育怎样的读者的问题。因此,"星河"针对当时科幻界对于"文学性""科学性""人性""通俗性""可读性"等问题争论不休的情况,提出了"建立一套中文话语的科幻理论"②的迫切要求,以便统一认识、增进共识,使"新生代"科幻创作健康茁壮地发展。

正是在"新生代"这面统一的旗帜下,中国当代新科幻的领军作家如刘慈欣、王晋康、韩松、陈楸帆等都发展着各自独特的科幻观,并以自身的创作不断进行实践。在确立科幻文类的独特内核与创作理念方面,刘慈欣在一篇写于1999年的文章《SF教——论科幻小说对宇宙的描写》中,

---

① 王瑶:《站着说话的新生代》导读,吴岩、姜振宇主编:《中国科幻文论精选》,北京大学出版社2021年版,第200页。

② 星河:《站着说话的新生代》,吴岩、姜振宇主编:《中国科幻文论精选》,北京大学出版社2021年版,第199页。

提出了他对该文类的看法，即科幻需要某种"宗教感情"，这种"宗教感情"却并非宗教意义上的感情，而是一种"对宇宙的宏大神秘的深深的敬畏感"①。因此，科幻小说如果仅仅描写人与人之间的关系，就会丧失自身独立性，变成主流文学的注脚。"科幻小说最大的优势和魅力是描写人与宇宙的关系。宇宙在科幻小说中，应该是和人同样重要的主人公。"②要做到这一点，其作者也必须怀抱着对宇宙的"宗教感情"，在创作中将"宇宙"作为科幻写作的"上帝"，并且"感受主的大，感受主的深，把这些感觉写出来，给那些忙碌的人看，让他们和你有同样的感受，让他们也感受到主的大和深，那样的话，你、那些忙碌的人、中国科幻，都有福了"③。正如有研究者指出的，这样的创作理念也显示了刘慈欣试图"回到黄金时代的努力"（肖汉）。

此外，在科幻文学的发展过程中，其与主流文学之间的关系一直存在争论。随着新科幻创作成绩的不断涌现，它与传统主流文学之间的"异质性"越发显现。基于此，刘慈欣在另一篇文章《从大海见一滴水——对科幻小说中某些传统文学要素的反思》中，旗帜鲜明地指出了科幻文学与主流文学之间的不同之处：在细节方面，"宏细节"的大量出现"是科幻小说成熟的一个标志，也是最能体现科幻文学特点和优势的一种表现手法"④；在人物方面，"以整个种族形象取代个人形象"，或"一个世界作为

---

① 刘慈欣：《SF教——论科幻小说对宇宙的描写》，吴岩、姜振宇主编：《中国科幻文论精选》，北京大学出版社2021年版，第209页。

② 刘慈欣：《SF教——论科幻小说对宇宙的描写》，吴岩、姜振宇主编：《中国科幻文论精选》，北京大学出版社2021年版，第212页。

③ 刘慈欣：《SF教——论科幻小说对宇宙的描写》，吴岩、姜振宇主编：《中国科幻文论精选》，北京大学出版社2021年版，第213页。

④ 刘慈欣：《从大海见一滴水——对科幻小说中某些传统文学要素的反思》，《科普研究》2011年第3期。

一个形象出现",或表现一直在被科幻小说塑造着的"科学形象";①在题材方面,"展现想象世界是这个文学品种的起点和目的"②;在精神指向方面,"科幻文学是英雄主义和理想主义的最后一个栖身之地"③。这些看法既体现了科幻作家的身份自觉,也体现了科幻文学作为一种文类的美学自觉。

在辨明科幻"软硬之分"的内部分类问题以及反思"转型期"越来越多的"缺少科学精神,缺少坚实的科学内核"的作品很可能会"过度消费科幻文学的品牌力量,失去科幻独特的魅力"④的情况后,王晋康提出了"核心科幻"的概念。这一概念也是为了应对一度表面繁荣的科幻文学背后隐藏的危机,如包容性和自由度过强导致的文类边界丧失、科学影响力下降带来的魔法化与空洞化叙事、片面强调"软科幻"使科幻生态偏移等问题。在《漫谈核心科幻》一文中,王晋康指认了"核心科幻"的三个特征:"宏大、深邃的科学体系本身就是科幻的美学因素。……这些作品应充分表达科学所具有的震撼力,让科学或大自然扮演隐形作者的角色","作品浸泡在科学精神与科学理性之中","充分运用科幻独有的手法,如独特的科幻构思、自由的时空背景设置、以人类整体为主角等"⑤。这些特征的明确提出,有利于为科幻自身的"独立性"树立明确的"界碑",同时也对"新生代"及其后的科幻作家创作提出了新的要求。

---

① 刘慈欣:《从大海见一滴水——对科幻小说中某些传统文学要素的反思》,《科普研究》2011年第3期。
② 刘慈欣:《从大海见一滴水——对科幻小说中某些传统文学要素的反思》,《科普研究》2011年第3期。
③ 刘慈欣:《从大海见一滴水——对科幻小说中某些传统文学要素的反思》,《科普研究》2011年第3期。
④ 王晋康:《我所理解的核心科幻》,《科幻世界》2010年第10期。
⑤ 王晋康:《漫谈核心科幻》,《科普研究》2011年第3期。

但是，在"科学技术可能业已成为任何一个现代社会的恒久和中心主题"，在"科技"已经成为最大的现实的"科技时代"中，韩松却提出了科幻发展的另一条道路，即某种"人文科幻"的道路，这样的科幻应该"更奇诡一些，更迷乱一些，更陌生化一些，更出人意料一些，更有技术含量一些，更会讲故事一些，更有思想性和社会性一些"①，以回应"科幻已死"的看法。其后，在《自嘲的艺术：当代中国科幻的一些特征》一文中，韩松更进一步阐发了这种"人文科幻"（尽管韩松自己也解释了科幻并不存在人文与非人文的区别，这样表述只是为了论述的方便），这种科幻应该更加贴近于人们日常的生活世界。他传达的是"作者日常生活中的体验"，是在科技背景下的"人的文学"，因为它"直接而真实地反映了这个时代的命题和困惑。……在新世纪，科幻更多地关照了人们在科技时代感受到的荒谬和失落"，并且科幻作者正应基于此种"现实"，将"对荒谬生活的恐惧表现出来"。②因此，在韩松看来，科幻文学恰是科技时代的"最大的现实主义"。这也丰富了早先由郑文光等老一辈科幻作家提出的"科幻现实主义"概念，并为创作指明了一条有效的路径。

另一位科幻作家陈楸帆也对这一概念持肯定态度。他在《对"科幻现实主义"的再思考》一文中，把"科幻现实主义"理解为一种"话语策略"。这种策略是在"关心现实"的目标下，"去寻找并击打受众的痛点，唤起更多人对科幻文学的关注，踏入门槛，并进而发现更加广阔的世界"③。他继而尝试从美学、题材、风格的层面厘清这一概念所涵盖的作品范围，并

---

① 韩松、吴岩、刘秀娟：《科幻文学期待新的突破》，《文艺报》2006年9月9日。
② 韩松：《自嘲的艺术：当代中国科幻的一些特征》，参见韩松：《我一次次活着是为了什么》，江苏凤凰文艺出版社2018年版，第144页。
③ 陈楸帆：《对"科幻现实主义"的再思考》，吴岩、姜振宇主编：《中国科幻文论精选》，北京大学出版社2021年版，第267页。

提出了"科幻现实主义"的核心,即"真实性"——它并不等于"真实",而"是一种逻辑自洽与思维缜密的产物",因之具有推演性,科幻创作将在基于此种"真实性"的舞台上,进行诸多实验。正是此种具有"建构性"的"真实性",才是超出其他文类表现力的地方。

"新生代"的科幻探索充分体现了中国当代新科幻小说的文类自觉意识。这批科幻作者在诸如文学形式、叙事题材、创作理念、社会价值、形象谱系等多个方面进行了卓有成效的探索,并以相应的创作实践着他们自己提出的"科幻观"。这样的探索,既丰富了中国科幻的写作面貌,也促进了它与主流文学之间的"雅俗互动",从而在中国新文学的发展中发挥着愈加重要的作用。

第三节　新世纪中国科幻研究著作

随着中国当代新科幻文学的发展,对这一文学品类的研究也越发增多。然而在20世纪90年代至新世纪初这段时间里,对新科幻文学的研究相对较少,呈现出一种"寂寞的伏兵"(贾立元)的状态。其中,对于中国科幻发展而言最为重要的研究者之一当数北京师范大学的吴岩教授。吴岩自身就是一名科幻作家,发表了诸多重要科幻作品,但他更为人所熟知的身份是中国科幻的建设者、传播者和研究者,被誉为中国科幻的"坎贝尔"。作为建设者和传播者,吴岩除了自身创作科幻小说以外,甚至早在1991年——彼时的科幻小说还是一种"边缘文学",他就在北京师范大学开设了面向本科生的科幻文学课程,不断培养中国科幻的爱好者与研究者,其中有相当一部分年轻人已经成为活跃在一线的科幻作家或科幻研究者。此外,吴岩还身体力行地组织各种科幻学术会议、参与社会上的各种科幻活动、主持各级各类科幻科研项目、联系国际科幻重要活动等,积极地倡导和传播科幻文化。正如科幻作家韩松指出的，正因为吴岩，"中国科幻才始终生机不灭，任何困难都没有把它打倒，它的火种逐渐遍布四面八方"①。在科幻研究方面，吴岩最重要的理论著作之一是《科幻文学论纲》。这是一部"多年思考、研究和实践的集大成"②之作，它深刻分析了科幻文学的处境、发展和文学品性，阐述了"权力""现代性"与科幻"合法性"之间的复杂互动。尤为新颖的是，《科幻文学论纲》从一个相对中观的层面——"作家簇"的角度，将"具有统一属性的社会权力地位特征的作家"分为"女性""大男孩""底层/边缘""落伍者"四大类，从"权力视角"逐一分析了"这些现代性过程中的边缘人如何通过幻想来对抗主流并宣泄科技时代特有的压抑"③，以及由此带来的"社会主流文化、主流文学跟科幻文学之间的三角关系"④。《科幻文学论纲》可说是在中国科幻研究领域的一部里程碑式的著作。此外，吴岩还主编了《科幻文学理论和学科体系建设》《中国科幻文论精选》《20世纪中国科幻小说史》等一系列科幻研究方面的奠基之作，并辨明了中国科幻未来主义的时代表现、类型和特征，由之推动了中国科幻文学的发展及其"合法性"的确立。

随着刘慈欣的《三体》斩获第73届雨果奖最佳长篇故事奖，国内学界对于科幻文学的研究呈现出了一种"爆发性"的样态，在重要科幻作家作品研究、科幻资料发掘梳理与科幻史研究、中国科幻的转型及本土化研究、中国科幻的综合研究等方面均产出了一系列较高学术价值且影响广泛

---

① 韩松：《盗火者和火》，吴岩：《科幻文学论纲》，重庆大学出版社2021年版，序言第Ⅳ页。

② 韩松：《盗火者和火》，吴岩：《科幻文学论纲》，重庆大学出版社2021年版，序言第Ⅰ页。

③ 贾立元：《一张有待展开的蓝图——评〈科幻文学论纲〉》，吴岩：《科幻文学论纲》，重庆大学出版社2021年版，第289—290页。

④ 吴岩：《科幻文学论纲》，重庆大学出版社2021年版，第264页。

的重要著作。在重要科幻作家作品研究方面，对《三体》及刘慈欣科幻作品的研究成为主流。例如，北京大学吴飞教授所著的学术专著《生命的深度》，从哲学角度对《三体》进行了全面分析和透视。他具体从"生命与人性、死亡与不朽、社会契约与差序格局"这三个维度考察了《三体》的文化价值和社会意义，呈现出对《三体》研究的深度。河南大学郭绍敏所著的《〈三体〉的思想世界》，对刘慈欣《三体》中所反映的"思想世界"以札记的形式进行了评注。李广益、陈颀所编的《〈三体〉的X种读法》是由多个领域的研究者对于《三体》的精彩解读汇编而成的，呈现了《三体》及《三体》解读的丰富性。此外，李淼所著的《〈三体〉中的物理学》从物理学角度对《三体》进行了科普式解析。这些著作都为深入认识《三体》的文学价值以及《三体》的"主流化"与"经典化"过程起到了十分重要的作用。

在科幻资料发掘梳理与科幻史研究方面，最重要的成果当数吴岩主编的《20世纪中国科幻小说史》。此书在史料发掘的基础上，详细梳理了20世纪中国科幻小说发展过程中的五个主要时期：晚清科幻的发展（1900—1911）、民国时期科幻的发展（1912—1949）、中华人民共和国早期科幻的发展（1949—1966）、粉碎"四人帮"之后及新时期科幻的发展（1976—1990）和世纪之交科幻的发展（1991—2000）。其中分别介绍了中国科幻各个时期的创作背景、基本面貌以及代表性作家作品，是一部全面系统地反映20世纪中国科幻小说发展历程的科幻史著作。董仁威编著的《中国百年科幻史话》则是结合了作者自身思想的一部"讲述"性质的著作。正如作者自己所言，这是一部"几十年为中国科幻作家写作的传记，结合中国科幻史，汇集起来……讲中国科幻的故事"[①]。该书以"史话"的形式记

[①] 董仁威：《中国百年科幻史话·前言》，清华大学出版社2017年版。

录了中国科幻百年发展中的大事记,描绘了中国科幻的人物长廊,摘录了中国科幻百部精品故事梗概,并对中国科幻的诸多名家进行了评传,因此是一部兼具史料性和可读性的作品。李广益主编的《中国科幻文学大系·晚清卷》第一辑(包括创作一集、创作二集、创作三集、编译一集和编译二集)则是对中国"科幻文学创作的一次全面整理,预计约五辑数百万字,将完整、系统地收录中文原创、编译的各类科幻作品,是颇有分量的科幻史料整理成果"[①]。"晚清卷"也是一部完整而系统地收集、整理晚清科幻小说的填补空白之作,为中国科幻文学的深入研究提供了坚实的文献基础。贾立元的《"现代"与"未知"——晚清科幻小说研究》是一部史论结合的学术著作,通过文本细读详细考察了中国科幻的概念生成、叙事题材、写作立场,以及作者在文本中体现的历史观、科技观、时空观等问题。种种科幻史方面的研究反映了科幻文学和科幻学者们的文类自觉,以及力图使之经典化的努力。

目前,中国科幻研究的重要成果较多集中于科幻理论、作家作品论,以及科幻文学史方面。但在其他方面的研究也开始逐渐加速,如在中国科幻的转型以及本土化研究方面,最新的成果为詹玲的《当代中国科幻小说转型研究》。该书"尝试将当代中国科幻小说的发展史放入整个当代中国小说史甚至文学史的框架下,将科幻小说作为文学发展的组成部分"[②]。王瑶的《未来的坐标:全球化时代的中国科幻论集》是一部研究文集,展现了王瑶对于中国科幻民族化议题的思考。任冬梅所著的《幻想文化与现代中国的文学形象》探讨了社会幻想小说与"现代中国形象"的建构与流变

[①] 任冬梅:《新科幻 出东方——近五年中国科幻文学发展概述》,《文艺报》2021年12月10日第2版。

[②] 宋明炜:《科幻研究和重写文学史——读詹玲〈当代中国科幻小说转型研究〉》,詹玲:《当代中国科幻小说转型研究》,中国社会科学出版社2022年版。

等问题。这些研究都显示了一种对科幻文学里的"中国话语"的建构热情。宋明炜的《中国科幻新浪潮：历史·诗学·文本》从创作思潮的层面指认了中国科幻发展中与以往不同的"新浪潮"。在此基础上，该书分别从"创世纪""科幻诗学空间的开拓""考古学与未来学""中国科幻的广播时代"四个维度将作者十年来重要的科幻研究成果汇编成书，展现了其在科幻研究各方面的思考与创见。此外，黄鸣奋的"科幻电影创意研究系列"——《危机叙事》《后人类伦理》《黑镜定位》通过大量影视作品对科幻电影的诸种创意机制进行了十分翔实的研究，可谓科幻电影研究方面的一座重镇。

新时代以来，中国新科幻创作的勃发也使中国科幻研究进入了"爆发期"，诸多作家的"创作观"、学者的理论建构、论者的文学批评，以及研究生的硕博论文都一齐参与推动了中国科幻的发展壮大，使这一自晚清便由西方"舶来"的文学品类，在经历了漫长的"边缘状态"后，终于从一个"寂寞的伏兵"变成"转生的巨人"。值得注意的是，这些研究在促成中国科幻获得"合法性"的同时，也启动了中国科幻"主流化"与"经典化"的过程，让"科技时代"的科幻文学扩展到科幻文化层面，由之不断与传统进行互动。如今，在"重写文学史"的浪潮中，"史统散，科幻兴"（王德威）的那股"不可思议"的"被压抑的现代性"，经由中国科幻的蓬勃发展，真正成为言说当代中国诸问题的"新浪潮"与"新路径"。